EL PRÍNCIPE CAUTIVO

EL REY

C. S. PACAT

EL PRÍNCIPE CAUTIVO

EL REY

Traducción de David Tejera Expósito

UMBRIEL

Argentina • Chile • Colombia • España
Estados Unidos • México • Perú • Uruguay

Título original: *Kings Rising*
Editor original: Berkley, un sello de Penguin Random House LLC
Traducción: David Tejera Expósito

1.ª edición: noviembre 2024

ISBN: 978-84-10085-30-5
E-ISBN: 978-84-10365-64-3
Depósito legal: M-20.027-2024

Fotocomposición: Urano World Spain, S.A.U.
Impreso por: Romanyà Valls, S.A. – Verdaguer, 1 – 08786 Capellades (Barcelona)

Impreso en España – *Printed in Spain*

Para Vanessa, Bea, Shelley y Anna.
Este libro se escribió con la ayuda de grandes amigas.

Los grandes bosques septentrionales
y las estepas septentrionales
Ver - Kindt
Arles
Skarva
Belloy
Varenne
Chastillon
VASK
Ver - Tan
VERE
Barbin
Toutaine
Ver - Vassel
Lys
Marches
Chasteigne
Ladehors
PATRAS
Alier
Arran
Ravenel
Acquitart
Bazal
Fortaine
Delpha
(Delfeur)
Marlas
Sicyon
Aegina
Viaje de Damen en barco
Dice
AKIELOS
Mellos
Thrace
N
O
E
S
Kesus
Mar Ellosiano
Salón de los Reyes
Golfo de Atros
Ios
Isthima
Mapa de
AKIELOS Y VERE
0
150
300
Kilómetros

PERSONAJES

AKIELOS

La corte

KASTOR, rey de Akielos
DAMIANOS (DAMEN), heredero del trono de Akielos
JOKASTE, dama de la corte akielense
KYRINA, su sirvienta
NIKANDROS, kyros de Delpha
MENIADOS, kyros de Sicyon
KOLNAS, guardián de los esclavos
ISANDER, un esclavo
HESTON DE THOAS, un noble de Sicyon
MAKEDON, general de Nikandros y comandante independiente del mayor ejército del norte
STRATON, un comandante

Abanderados de Delpha

PHILOCTUS DE EIKON
BARIEUS DE MESOS
ARATOS DE CHARON
EUANDROS DE ITYS

Soldados
PALLAS
AKTIS
LYDOS
ELON
STAVOS, capitán de la guardia

Del pasado
THEOMEDES, rey de Akielos y padre de Damen
EGERIA, reina de Akielos y madre de Damen
AGATHON, primer rey de Akielos
EUANDROS, antiguo rey de Akielos, fundador de la casa de Theomedes
ERADNE, antigua reina de Akielos, conocida como la Reina de las Seis
AGAR, antigua reina de Akielos, conquistadora de Isthima
KYDOPPE, antigua reina de Akielos
TREUS, antiguo rey de Akielos
THESTOS, antiguo rey de Akielos, fundador del palacio de Ios
TIMON, antiguo rey de Akielos
NEKTON, su hermano

VERE
La corte
EL REGENTE DE VERE
LAURENT, heredero del trono de Vere
NICAISE, mascota del regente
GUION, lord de Fortaine, antiguo integrante del Consejo Vereciano y antiguo embajador de Akielos
LOYSE, dama de Fortaine
AIMERIC, su hijo
VANNES, embajadora de Vask y primera consejera de Laurent.
ESTIENNE, miembro de la facción de Laurent

El Consejo Vereciano
AUDIN
CHELAUT
HERODE
JEURRE
MATHE

Los hombres del príncipe
ENGUERRAN, capitán de la Guardia del Príncipe
JORD
HUET
GUYMAR
LAZAR
PASCHAL, un galeno
HENDRIC, un heraldo

En el camino
GOVART, antiguo capitán de la Guardia del Príncipe
CHARLS, un mercader de telas vereciano
GUILLAIME, su ayudante
MATHELIN, un mercader de telas vereciano
GENEVOT, una aldeana

Del pasado
ALERON, antiguo rey de Vere y padre de Laurent
HENNIKE, antigua reina de Vere y madre de Laurent
AUGUSTE, antiguo heredero al trono de Vere y hermano mayor de Laurent

UNO

—Damianos.

Damen se puso en pie en la base de los escalones del estrado, mientras pronunciaban su nombre con tono de sorpresa o incredulidad por todo el patio. Nikandros se arrodilló frente a él; su ejército se arrodilló frente a él. Era como volver a casa, hasta que dicho nombre, que se propagó por las filas de los soldados akielenses allí reunidos, llegó hasta los plebeyos verecianos que se arremolinaban en los extremos. Allí el tono cambiaba.

La sorpresa era diferente, era doble, como un impacto de rabia y de alarma. Damen oyó la primera de las voces, un clamor, una violencia que se intensificaba, una nueva palabra en los labios de la multitud.

—Matapríncipes.

El siseo de una roca al ser lanzada. Nikandros se puso en pie y desenvainó la espada. Damen extendió la mano para indicarle que se detuviese, y Nikandros obedeció al tiempo que quince centímetros de acero akielense brotaban de su vaina.

Vio la confusión en el rostro de Nikandros a medida que el patio que los rodeaba empezaba a sumirse en el caos.

—¿Damianos?

—Ordena a tus hombres que no hagan nada —dijo Damen, momento en el que el zumbido afilado del acero lo obligó a darse la vuelta rápidamente.

Un soldado de Vere con yelmo gris había desenvainado el arma y miraba a Damen como si se enfrentara a su peor pesadilla. Era Huet. Damen reconoció la cara blanca debajo del yelmo. Huet sostenía la espada frente a él igual que Jord había hecho con la daga, con manos temblorosas.

—Damianos —dijo Huet.

—¡Quietos! —volvió a ordenar Damen, que gritó para que lo oyesen por toda la multitud, a pesar de ese otro grito ronco en akielense que empezaba a extenderse por el lugar:

—¡Traición!

Amenazar con una espada desenvainada a un miembro de la familia real de Akielos se castigaba con la muerte.

Damen siguió indicando con la mano extendida a Nikandros que no hiciese nada, pero sintió cada uno de los tendones tensionados del soldado para contener las ganas.

Los gritos se descontrolaron. El estrecho perímetro se deshizo a medida que la multitud se agolpó a causa del pánico y las ganas de salir corriendo, de huir en estampida y apartarse del ejército akielense. O de pasarle por encima. Damen vio a Guymar examinar el patio, con una mirada cargada de tensión. Los soldados veían lo que los plebeyos eran incapaces de entender: que las fuerzas akielenses que estaban dentro de los muros superaban en número la escasa guarnición vereciana por quince a uno.

Se desenvainó otra espada además de la de Huet, la de un soldado vereciano que estaba aterrorizado. La rabia y la incredulidad se apoderaron de los rostros de algunos guardias de Vere. En otros solo había miedo; se miraban desesperados en busca de algún gesto de liderazgo.

Y cuando se rompió al fin el perímetro, cuando la histeria se apoderó de la multitud descontrolada, cuando los guardias verecianos ya no estaban bajo su control, Damen vio cuánto había infravalorado el efecto que iba a causar descubrir su verdadera identidad a los hombres y las mujeres de la fortaleza.

«Damianos, el mataprincipes».

Su mente, acostumbrada a tomar decisiones en batalla, examinó el patio al completo y tomó una decisión propia de un comandante: minimizar las pérdidas, limitar el derramamiento de sangre y el caos y asegurar el control de Ravenel. Ya no podía darles órdenes a los guardias verecianos… Si había alguna manera de calmar los ánimos entre los habitantes de Vere, no era él quien iba a conseguirlo.

Solo había una forma de detener lo que estaba a punto de ocurrir, y era contenerlos, encerrarlos, asegurar aquel lugar de una vez por todas.

—Tomad la fortaleza —dijo Damen a Nikandros.

Damen avanzó por el pasadizo flanqueado por seis guardias akielenses. Las voces reverberaban por los pasillos y las banderas rojas de su país ondeaban sobre Ravenel. Unos soldados de Akielos que había a ambos lados de las puertas entrechocaron los talones cuando Damen pasó junto a ellos.

Ravenel ha cambiado de bando dos veces en unos pocos días. En esta ocasión ha sido muy rápido, ya que Damen sabía muy bien cómo someter la fortaleza. Los escasos efectivos verecianos se rindieron al momento en el patio, y él ordenó que llevaran ante su presencia a dos de los soldados de mayor rango, Guymar y Jord, sin armadura y vigilados.

Cuando Damen entró en la pequeña antecámara, los guardias akielenses agarraron a los prisioneros y los tiraron al suelo con brusquedad.

—Arrodillaos —ordenó uno de ellos en akielense.

Obedecieron al momento.

Guymar fue el primero en ignorarlo y volver a levantarse. Jord, que conocía a Damen desde hacía meses, fue más cauteloso y alzó despacio la cabeza. Guymar miró a Damen a los ojos. Habló en vereciano, como si no entendiese nada de akielense.

—Es cierto entonces. Eres Damianos de Akielos.

—Es cierto.

Guymar escupió con desprecio, y uno de los soldados de Akielos le dio un revés en la cara por hacerlo, con un puño con guantelete.

Damen dejó que ocurriese, consciente de lo que hubiese pasado si cualquiera hubiese escupido en el suelo frente a su padre.

—¿Y has venido a acabar con nosotros?

Guymar habló al tiempo que volvía a mirar a Damen. Este lo contempló unos instantes para luego centrarse en Jord. Vio la suciedad de sus rostros, las expresiones tensas y el aspecto macilento. Jord había sido capitán de la Guardia del Príncipe. Pero a Guymar lo conocía menos: había sido comandante del ejército de Touars antes de pasarse al bando de Laurent. Pero ambos eran oficiales de alto rango, y esa era la razón por la que había ordenado su presencia.

—Quiero que luchéis a mi lado —dijo Damen—. Akielos está aquí para unirse a vosotros.

Guymar soltó un bufido tembloroso.

—¿Luchar junto a vosotros? Seguro que aprovecharéis nuestra ayuda para conquistar la fortaleza.

—Eso ya lo he hecho —aseguró Damen. Lo dijo con voz calmada—. Sabéis qué tipo de persona es el regente —continuó Damen—. Vuestros hombres pueden elegir. Pueden seguir siendo prisioneros en Ravenel o cabalgar conmigo en dirección a Charcy y demostrarle al regente que estamos juntos.

—No estamos juntos —dijo Guymar—. Has traicionado a nuestro príncipe. —Y luego, como si casi no le saliesen las palabras, añadió—: Lo has…

—Sacadlo de aquí —dijo Damen, que lo interrumpió. También les indicó a los guardias que se marchasen. Hicieron lo propio y la estancia quedó vacía, a excepción del único hombre al que le había permitido quedarse.

En el rostro de Jord no había ni rastro de la desconfianza ni del miedo que se había reflejado con tanta claridad en las caras de los verecianos, sino agotamiento por intentar comprender a Damen.

—Le hice una promesa —dijo Damen.

—¿Y cuando descubra quién eres? —preguntó Jord—. ¿Cuando se entere de que tiene frente a él a Damianos en el campo de batalla?

—Pues será como si nos viésemos por primera vez —dijo Damen—. También se lo prometí.

Al terminar, se descubrió apoyando la mano en el marco de la puerta para recuperar el aliento. Pensó en su nombre reverberando por todo Ravenel, por la provincia, en dirección a su objetivo. Se sentía con fuerzas para aguantar, capaz de mantener unidos a esos hombres hasta llegar a Charcy. Una vez allí…

Era incapaz de averiguar qué podía ocurrir. Lo único que podía hacer era mantener su promesa. Empujó la puerta para abrirla y entró en el pequeño vestíbulo.

Nikandros se dio la vuelta cuando Damen entró, y se miraron a los ojos. Antes de que Damen dijese nada, Nikandros se arrodilló, no de manera espontánea como había hecho en el patio, sino deliberada e inclinando la cabeza.

—La fortaleza es tuya —dijo Nikandros—. Mi rey.

Rey.

Le dio la impresión de que el fantasma de su padre hacía que se le erizase la piel. Era el título de su padre, pero él ya no se sentaba en el trono de Ios. Damen se dio cuenta por primera vez al mirar la cabeza inclinada de su amigo. Ya no era el joven príncipe que había deambulado por los pasillos del palacio con Nikandros, después de pasar un día luchando cuerpo a cuerpo entre el serrín. Ya no era el príncipe Damianos; la persona que se había esforzado por volver a ser había dejado de existir.

«Ganarlo y perderlo todo en un abrir y cerrar de ojos. Es el destino de todos los príncipes destinados al trono», había dicho Laurent.

Damen contempló las facciones típicas de Akielos de Nikandros: el pelo y las cejas negras, el rostro oliváceo y la nariz recta. De niños, habían corrido juntos descalzados por todo el palacio. Cuando Damen se había imaginado su regreso a Akielos, había imaginado también saludar a Nikandros y abrazarlo a pesar de la armadura. Hubiese sido como clavar los dedos y agarrar un puñado de tierra de su hogar.

En lugar de eso, Nikandros se había arrodillado frente a él en una fortaleza enemiga, con esa escasa armadura que no casaba nada con el trasfondo vereciano en el que se encontraba. Damen había sentido que un abismo los separaba.

—Levántate —dijo Damen—, viejo amigo.

Quería decirle muchas cosas y las notaba borboteando en su interior; cientos de instantes en los que se había enfrentado a las dudas de si volvería a ver Akielos, los grandes acantilados, el mar opalescente y los rostros, como aquel, de las personas a las que consideraba sus amigos.

—Creí que estabas muerto —dijo Nikandros—. He llorado por ti. Encendí el ekthanos e hice la larga marcha al alba cuando me enteré de tu muerte. —Nikandros habló con una voz cargada de sorpresa mientras volvía a ponerse en pie—. Damianos, ¿qué te ocurrió?

Damen recordó los soldados entrando en su habitación, cómo lo habían atado en los baños, el viejo en barco, amordazado y oscuro, a Vere. Recordó estar confinado, con el rostro pintado, drogado y cómo lo habían expuesto. Recordó abrir los ojos en un palacio vereciano y lo que le había ocurrido allí.

—Tenías razón sobre Kastor —comentó Damen.

Fue lo único que dijo.

—Vi su coronación en el Salón de los Reyes —dijo Nikandros. Tenía la mirada sombría—. Se plantó sobre la Roca del Rey y dijo: «Esta doble tragedia nos ha enseñado que todo es posible».

Sonaba muy propio de Kastor. Sonaba muy propio de Jokaste. Damen se imaginó qué habría ocurrido en Akielos, con los kyroi reunidos alrededor de las rocas antiguas del Salón de los Reyes, Kastor en el trono junto a Jokaste, con el cabello inmaculado y la barriga hinchada cubierta por una faja, mientras los esclavos la abanicaban en el ambiente aún acalorado.

—Cuéntamelo todo —le dijo Damen a Nikandros.

Lo escuchó con atención. Todo. Escuchó cómo habían envuelto su cuerpo y cómo lo habían llevado en procesión por la acrópolis, para luego enterrarlo junto al de su padre. Escuchó que Kastor había afirmado que los asesinos de Damen eran sus propios guardias. Escuchó que a dichos guardias los habían asesinado uno a uno, incluido al instructor que había tenido de pequeño: Haemon, así como a sus escuderos y a sus esclavos. Nikandros le habló de la confusión y la matanza que se apoderó del palacio, de cómo los hombres de Kastor habían aprovechado el momento para hacerse con el control y para asegurar que estaban intentando evitar el derramamiento de sangre cada vez que alguien les plantaba cara.

Recordó el sonido de las campanas durante el ocaso.

«Theomedes está muerto. Alabado sea Kastor».

—Hay más —comentó Nikandros.

Titubeó durante unos instantes e intentó mirar a Damen a la cara. Después sacó una carta de la pechera de cuero. Estaba ajada y era el peor lugar donde transportarla, pero cuando Damen la agarró y la desdobló, vio la razón por la que Nikandros la llevaba tan protegida.

«Al kyros de Delpha, Nikandros, del príncipe Laurent de Vere».

Damen sintió cómo se le erizaba el vello de todo el cuerpo. Era una carta vieja. Parecía desgastada. Seguro que Laurent la había enviado desde Arles. Damen pensó en él, solo y arrinconado políticamente, sentado en el escritorio mientras empezaba a escribir. Recordó la voz nítida de Laurent: «¿Crees que me llevaría bien con Nikandros de Delpha?».

Tenía sentido a nivel táctico, aunque fuese horrible, que Laurent quisiese aliarse con Nikandros. El príncipe siempre había sido capaz de hacer gala del pragmatismo más despiadado. Había sido capaz de dejar a un lado sus emociones y hacer cualquier cosa para ganar, con una capacidad excelente y nauseabunda para ignorar cualquier tipo de sentimiento.

La carta decía que, a cambio de la ayuda de Nikandros, Laurent ofrecería pruebas de que Kastor se había conchabado con el regente para matar al rey Theomedes de Akielos. Era la misma información que Laurent le había dado la noche anterior.

«Pobre bárbaro imbécil. Kastor mató al rey para luego tomar la ciudad con las tropas de mi tío».

—Hubo preguntas —continuó Nikandros—, pero Kastor tenía respuesta para cada una de ellas. Era el hijo del rey. Y tú estabas muerto. No quedaba nadie a quien apoyar. Maniados de Sicyon fue el primero en jurarle lealtad. Y luego...

—El sur pasó a manos de Kastor —dijo Damen.

Sabía a qué se enfrentaba. Nunca había esperado oír que la traición de su hermano había sido un error, oír que Kastor fuese a alegrarse de las noticias de su supervivencia y luego darle la bienvenida cuando regresase.

—El norte es leal —dijo Nikandros.

—¿Y si os pido luchar?

—Pues lucharemos —dijo Nikandros—. Juntos.

La facilidad con la que lo dijo dejó sin palabras a Damen. Se había olvidado de cómo era estar en casa. Se había olvidado de la confianza, de la lealtad, de la familia. De los amigos.

Nikandros sacó algo de una doblez de su ropa y lo presionó contra la mano de Damen.

—Esto es tuyo. Lo he guardado... Es un símbolo estúpido. Sabía que era una traición, pero quería recordarte. —Una sonrisa asimétrica—. Tu amigo es un imbécil que se arriesga a que lo acusen de traición por un recuerdo.

Damen abrió la mano.

El rizo de una melena, el arco de una cola. Nikandros le acababa de entregar el broche dorado de león que llevaba el rey. Theomedes se lo había entregado a Damen por su decimoséptimo cumpleaños para nombrarlo heredero. Damen recordó cómo su padre se lo había colocado en el hombro. Nikandros se había arriesgado a que lo ejecutasen por encontrarlo, por quedárselo y por llevarlo encima.

—Me has jurado lealtad demasiado rápido.

Sintió los bordes duros y relucientes del broche en la mano cerrada.

—Eres mi rey —dijo Nikandros.

Lo vio reflejado en los ojos de Nikandros, igual que lo había visto en los ojos de sus hombres. Lo sintió en la manera tan diferente en la que lo trataba.

Rey.

Ahora el broche era suyo, y los abanderados no tardarían en jurarle lealtad como rey. Y nada volvería a ser como antes.

«Ganarlo y perderlo todo en un abrir y cerrar de ojos. Es el sino de todos los príncipes destinados al trono».

Agarró a Nikandros por el hombro. Aquel gesto sin palabras fue lo único que se permitió demostrar.

—Pareces un tapiz.

Nikandros tiró de la manga de Damen. Al parecer, el terciopelo rojo, los botones granate y las hileras de tela fruncida, pequeñas y exquisitamente cosidas, le habían hecho gracia. Luego se quedó muy quieto.

—Damen —dijo Nikandros con un tono de voz muy extraño. Damen bajó la vista. Y lo vio.

La manga se le había levantado y dejado al descubierto un grillete pesado de oro.

Nikandros intentó echarse atrás, como si le quemara o le hubiese picado, pero Damen lo agarró por el brazo y evitó que se separase de él. Lo vio, vio lo impensable pasando por la mente de su amigo.

El corazón le latió desbocado e intentó tranquilizarlo, protegerlo.

—Sí —dijo—. Kastor me convirtió en un esclavo. Laurent me liberó. Me puso al frente de su fortaleza y de sus tropas, un acto de confianza para un akielense a quien no tenía razón alguna para ascender. No sabe quién soy.

—El príncipe de Vere os liberó —dijo Nikandros—. ¿Fuisteis su esclavo? —Se le cerró la garganta al pronunciar las palabras—. ¿Habéis servido al príncipe de Vere como esclavo?

Otro paso atrás. Se oyó un grito ahogado que venía desde la puerta. Damen se giró con rapidez hacia ella al tiempo que soltaba el brazo de Nikandros.

Makedon estaba en el umbral, con el rostro horrorizado y detrás de él se encontraban Straton y dos de los soldados de Nikandros. Makedon era el general de Nikandros, su abanderado más poderoso y había acudido para demostrar su lealtad a Damianos igual que todos los abanderados habían hecho con su padre. Damen permaneció quieto y en pie, expuesto frente a todos ellos.

Se ruborizó mucho. Aquel grillete dorado solo podía significar una cosa: uso y sumisión del tipo más íntimo.

Sabía lo que habían visto los demás: cientos de imágenes de esclavos sometiéndose, inclinándose, separando los muslos, la naturalidad con la que esos hombres metían esclavos en sus casas.

Se recordó a sí mismo diciendo: «No me quites ese». Sintió que algo le atenazaba el pecho.

Se obligó a seguir desatando los nudos y a seguir levantándose la manga.

—¿Os sorprende? Fue un regalo personal del príncipe de Vere.

Se dejó todo el antebrazo al descubierto.

Nikandros se giró hacia Makedon y dijo, con voz ronca:

—No dirás nada al respecto. Nunca dirás nada fuera de esta estancia…

—No, no se puede ocultar —comentó Damen. Se lo dijo a Makedon.

Makedon era un hombre de la generación de su padre y también comandante de uno de los ejércitos provinciales más grandes del norte. Tras él, el disgusto de Straton parecía haberse convertido en náuseas. Los dos oficiales no habían apartado la mirada del suelo, ya que no tenían un rango demasiado alto como para hacer algo en presencia del rey, sobre todo teniendo en cuenta lo que estaban viendo.

—¿Fuisteis esclavo del príncipe?

El asco se había apoderado del rostro de Makedon, que se había puesto pálido.

—Sí.

—Habéis…

Las palabras del comandante estuvieron a punto de formular la pregunta que se percibía también en la mirada de Nikandros, una que nadie se hubiese atrevido a pronunciar frente a su rey.

—Atrévete a preguntarlo.

El rubor del rostro de Damen cambió de tono.

—Sois nuestro rey —dijo Makedon, con voz ronca—. Esto es un insulto a Akielos que no se puede ignorar.

—Pues lo superarás —comentó Damen, que le mantuvo la mirada a Makedon—. Igual que he hecho yo. ¿O te crees superior a tu rey?

«Esclavo», decía la mirada de Makedon. Sin duda, él tenía esclavos en su casa y los usaba. Lo que se imaginaba entre príncipe y esclavo carecía de todas las sutilezas del sometimiento. Se lo habían hecho a su rey, así que en cierto sentido era como si se lo hubiesen hecho a él. Su orgullo no podía aceptarlo.

—Si se entera todo el mundo, no puedo garantizaros poder controlar las acciones de quien lo haga —comentó Nikandros.

—Se enterará todo el mundo —aseguró Damen. Vio como las palabras afectaban a Nikandros, quien no era capaz de aceptarlas.

—¿Qué queréis que hagamos? —preguntó a duras penas.

—Jurad lealtad —dijo Damen—. Y si me elegís a mí, preparad a vuestros hombres para luchar.

El plan que había pergeñado con Laurent eran simple y requería mucha sincronización. Charcy no era un lugar como Hellay, con una ventaja única y clara. Charcy era una trampa llena de colinas y hondonadas y con mucho bosque, donde un ejército bien posicionado podía acercarse y rodear rápidamente a otro que se aproximase. Esa era la razón por la que el regente había escogido aquel lugar, uno donde desafiar a su sobrino. Invitar a Laurent a un enfrentamiento justo en Charcy era como sonreír e invitarlo a dar un paseo por arenas movedizas.

Por eso dividieron las fuerzas. Laurent había partido hacía dos días para acercarse desde el norte y deshacer el cerco del regente atacando por la retaguardia. Los hombres de Damen eran el cebo.

Se miró durante mucho tiempo el grillete de la muñeca antes de salir al estrado. Era de un dorado muy brillante, visible en la distancia por cómo destacaba con la piel de su muñeca.

No intentó ocultarlo. Se había quitado los guanteletes. Llevaba una pechera akielense, la falda corta de cuero y las sandalias altas de su país atadas hasta las rodillas. Los brazos desnudos, así como las piernas desde la rodilla hasta la mitad del muslo. La capa corta y roja estaba abrochada al hombro con el león dorado.

Protegido y listo para la batalla, dio un paso al frente en el estrado y contempló el ejército que se había reunido debajo, las filas inmaculadas y las lanzas relucientes, todo esperando sus órdenes.

Dejó que viesen el grillete de su muñeca y dejó que lo mirasen a él. A estas alturas, sabía lo que todos estarían susurrando: «Damianos se ha alzado de entre los muertos». Miró cómo el ejército se quedaba en silencio frente a él.

Se desentendió del príncipe que había sido y aceptó su nuevo puesto, una nueva personalidad lo poseyó.

—Hombres de Akielos —dijo, con palabras que reverberaron por el patio. Miró las hileras de capas rojas y se sintió como si empuñase una espada o se pusiese un guantelete—. Soy Damianos, el verdadero hijo de Theomedes. Y he vuelto para luchar junto a vosotros como vuestro rey.

Un rugido de aprobación ensordecedor; lanzas que golpeaban el suelo en gesto afirmativo. Vio brazos alzados, soldados que gritaban vítores y también un atisbo del rostro impasible y protegido con un yelmo de Makedon.

Damen se subió en la silla de montar. Había elegido el mismo caballo que había usado en Hellay, un alazán castrado que podía soportar su peso. Golpeó los adoquines con los cascos delanteros, como si tratase de darle la vuelta a las piedras. Luego arqueó el cuello, como si se hubiese dado cuenta, como todas las grandes bestias, que estaban a punto de entrar en batalla.

Resonaron los cuernos. Se alzaron los estandartes.

Se oyó un ajetreo repentino, como si un puñado de canicas rodase escaleras abajo: un pequeño grupo de verecianos de azul ajado entró en el patio a caballo.

No era Guymar, sino Jord y Huet. Y Lazar. Damen analizó sus rostros y vio quiénes eran. Eran los hombres de la Guardia del Príncipe, los que habían viajado con él durante tantos meses. Y solo podía haber una razón para que los hubiesen liberado. Damen alzó una mano, y permitieron acercarse a Jord, momento en el que sus caballos se movieron en círculos el uno frente al otro.

—Hemos venido a montar con vos —dijo Jord.

Damen miró el pequeño grupo de tela azul que se había colocado frente a las filas rojas en el patio. No había muchos, solo veinte, y también vio que había sido Jord el que los había convencido para que estuviesen ahí, a caballo y listos.

—Pues partamos —dijo Damen—. Por Akielos y por Vere.

A medida que se acercaban a Charcy, perdían visibilidad y tuvieron que depender de exploradores y vanguardistas para conseguir información. El regente se acercaba por el norte y el noroeste. Sus tropas, que eran el cebo, estaban en una especie de valle, en posición más baja. Damen nunca habría hecho que sus hombres se posicionaran con tanta desventaja sin tener un plan. Iba a estar muy reñido.

A Nikandros no le gustaba. Cuanto más se acercaban a Charcy, más obvio resultaba para los generales akielenses que el terreno no era nada ventajoso. Si querías matar a tu peor enemigo, solo tenías que hacerlo entrar en un lugar así.

«Confiad en mí», había sido lo último que había dicho Laurent.

Se imaginó el plan tal y como lo habían previsto en Ravenel: se imaginó al regente tragando el anzuelo y a Laurent acercándose por el norte en el momento justo. Era lo que quería, quería un enfrentamiento difícil, buscar al regente en el campo de batalla y acabar con él, acabar con su reinado de un plumazo. Si lo conseguía, si mantenía su promesa, después…

Damen dio la orden de formar. Pronto empezarían a caer flechas. La primera andanada llegaría desde el norte.

—Mantened la posición —fue la única orden. El terreno era irregular, un valle de dudas rodeado por árboles y cuestas peligrosas. El ambiente estaba cargado de tensa expectación y los nervios propios de antes de toda batalla.

Se oyó el ruido de unos cuernos en la distancia.

—Mantened la posición —repitió Damen, mientras su caballo se agitaba malhumorado debajo de él. Tenían que enfrentarse contra las tropas del regente allí, en terreno llano, atraerlas a ese lugar antes de contratacar para que los soldados de Laurent consiguiesen rodearlos.

Pero vio cómo el flanco occidental empezaba a moverse demasiado pronto debido a las órdenes a gritos de Makedon.

—Que vuelvan a formar —dijo Damen al tiempo que espoleaba al caballo. Tiró de las riendas para rodear a Makedon en un círculo estrecho. Él lo miro con desdén, como si fuese un niño en lugar de un general.

—Nos dirigimos al oeste.

—He ordenado mantener la posición —dijo Damen—. Dejaremos que el regente se acerque para atraerlo hasta aquí.

—Si lo hacemos y vuestros verecianos no llegan..., nos matarán a todos.

—Llegarán —aseguró Damen.

Se oyó el ruido de los cuernos desde el norte.

El regente estaba demasiado cerca y demasiado pronto, y los exploradores no les habían traído noticia alguna de los verecianos. Algo había salido mal.

Se oyó un estallido de movimiento a su izquierda, entre los árboles. El ataque llegó desde el norte, colina abajo desde la linde del bosque. Al frente iba un único jinete, un explorador que aplastaba la hierba. Los hombres del regente los habían alcanzado, y Laurent estaba a cientos de kilómetros de la batalla. Laurent no había tenido intención de ir.

Eso era lo que gritaba el explorador justo antes de que una flecha le atravesase la espalda.

—Esta es la verdadera naturaleza de vuestro príncipe vereciano —dijo Makedon.

Damen no tuvo tiempo de pensar antes de que todo se precipitara sobre él. Aulló órdenes e intentó controlar el caos inicial mientras le llovían las primeras flechas. Intentó hacer frente a la nueva situación y volver a calcular tropas y posiciones.

«Llegará», había dicho Damen. Y lo había creído, incluso mientras aquella primera oleada arrasaba con todos y sus primeros soldados empezaban a morir.

Tenía cierta lógica, una muy lóbrega. Hacer que tu esclavo convenza a los akielenses para luchar, que aquellos a los que desprecias tengan bajas, que derrotasen o debilitasen al regente y que acabasen por completo con el ejército de Nikandros.

No fue hasta que la segunda oleada llegó desde el noroeste que se dieron cuenta de que estaban completamente solos.

Damen se colocó junto a Jord.

—Si quieres vivir, cabalga hacia el este.

Jord, con el rostro pálido, miró la expresión de Damen y dijo:

—No va a venir.

—Nos superan en número —explicó Damen—, pero si escapas puede que consigas sobrevivir.

—Si nos superan en número, ¿qué vais a hacer vos?

Damen espoleó su caballo, listo para colocarse en el frente.

—Luchar —dijo.

DOS

Laurent se despertó despacio, en una luz tenue, con la sensación de estar limitado, con las manos atadas a la espalda. Notó un latido en la nuca y recordó que le habían dado un golpe en la cabeza. También tenía algo muy extraño en el hombro. Se lo habían dislocado.

Batió las pestañas y enderezó el cuerpo, momento en el que también se percató de un olor rancio y un frío que indicaba que se encontraba bajo tierra. Cada vez le resultaba más obvio lo ocurrido: los habían emboscado, estaba bajo tierra y, como no había sentido que cargasen con él durante días, eso solo podía significar que…

Abrió los ojos y se enfrentó a la mirada de nariz recta de Govart.

—Hola, princesita.

El pánico le alteró el pulso, una reacción involuntaria que hizo que la sangre le latiese con fuerza bajo la piel, como si estuviese atrapada ahí debajo. Se obligó a no hacer nada.

La celda era de poco más de un metro cuadrado y había una entrada con barrotes, pero no ventana. Tras la puerta se apreciaba un pasadizo de piedra en el que titilaba una luz. La luz era la de una antorcha que había tras los barrotes, y no tenía nada que ver con el golpe que le habían dado en la cabeza. Lo único que había en la celda era la silla a la que lo habían atado. Esta, hecha de pesada madera de roble, daba la impresión de haber sido arrastrada al interior para él, algo civilizado o siniestro, dependiendo del punto de vista. La antorcha iluminaba la mugre acumulada del suelo.

Recordó en ese momento lo que les había ocurrido a sus hombres y se esforzó por intentar no pensar en ello. Sabía dónde estaba. Era una de las celdas de Fortaine.

Llegó a la conclusión de que se enfrentaba a su muerte, y de que antes de ella le esperaba mucho dolor. Una esperanza absurda e infantil de que alguien iría a salvarlo se apoderó de él, pero se cuidó de obviarla. No tenía a nadie que lo rescatase desde que había cumplido los trece años, porque su hermano había muerto. Se preguntó si sería capaz de conservar algo de dignidad en aquella situación, y también ignoró el pensamiento. No iba a haber dignidad alguna. Pensó que, si las cosas se ponían muy mal, quizá pudiese ser capaz de acelerar su muerte. No le costaría mucho provocar a Govart para que le diese un golpe letal. Sería muy fácil, de hecho.

Pensó que seguro que Auguste no hubiese pasado miedo en caso de encontrarse solo y vulnerable frente a un hombre que planeaba matarlo. Algo así tampoco tenía por qué inquietar a su hermano pequeño.

Le resultaba más complicado ignorar la batalla, dejar a medias sus planes, aceptar que la fecha límite había expirado y que pasara lo que pasase en la frontera él no iba a formar parte de ello. El esclavo akielense (sin duda) daría por sentado que las tropas verecianas lo habían traicionado, tras lo que se arriesgaría con un ataque noble y suicida contra Charcy del que era muy probable que saliese victorioso, contra todo pronóstico.

Pensó que si ignoraba el hecho de que estuviese herido y atado, en realidad la relación de fuerzas era de uno contra uno, lo que no lo dejaba en tan mal lugar. Pero, al igual que le ocurría siempre, notó en aquella situación la mano invisible de su tío.

Uno contra uno. Tenía que ser práctico y pensar qué podía conseguir con seguridad. No sería capaz de enfrentarse a Govart en un combate sin armas ni en sus mejores momentos. Tenía el hombro dislocado. No iba a conseguir nada liberándose de las ataduras en aquel preciso instante. Se lo dijo una vez. Y otra, para reprimir las ganas intensas y naturales de luchar.

—Estamos solos —dijo Govart—. Solos tú y yo. Echa un vistazo a tu alrededor. Mira bien. No hay salida. Ni yo tengo la llave. Vendrán a abrir la celda cuando haya terminado contigo. ¿Tienes algo que decir al respecto?

—¿Cómo tienes el hombro? —preguntó Laurent.

El golpe lo hizo balancearse hacia atrás. Cuando levantó la cabeza, disfrutó de la expresión que había provocado en el gesto de Govart, tal y como había disfrutado, por la misma razón y quizá por masoquismo, del puñetazo. Y, como mostró dicha satisfacción en su mirada, Govart volvió a golpearlo. O controlaba el arrebato de histeria o aquello iba a terminar muy rápido.

—Siempre me he preguntado qué poder tenías sobre él —comentó Laurent. Se obligó a que no le titubeara la voz—. ¿Una sábana llena de sangre? ¿Una confesión firmada?

—Crees que soy imbécil —dijo Govart.

—Creo que tienes ventaja sobre un hombre muy poderoso. Creo que, sea lo que sea lo que tienes, no va a durar para siempre.

—Eso es lo que te gustaría creer —comentó Govart. La voz rezumaba satisfacción—. ¿Quieres que te diga por qué estás aquí? Porque se lo pedí. Y siempre me da lo que le pido. Me da todo lo que quiera. Hasta a su sobrino intocable.

—Normal. Soy una molestia para él —explicó el príncipe—. Y tú también lo eres. Por eso nos ha dejado juntos, porque sabe que alguno terminará por matar al otro.

Se obligó a hablar sin atisbo alguno de emoción, como si repasase unos hechos con naturalidad.

—El problema es que, cuando mi tío sea el rey, no habrá ventaja en el mundo capaz de detenerlo. Si me matas, sea lo que sea lo que sabes de él, le dará igual. Te quedarás tú solo con él y también podría hacerte desaparecer en una celda oscura.

Govart sonrió, despacio.

—Me dijo que dirías eso.

Primer error, y había sido suyo. Le distrajeron los latidos de su corazón.

—¿Y qué más te comentó mi tío que iba a decir?

—Me dijo que intentarías hacerme hablar. Dijo que hablas como una puta, que me mentirías, que me adularías y que me harías la pelota. —La sonrisa se ensanchó poco a poco—. Dijo: «La única manera de asegurarte de que mi sobrino no se libera con su labia es cortarle la lengua». —Mientras hablaba, Govart sacó una daga.

La estancia que los rodeaba se difuminó; a Laurent se le nubló la vista y fue incapaz de pensar con claridad.

—Pero quieres oírlo —dijo Laurent, porque aquello no era más que el principio de un camino largo, serpenteante y sangriento—. Quieres oírlo de mi boca. Hasta la última sílaba titubeante. Es algo que mi tío nunca llegará a comprender de ti.

—¿Sí? ¿Qué es eso que nunca llegará a comprender?

—Que siempre has querido estar al otro lado de la puerta. Y ahora lo has conseguido.

Cuando pasó una hora (aunque le pareció más tiempo), había sufrido mucho dolor y empezaba a no tener muy claro si de verdad estaba retrasando o controlando todo lo que le había pasado.

Ahora llevaba la camisa abierta hasta la cintura y tenía la manga derecha manchada de rojo. El pelo era poco más que una maraña perlada de sudor. Tenía la lengua intacta, porque Govart le había clavado la daga en el hombro. Lo había considerado una victoria tras sufrir la puñalada.

Y había que alegrarse por las pequeñas victorias. La empuñadura de la daga le sobresalía en un ángulo extraño. La tenía en el hombro derecho, el que tenía dislocado, por lo que ahora le dolía al respirar. Victorias. Había llegado hasta aquí, le había causado cierta consternación a su tío, lo había vencido una o dos veces y obligado a rehacer sus planes. No se lo había puesto fácil.

Unas capas gruesas de piedra lo separaban del mundo exterior. No conseguía oír nada. Tampoco conseguiría que lo oyesen. Su única ventaja era que había logrado liberar la mano izquierda de las ligaduras. No podía dejar que nadie se diese cuenta, porque así no conseguiría nada. Solo que le rompiesen el brazo. Cada vez le costaba más fijar un plan.

Como no era capaz de oír nada, pensó... o había pensado cuando la situación se lo permitía, que quienquiera que lo hubiese metido en aquel lugar con Govart volvería con una carretilla y un saco para llevárselo de allí, y que ocurriría a una hora determinada, ya que no había manera de que Govart diese una señal para avisarlo. Por lo tanto, Laurent tenía un único objetivo que seguía como si de un espejismo cada vez más lejano se tratara: permanecer vivo hasta ese momento.

Pasos. Cada vez más cerca. El chirrido metálico de una bisagra de hierro.

La voz de Guion:

—Esto está durando demasiado.

—Qué quisquilloso —dijo Govart—. Pues acaba de empezar. Puedes quedarte mirando si quieres.

—¿Lo sabe? —preguntó Laurent.

Tenía la voz un poco más ronca que al principio, ya que su respuesta al dolor había sido la convencional. Guion frunció el ceño.

—¿Saber el qué?

—El secreto. Ese secreto tuyo tan ingenioso. Eso que sabes sobre mi tío.

—Silencio —dijo Govart.

—¿De qué habla?

—¿Nunca te has preguntado por qué mi tío lo mantiene con vida? —preguntó Laurent—. ¿Por qué le ha dado vino y mujeres durante todos estos años?

—He dicho que silencio. —Govart cerró la mano alrededor de la empuñadura de la daga y la retorció.

La oscuridad se apoderó de Laurent, por lo que no fue demasiado consciente de lo que ocurrió a continuación. Oyó las exigencias de Guion, con una vocecilla que sonaba lejana:

—¿A qué ha venido eso? ¿Tienes algún trato secreto con el rey?

—No te entrometas. No es de tu incumbencia. —Govart.

—Si tienes algún trato, me lo vas a contar ahora mismo.

Laurent sintió que soltaba la daga. Levantar la mano era lo más difícil que había hecho jamás, casi tanto como levantar la cabeza. Govart se acercaba a Guion para encararlo y se había colocado justo delante de Laurent.

Él cerro los ojos y rodeó la daga con una mano izquierda titubeante antes de sacarse la hoja del hombro.

Fue incapaz de contener el gemido grave. Los dos se giraron hacia él mientras cortaba con manos temblorosas las ligaduras restantes, mientras se tambaleaba para colocarse detrás de la silla. Laurent alzó la daga con la mano izquierda y adquirió lo más parecido a una posición defensiva que fue capaz en ese momento. La estancia se agitaba a su alrededor. La empuñadura de la daga estaba húmeda. Govart sonrió, divertido y ufano, como un mirón satisfecho que disfrutase del inesperado último acto de una obra.

Guion dijo, con cierta irritación pero sin apremio alguno:

—Vuelve a atarlo.

Se encararon. Laurent no se hizo ilusiones con sus capacidades para luchar con la mano izquierda y con una daga. Sabía la amenaza tan insignificante que representaba para Govart, aunque no estuviese tambaleándose. Como mucho, podría alcanzarlo con un tajo antes de que se acercase a él. Pero no serviría de nada. La mole de músculos del tipo estaba cubierta por una capa de grasa. Laurent estaba seguro de que Govart aguantaría un tajo de un oponente debilitado y agotado y podría seguir luchando. El resultado de aquel ligero desvío hacia la libertad estaba más que claro. Laurent lo sabía. Govart lo sabía.

Laurent propinó el tajo torpe con la mano izquierda, pero Govart contratacó. Y fue el príncipe el que gritó debido al dolor que sintió en ese instante, el más intenso que había sentido jamás.

Luego, con el brazo derecho destrozado, Laurent lanzó la silla.

La madera de roble pesada golpeó a Govart en la oreja y sonó como un mazo que chocara contra una pelota de madera. El grandullón se tambaleó antes de caer al suelo. Laurent también se tambaleó un poco, y la inercia del golpe lo hizo recorrer media celda. Guion se apartó con desesperación y apoyó la espalda contra la pared. Laurent usó todas las fuerzas que le quedaban para llegar hasta los barrotes de la puerta y franquearla, para luego cerrarla detrás de él y pasar la llave que aún seguía en la cerradura. Govart no se levantó.

En el silencio posterior, el príncipe se separó de los barrotes y se dirigió hacia el pasillo, hacia la pared contraria, en la que se apoyó y se dejó caer hasta quedar sentado en un banco de madera que soportó su peso. Había esperado caer hasta el suelo.

Cerró los ojos. Notaba la presencia distante de Guion tirando de los barrotes, que repiqueteaban y traqueteaban, pero se mantenían del todo cerrados.

Laurent rio, un sonido ahogado, mientras saboreaba la frescura de la piedra en la espalda. Ladeó la cabeza.

—Cómo te atreves..., pedazo de traidor despreciable. Mancillas el honor de tu familia. Eres...

—Guion —dijo Laurent sin abrir los ojos—. Me ataste y me encerraste en una celda con Govart. ¿Crees que puedes decir algo que hiera mis sentimientos?

—¡Sácame de aquí! —Las palabras reverberaron por las paredes.

—Eso ya lo intenté yo —dijo Laurent, con tono calmado.

—Te daré cualquier cosa que me pidas —aseguró Guion.

—Eso también lo intenté —comentó Laurent—. No me gusta considerarme una persona predecible, pero al parecer hice lo que hubiese hecho cualquiera en mi situación. ¿Quieres que te diga lo que vas a hacer cuando te clave la daga por primera vez?

Abrió los ojos. Guion se alejó un paso único y satisfactorio de los barrotes.

—Un arma era lo que más quería —continuó Laurent—, pero nunca imaginé que fueseis a meterme una en la celda.

—Pienso matarte cuando salga de aquí. Tus aliados akielenses no van a ayudarte. Dejaste que muriesen como ratas en la trampa de Charcy. Irán a por ti —aseguró Guion—. Y te matarán.

—Sí, sé que he llegado tarde a esa cita —dijo Laurent.

El pasadizo titiló, y se tuvo que recordar que no era más que un efecto de la antorcha. Laurent se percató del tono onírico de su voz:

—Se suponía que iba a encontrarme con alguien, una persona que tiene en gran estima el honor y las reglas, que intenta evitar que haga cosas que están mal. Pero ahora no está aquí. Por desgracia para ti.

Guion dio otro paso atrás.

—No puedes hacerme nada.

—¿Seguro que no? Me pregunto cómo reaccionará mi tío cuando descubra que mataste a Govart y me ayudaste a escapar. —Luego dijo, con el mismo tono de voz onírico—: ¿Crees que le hará daño a tu familia?

Guion cerró los puños, como si aún estuviese aferrado a los barrotes.

—No te he ayudado a escapar.

—¿Ah, no? La verdad es que no sé quién andará por ahí extendiendo el rumor.

Laurent lo miró a través del metal de la puerta. Se percató de que había recuperado sus facultades analíticas y dejado atrás la obsesión constante con una única idea.

—Hay una cosa que me ha quedado muy clara, muy a mi pesar. Mi tío te ordenó que si me capturabas, me entregases a Govart. Una metedura de pata a nivel táctico, en mi opinión. Pero lo hizo porque tiene las manos atadas debido a ese acuerdo secreto que tiene con él. O puede que simplemente le gustase la idea de verme así. Lo importante es que cumpliste sus órdenes.

»No obstante, no querías ser responsable de haber dejado que torturasen al heredero hasta la muerte. Desconozco la razón. Solo he conseguido conjeturar, a pesar de todas las evidencias que apuntan a lo contrario, que aún queda algo de sensatez en el Consejo. Me encerrasteis en una celda vacía y viniste con la llave encima, lo que quiere decir que eres el único que sabe que estoy aquí.

Laurent se apretó el hombro con la mano izquierda, se apartó de la pared y se inclinó hacia delante. Dentro de la celda, Govart había empezado a jadear.

—Nadie sabe que estoy aquí, por lo que tampoco saben que tú estás aquí. Nadie va a buscarte. Nadie va a venir. Y nadie va a encontrarte.

Lo dijo con voz firme mientras mantenía la mirada a Guion al otro lado de los barrotes.

—Nadie va a ayudar a tu familia cuando mi tío se les acerque con una sonrisa de oreja a oreja.

Vio la expresión contraída de Guion, en los dientes apretados y alrededor de los ojos. Esperó. Después Guion preguntó con un tono diferente, con una expresión diferente, neutra.

—¿Qué quieres a cambio?

TRES

Damen observó la extensión que tenía delante. Los soldados del regente parecían ríos de un rojo oscuro que se colasen entre sus filas, entremezclándose como un reguero de sangre al caer al agua para luego disolverse. La imagen era propia de la destrucción, una oleada interminable de enemigos, tan numerosa que parecía un enjambre.

Pero en Marlas había sido testigo de que un solo hombre podía llegar a ser capaz de mantener el frente unido, aunque fuese solo por pura fuerza de voluntad.

—¡Matapríncipes! —gritaron los hombres del regente. Al principio se habían abalanzado contra él, pero cuando vieron cómo acababan todos los que lo intentaban, se convirtieron en una turba de cascos de caballo que hacían todo lo posible por retroceder.

No llegaron muy lejos. La espada de Damen entrechocó con armaduras, atravesó la carne, se afanó por encontrar a los que daban las órdenes y acabó con ellos antes de que empezasen a formar. Un comandante vereciano lo desafió, pero él se limitó a dejar que sus espadas entrechocasen antes de atravesarle el cuello.

Los rostros eran poco más que atisbos impersonales cubiertos en parte por los yelmos. Veía mejor los caballos y las espadas, la maquinaria de la muerte. Asesinó; era simple: o se apartaban de su camino o acababan muertos. Todo se resumía en un único propósito, en una determinación capaz de mantenerlo con fuerza y concentrado más allá de toda resistencia humanamente posible, durante horas, más tiempo que su adversario, porque todo aquel que cometiese un error acababa muerto.

Perdió a la mitad de sus hombres en el primer ataque. Después, se hizo con la iniciativa, cargó y acabó con tantos como era necesario para detener esa primera oleada de enemigos. Y la segunda. Y la tercera.

De haber llegado refuerzos en aquel momento, hubiese sido capaz de acabar con las tropas del regente como si de unos simples cachorritos se tratara, pero no había refuerzos para Damen.

Lo único de lo que era consciente aparte de la batalla era de esa ausencia, esa carencia que era incapaz de ignorar. Las ideas propias de un genio, el manejo despreocupado de la espada, la presencia reluciente a su lado no era más que un vacío que el estilo práctico y firme de Nikandros no era capaz de llenar. Se había acostumbrado a algo temporal, al resplandor de la euforia en unos ojos azules que lo miraban de soslayo. Eran sensaciones que se arremolinaban en su interior, que se enredaban cada vez que acababa con un enemigo y empezaban a formarle un nudo muy prieto en el pecho.

—Si veo al príncipe de Vere, acabaré con él —espetó a duras penas Nikandros.

Disparaban menos flechas porque Damen había roto tantas filas que atacarlos a distancia en aquel caos era peligroso para ambos bandos. También había cambiado el ruido de la batalla; los rugidos y los gritos habían dado paso a gruñidos de dolor y agotamiento, a quejidos y a un entrechocar de espadas más pesado y menos frecuente.

Transcurrieron horas de muerte. Dio comienzo la última fase de la batalla, una brutal y fatigosa. Las filas se dispersaron para conformar una geometría liosa e imperfecta, pozos jadeantes de carne en los que era complicado distinguir amigo de enemigo.

Damen permaneció sobre el caballo, aunque había tantos cuerpos en el suelo que las monturas tropezaban. La tierra estaba húmeda, y tenía las piernas llenas de barro hasta las rodillas; barro un día despejado y veraniego, porque era la sangre la que había humedecido el suelo. Los caballos heridos se revolcaban y gritaban más alto que los hombres. Damen obligó a los que lo rodeaban a mantenerse unidos y siguió matando, se abrió paso a pesar del agotamiento físico y mental.

En el otro extremo del campo de batalla, vio el resplandor de un rojo bordado.

«Así es como los akielenses ganan las guerras, ¿no? ¿Por qué luchar contra todo un ejército si podemos...».

Damen espoleó la montura y cargó. Los hombres que lo separaban de su objetivo no eran más que un borrón. Casi ni oyó el entrechocar de su espada ni vio las capas rojas de la guardia de honor vereciana mientras acababa con sus integrantes. Se limitó a matarlos, uno tras otro, hasta que no quedó nadie que lo separase del hombre al que buscaba.

La espada de Damen hendió el aire en un arco imparable y partió en dos el yelmo con cimera. El cuerpo se inclinó en una postura antinatural y luego cayó al suelo.

Damen desmontó y le quitó el yelmo.

No era el regente. No sabía quién era; quizá un peón, una marioneta que tenía los ojos abiertos como platos y que había acabado allí sin quererlo, como el resto. Damen tiró el yelmo a un lado.

—Se acabó. —Era la voz de Nikandros—. Se acabó, Damen.

Damen alzó la vista al momento. La armadura de Nikandros tenía un tajo en mitad del pecho. Le faltaba el peto de metal y la sangre brotaba de un corte. Acababa de usar el apodo con el que lo llamaba de pequeño, el nombre de su infancia que solo estaba reservado para las personas más íntimas.

Damen se dio cuenta de que estaba de rodillas y que jadeaba tanto como su caballo. Tenía la mano cerrada en un puño alrededor del símbolo que el cadáver tenía bordado en la ropa. No se había percatado de que tuviese nada en las manos.

—¿Se acabó? —Articuló las palabras con un rechinar de dientes. Solo era capaz de pensar en que el regente seguía vivo, por lo que aquello no se había acabado. Le costó recuperar el hilo de pensamientos después de haber pasado tanto tiempo actuando y reaccionando en la batalla, después de moverse por impulsos. Tenía que volver en sí. Los hombres habían empezado a tirar las armas al suelo a su alrededor—. Casi no soy capaz de distinguir quién ha salido vencedor.

—Hemos vencido nosotros —aseguró Nikandros.

Había algo diferente en su mirada. Y, cuando Damen echó un vistazo a su alrededor por el campo de batalla, vio que eran muchos los que lo miraban desde la distancia, con una expresión que era reflejo de lo que había visto en los ojos de Nikandros.

Y, ahora que había recuperado la consciencia, vio como si fuese por primera vez los cadáveres de todos los hombres a los que había matado para llegar hasta ese señuelo del regente, pruebas de lo que acababa de perpetrar.

El lugar era poco más que una extensión de tierra batida moteada de cadáveres. El suelo era una mezcolanza de carne, armaduras ineficaces y caballos sin jinete. Después de matar durante horas, no había sido consciente de la magnitud de sus actos, de lo que había provocado allí. Vio destellos tras los párpados, los rostros de las personas a las que había matado. Todos los que quedaban en pie eran akielenses, y contemplaban a Damen como si de una imposibilidad se tratase.

—Encuentra al vereciano de mayor rango que siga con vida y dile que tiene permiso para enterrar a sus muertos —dijo Damen. Había una bandera akielense en el suelo junto a él—. Ahora Charcy forma parte de Akielos. —Mientras se levantaba, Damen agarró el asta de madera con una mano y la plantó recta en la tierra.

Estaba ajada y algo inclinada, debido al peso del barro que manchaba la tela, pero se mantuvo en pie.

Y fue en ese momento cuando Damen lo vio, como si apareciese en un sueño, a través de la niebla del agotamiento, en el extremo occidental del campo de batalla.

El heraldo se acercó a medio galope a través del paisaje desolado, montado en una yegua blanca y reluciente con el cuello curvado y la cola bien alta y ondeante. Hermoso e impoluto, parecía una burla al sacrificio de los valientes que lo rodeaban. Su estandarte ondeaba detrás, y el escudo de armas era el brote estelar de Laurent, azul y dorado reluciente.

El heraldo tiró de las riendas frente a él. Damen miró el pelaje brillante de la yegua, que no estaba sucio de barro, y también se fijó en que el animal no jadeaba ni estaba cubierto de sudor. Después vio el uniforme del tipo, inmaculado, sin tierra del camino. Las palabras brotaron sin que fuese capaz de detenerlas:

—¿Dónde está él?

La espada del heraldo golpeó contra el suelo. Damen lo había arrastrado desde el caballo hasta el suelo, donde yacía tumbado entre jadeos, con la rodilla de Damen en el vientre y la mano en el cuello.

Hasta él había empezado a respirar con dificultad. A su alrededor, se desenvainaron todas las espadas y se prepararon todas las flechas en cuerdas tensas. Apretó el cuello con más fuerza antes de relajar la mano lo suficiente como para que el heraldo pudiese hablar.

El tipo rodó hasta colocarse de lado y tosió cuando Damen terminó por soltarlo. Sacó algo del interior de la chaqueta. Un pergamino con dos líneas escritas.

«Tú tienes Charcy. Yo tengo Fortaine».

Miró las palabras, escritas con una caligrafía familiar e inconfundible.

«Te recibiré en mi fortaleza».

Fortaine eclipsaba a Ravenel incluso, poderosa y solemne, con torres altas y almenas que llegaban a morder los cielos. Se alzaba hasta una altura impresionante e imposible, y en cada uno de los puntos de observación ondeaban los estandartes de Laurent. Los banderines parecían agitarse con el viento sin ningún esfuerzo; seda estampada de azul y dorado.

Damen tiró de las riendas al terminar de subir por la colina, seguido por su ejército, una mancha oscura de estandartes y lanzas. Les había ordenado cabalgar sin remedio poco después de que terminase la batalla.

De los tres mil akielenses que habían luchado en Charcy, solo había sobrevivido la mitad. Habían cabalgado y entrado en batalla para luego volver a cabalgar, dejando atrás tan solo una guarnición para encargarse de los cadáveres, los pedazos de armadura desperdigados y las armas sin propietario. Jord y el resto de verecianos que se habían quedado para luchar cabalgaban ahora con él formando un pequeño grupo, angustiados y sin saber muy bien qué hacer.

Damen ya había recibido el resultado del recuento de bajas: mil doscientos de los suyos y seis mil quinientos de ellos.

Sabía que los hombres se comportaban de manera diferente con él desde que había terminado el enfrentamiento; se apartaban a su paso. Se había fijado en sus miradas de miedo y asombro estupefacto. La mayoría no había luchado antes a su lado. Puede que no supiesen muy bien qué esperar.

Ahora estaban allí. Habían llegado, cubiertos de tierra y de suciedad, heridos y algunos extenuados, porque era la disciplina que se les exigía. Contemplaron lo que se abría frente a ellos.

Hileras e hileras de tiendas de campaña de colores montadas en el exterior de las murallas de Fortaine, el sol iluminando los pabellones, los estandartes y las sedas de un campamento elegante. Era una ciudad de tiendas, donde acampaban las fuerzas descansadas e intactas de Laurent, que no habían pasado la mañana luchando y muriendo.

La arrogancia manifiesta de la imagen era sin duda intencionada, era una que decía: «¿Te has esforzado mucho en Charcy? Pues yo he estado aquí rascándome la barriga».

Nikandros tiró de las riendas junto a Damen.

—Tío y sobrino son iguales. Envían a otros hombres para que luchen por ellos.

Damen se había quedado en silencio. En el pecho sentía una presión que relacionaba con la rabia. Miró aquella elegante ciudad de seda y pensó en los hombres que habían muerto en el campo de batalla de Charcy.

Una especie de comité de bienvenida cabalgaba hacia ellos. Damen agarró con fuerza el estandarte ajado y cubierto de sangre del regente.

—Déjame a mí —dijo al tiempo que espoleaba al caballo.

Cuando estaba a medio camino, se topó con el heraldo, que había llegado con un grupo de cuatro ayudantes nerviosos que no paraban de decir algo muy urgente sobre el protocolo. Damen apenas entendió lo que decían.

—No os preocupéis —dijo—. Me está esperando.

Dentro del campamento, se bajó del caballo y entregó las riendas a un sirviente que pasaba por allí, mientras ignoraba el ajetreo que había provocado su llegada y a los mensajeros, que se afanaban por seguirlo a medio galope.

Sin quitarse los guanteletes siquiera, se dirigió a toda prisa hacia la tienda. Conocía esas dobleces festoneadas, el banderín con el brote estelar. Nadie lo detuvo. Ni siquiera cuando llegó a ella y mandó marchar al soldado de la entrada con una única palabra. «Largo». No se preocupó siquiera por ver si había obedecido. El soldado lo dejó pasar. Claro que lo hizo. Lo había planeado todo. Laurent estaba listo para recibirlo, viniese con docilidad detrás del heraldo o aún con la tierra y el sudor de la batalla, como era el caso, con sangre seca en los lugares donde un lavado rápido con poco más que un trapo no había sido capaz de llegar.

Apartó la entrada de la tienda con el brazo y franqueó la entrada.

La privacidad de la seda volvió a sellar el lugar a su paso. Se encontraba en una estancia diáfana, con el techo alto de dosel dispuesto en forma de inflorescencia, apoyado en seis postes interiores gruesos cubiertos de seda. Era acogedor a pesar del tamaño, y la tela de la entrada ahogaba lo suficiente el ruido del exterior.

Aquel era el lugar que había elegido Laurent, y Damen intentó familiarizarse con él. Había pocos muebles, asientos bajos, cojines y, al fondo, una mesa de cabestrillo cubierta por manteles y cuencos de poca profundidad llenos de peras y naranjas confitadas. Como si hubiesen quedado para comer unos dulces.

Alzó la vista de la mesa a la figura ataviada con un gusto exquisito que apoyaba un hombro contra uno de los postes de la tienda. Lo miraba.

—Hola, amante —saludó Laurent.

No iba a ser fácil. Damen se obligó a asimilar las palabras y a avanzar por el interior. Quedó rodeado por aquel lugar elegante, ataviado con su armadura completa, tras aplastar seda bordada y elegante con sus pies llenos de barro.

Tiró el estandarte del regente sobre la mesa. Repiqueteó en un revoltijo de tierra y seda manchada. Después pasó a mirar a Laurent. Se preguntó qué vería en él el príncipe al mirarlo. Sabía que tenía un aspecto diferente.

—Nos hemos hecho con Charcy.

—Tal y como pensaba.

Damen se obligó a respirar hondo antes de responder.

—Vuestros hombres creen que sois un cobarde. Nikandros cree que nos habéis engañado, que nos enviasteis a ese lugar para abandonarnos allí y que nos matasen los hombres de vuestro tío.

—¿Y piensas lo mismo? —preguntó Laurent.

—No —dijo Damen—. Nikandros no os conoce.

—Pero tú sí.

Damen miró la postura de Laurent, la manera meticulosa en la que había colocado su cuerpo. La mano izquierda del príncipe seguía apoyada con parsimonia en el poste interior de la tienda.

Dio un paso al frente, deliberado y agarró el hombro derecho de Laurent.

No ocurrió nada durante unos instantes. Damen apretó el agarre y le clavó el pulgar. Más fuerte. Vio cómo el príncipe se ponía pálido. Al final, este terminó por decir:

—Para.

Lo soltó. Laurent se había apartado y se agarraba el hombro, donde el azul del jubón se había oscurecido. Sangre, sangre que se acumulaba en un lugar nuevo y subterráneo. El príncipe lo miraba con los ojos abiertos como platos y gesto extraño.

—Vos jamás romperíais un juramento —dijo Damen cuando pasó la sensación que tenía en el pecho—. Ni siquiera uno que me habíais hecho a mí.

Tuvo que obligarse a echarse atrás. La tienda era lo bastante grande como para hacerlo, como para dejar cuatro pasos entre ellos.

Laurent no respondió. Aún se aferraba el hombro y los dedos se le habían manchado de sangre.

—¿Ni siquiera a ti?

Damen se obligó a mirar al príncipe. La verdad se agitaba en su pecho como si de una presencia terrible se tratara. Pensó en la única noche que habían pasado juntos. Pensó en Laurent entregándose, con esa mirada sombría y vulnerable; y también en el regente, que sabía muy bien cómo someter a los hombres.

En el exterior, dos ejércitos estaban preparados para luchar. La situación se prestaba a ello, y no había nada que él pudiese hacer para evitarlo. Recordó la sugerencia reiterada del regente: «¿Has tomado a mi sobrino? Lo había hecho. Lo había enamorado. Era suyo.

Se percató de que Charcy no le importaba demasiado al regente. No significaba nada para él. La verdadera arma que el tío de Laurent siempre había blandido contra él era Damen.

—He venido para deciros quién soy.

Laurent le resultaba profundamente familiar; el color de su pelo, la ropa ajustada, los labios carnosos que tensaba o reprimía con crueldad, el ascetismo despiadado, los ojos azules insoportables.

—Sé quién eres, Damianos —dijo Laurent.

Damen lo oyó y, en ese momento, el interior de la tienda cambió, como si todos los objetos hubiesen adquirido una forma diferente en ese mismo instante.

—¿Creías que no iba a reconocer al hombre que mató a mi hermano? —continuó el príncipe.

Cada palabra, una esquirla de hielo. Dolorosa, afilada. Una herida. La voz de Laurent sonaba del todo regular. Damen dio un paso atrás sin pensar. La cabeza le daba vueltas.

—Lo sabía desde que estábamos en el palacio, cuando te arrastraron para dejarte frente a mí —explicó Laurent. Siguió hablando con ese tono impertérrito e implacable—. Lo sabía en los baños, cuando ordené que te azotaran. Lo sabía…

—¿En Ravenel? —preguntó Damen. —Respiró con dificultad y miró a Laurent mientras pasaban los segundos—. Si lo sabías, ¿cómo pudiste…?

—¿Dejar que me lo hicieras?

Le dolía el pecho y no se percató de las señales en Laurent: la manera en la que controlaba sus gestos, el rostro siempre pálido y ahora blanco.

—Necesitaba una victoria en Charcy. Y tú me la has dado. Mereció la pena soportar tus torpes agasajos para conseguirlo. —Laurent acababa de pronunciar esas palabras terribles y lúcidas.

Dolió tanto que Damen se quedó sin aliento.

—Mientes. —El corazón le latía desbocado—. Mientes. —Lo dijo demasiado alto—. Creías que me iba a marchar de verdad. Casi me echas tú, en realidad. —A cada palabra que pronunciaba, entendía mejor lo ocurrido—. Sabías quién era. Lo sabías la noche que hicimos el amor.

Pensó en Laurent rindiéndose a él, no la primera vez, sino la segunda. Recordó el ritmo lento y pausado, la tensión de su cuerpo, la manera en la que había…

—No le estabas haciendo el amor a un esclavo, me lo estabas haciendo a mí. —No era capaz de pensar con claridad, pero fue capaz de captar un atisbo de lo que sucedía, uno velado—. Creía que no ibas a… Creía que nunca… —Dio un paso adelante—. Laurent, hace seis años, cuando luché contra Auguste…

—No pronuncies su nombre. —Laurent articuló las palabras entre dientes apretados—. No vuelvas a pronunciar su nombre jamás. ¡Tú mataste a mi hermano!

Laurent había empezado a respirar con dificultad, casi a jadear mientras hablaba, con la mano rígida contra el borde de la mesa que tenía detrás.

—¿Es eso lo que querías oír, que sabía quién eras y aun así dejé que lo hicieras conmigo, a ti, que asesinaste a mi hermano, a ti, que lo sacrificaste como un animal en el campo de batalla?

—No —aseguró Damen. El estómago le dio un vuelco—. Eso no es lo que…

—¿Quieres que te pregunte cómo lo hiciste? ¿Qué fue lo que hizo cuando le clavaste la espada?

—¡No! —dijo Damen.

—¿O acaso quieres que te hable de aquel hombre que no era más que un espejismo y me daba buenos consejos? Aquel que me apoyaba. Aquel que jamás me mentía.

—Jamás te mentí.

Las palabras resonaron horribles en el silencio posterior.

—¿«Laurent, soy vuestro esclavo»? —dijo Laurent.

Damen sintió como si le acabase de dar un golpe y expulsó el aire de los pulmones.

—No… —dijo—. No hables de eso como si…

—¿Cómo si…?

—Como si lo hubiese dicho a sangre fría, como si lo tuviese planeado. Como si ambos no hubiésemos fingido que yo era un esclavo. —Se obligó a pronunciar aquellas palabras que lo dejaban expuesto—. Era tu esclavo.

—Nunca hubo un esclavo —dijo Laurent—. Jamás existió tal cosa. No sé qué clase de hombre es el que tengo ahora frente a mí. Lo único que sé es que lo estoy viendo por primera vez.

—Esa persona es la que tienes delante. —Le dolía el cuerpo, como si acabaran de desollarlo—. Soy yo.

—Arrodíllate pues —exigió Laurent—. Bésame la bota.

Miró los ojos azules y acusadores de Laurent. Sintió un dolor intenso ante la imposibilidad de hacerlo. No podía arrodillarse. Se limitó a mirar a Laurent a través de la distancia que los separaba. Las palabras eran como cuchillas.

—Tienes razón. No soy un esclavo —dijo—. Soy el rey. Maté a tu hermano y ahora me he apoderado de tu fortaleza.

Mientras hablaba, Damen desenvainó una daga. Le dio la impresión de que la atención del príncipe se centraba por completo en el arma. Las señales físicas fueron casi imperceptibles: separó un poco los labios y tensó mínimamente el cuerpo. Laurent no miraba la daga, sino que mantuvo la vista fija en Damen, quien también lo contemplaba a él.

—Por eso, negociarás conmigo como rey que soy y me dirás para qué me has hecho venir.

Damen tiró el arma al suelo con gesto deliberado. Laurent no la siguió con la mirada y mantuvo la vista fija en él.

—¿No lo sabías? —preguntó el príncipe—. Mi tío está en Akielos.

CUATRO

—Laurent —dijo—. ¿Qué has hecho?

—¿Te afecta pensar en lo que mi tío podría hacerle a tu país?

—Sabes que sí. Estamos hablando del destino de nuestras naciones. Eso no te devolverá a tu hermano.

Se hizo un silencio muy vehemente.

—Mi tío sabía que estabas aquí —continuó Laurent—. Ha estado todo este tiempo a la espera de que pasásemos la noche juntos. Quería ser él quien me dijera tu verdadera identidad, para ver cómo me rompía en mil pedazos. ¿Lo sabías? ¿Y aun así te acostaste conmigo? ¿No pudiste evitarlo?

—Ordenaste a tus sirvientes que me llevasen a tus aposentos —dijo Damen—. Y luego me tiraste sobre la cama. Te lo dije. Dije: «No lo hagáis».

—Lo que dijiste fue «Besadme» —aseguró Laurent, articulando cada sílaba de la palabra con claridad—. Dijiste: «Laurent, necesito meterme dentro de vos. Es una sensación maravillosa, Laurent». —Pasó a hablar en akielense, tal y como Damen había hecho durante el clímax—. Nunca había sentido algo así. No puedo... Tengo que...».

—Para —exigió Damen. Había empezado a jadear, como si acabase de hacer un gran esfuerzo. Miró al príncipe.

—Charcy fue una distracción —dijo este—. Guion me lo confesó. Mi tío zarpó hacia Ios hace tres días. A estas alturas, ya habrá atracado allí.

Damen se apartó tres pasos más para procesar la información. Descubrió que se había aferrado a uno de los postes de la tienda.

—Ya veo. Y mis hombres tendrán que morir luchando por ti contra él, como acaban de hacer en Charcy. ¿No es así?

Laurent le dedicó una sonrisa que no tenía nada de agradable.

—En esa mesa hay una lista de tropas y suministros. Te entregaré todo lo que pone en ella para apoyar tu incursión hacia el sur.

—¿A cambio de qué? —preguntó Damen sin titubear.

—De Delpha —respondió Laurent con el mismo tono de voz.

Se sorprendió al darse cuenta de que aquel era Laurent y no cualquier joven veinteañero. La provincia de Delpha pertenecía a Nikandros, su amigo y simpatizante que le había declarado su lealtad. Era un lugar valioso, muy fértil y con un puerto concurrido. También tenía un valor simbólico, ya que era el lugar donde había tenido lugar la gran victoria de Akielos y, por ende, la gran derrota de Vere. Renunciar a un lugar así fortalecería la posición de Laurent, pero debilitaría la suya.

No estaba preparado para negociar. Laurent sí; él estaba allí en calidad de príncipe de Vere y enfrentándose al rey de Akielos. Había sabido quién era Damen desde el principio. La lista, escrita con la letra de Laurent, estaba preparada desde antes de aquel encuentro.

El hecho de que el regente estuviese en su país era un peligro que hacía que se le revolvieran las tripas. Ya controlaba la guardia del palacio akielense, ya que era el regalo que le había hecho a Kastor. Y ahora se encontraba en Ios en persona, con las tropas preparadas para capturar la capital a su señal. Y Damen estaba allí, a cientos de kilómetros de distancia, enfrentándose a Laurent y a un ultimátum imposible.

—¿Lo habías planeado todo desde el principio? —preguntó.

—La parte más complicada fue conseguir que Guion me dejase entrar en su fortaleza —respondió con tono neutro, con un deje algo más íntimo de lo habitual.

—Hiciste que me apaleasen, me drogasen y me diesen latigazos en el palacio. ¿Y me pides que te entregue Delpha? Tengo una idea mejor. ¿Por qué no me cuentas por qué no debería entregarte a tu tío a cambio de su ayuda contra Kastor?

—Porque sabía quién eras —respondió Laurent—. Y cuando mataste a Touars y humillaste a los hombres de mi tío, hice que las noticias llegasen a todos los rincones de mi país. Para que, si en algún momento llegabas a recuperar el trono, no tuvieses posibilidad alguna de aliarte con él. ¿De verdad quieres enfrentarte a mí en estos términos? Vas a acabar mal.

—¿Acabar mal? —preguntó Damen con tono deliberado—. Si me opongo a ti, el poco de territorio que te queda estará rodeado por dos enemigos diferentes a cada lado. Y tendrás que centrar tus esfuerzos en tres direcciones.

—Créeme cuando te digo que tendrás toda mi atención —aseguró Laurent.

Damen lo miró despacio y este se quedó muy quieto.

—Estás solo. No tienes aliados. No tienes amigos. Has confirmado todo lo que tu tío decía sobre ti. Hiciste tratos con Akielos. Hasta te acostaste con un akielense…, y ahora todo el mundo lo sabe. Te aferras a la independencia con solo una fortaleza y los restos ajados de tu reputación.

Se esforzó porque cada una de las palabras sonase imponente.

—Así que seré yo quien dicte los términos de esta alianza. Me darás todo lo que has escrito en esa lista y, a cambio, yo te ayudaré a luchar contra tu tío. Delpha seguirá siendo de Akielos. No finjas que tienes algo con lo que negociar.

Se hizo un silencio cuando Damen terminó de hablar. Laurent y él estaban a tres pasos de distancia.

—Tengo algo más que sé que quieres —aseguró Laurent.

Los ojos azules e impertérritos de Laurent se posaron en él, mientras mantenía el cuerpo en pose relajada y la luz filtrada por la tela de la tienda se proyectaba en sus pestañas. Damen sintió que las palabras se extendían por su interior, que su cuerpo reaccionaba casi en contra de su voluntad.

—Guion ha accedido a testificar por escrito y confesar los detalles del trato que hicieron Kastor y mi tío mientras él trabajaba como embajador —dijo Laurent.

Damen se puso muy rojo. No esperaba de ninguna manera que el príncipe dijese algo así, y este lo sabía. Por unos momentos, los envolvió el silencio de todas las palabras que se negaron a pronunciar.

—Por favor —dijo Laurent—, insúltame más. Dame detalles de esos... restos ajados de mi reputación. Cuéntame todas las formas en las que inclinarme ante ti ha dañado mi prestigio. Como si estar entre las sábanas del rey de Akielos pudiera ser algo más aparte de humillante. Me muero por oírlo.

—Laurent...

—¿Pensabas que iba a dejar que vinieras sin los medios necesarios para conseguir imponer mis términos? Tengo la única prueba de la traición de Kastor sin contar con tu palabra.

—Mi palabra es suficiente para aquellos que importan.

—¿Lo es? Entonces, rechaza mi oferta sin pensar. Ejecutaré a Guion por traición y quemaré la carta en la vela más cercana.

Damen cerró las manos en sendos puños. Sintió que el príncipe había sido más listo que él, aunque tenía muy claro que Laurent estaba negociando solo y que su vida política pendía de un hilo. Tenía que estar desesperado para proponer luchar junto a Akielos, junto a Damianos de Akielos.

—¿Vamos a volver a fingir? ¿Vamos a hacer como que nunca ocurrió? —preguntó Damen.

—Si te preocupa que el tema vuelva a salir en nuestras conversaciones, no temas. Todos los hombres de mi campamento saben que me serviste entre las sábanas.

—¿Y cómo va a ser nuestra relación ahora? —insistió Damen—. ¿Material? ¿Me tratarás con frialdad?

—¿Cómo creías que iba a ser? —preguntó Laurent—. ¿Creías que ibas a volver a llevarme a la cama para consumarlo públicamente?

Las palabras le resultaron hirientes.

—No haré esto sin Nikandros, y él no va a entregar Delpha —aseguró Damen.

—Lo hará cuando le des Ios.

Era una gran idea. No había pensado qué hacer tras la derrota de Kastor ni en quién se convertiría en el kyros de Ios, el consejero real. Nikandros era el candidato ideal.

—Veo que has pensado en todo —dijo Damen, con amargura en la voz—. No tenías por qué. Podrías haberme pedido ayuda. Yo habría…

—¿Matado al resto de mi familia?

Laurent lo dijo con la espalda recta frente a la mesa, sin quitarle ojo de encima. Damen recordó con pesar cómo había atravesado con la espada al hombre que creía que era el regente, como si matarlo fuese a servirle de expiación. No hubiese servido de nada.

Pensó en todo lo que Laurent había tenido en cuenta, en todas las ventajas vulgares que había usado para controlar la reunión, para asegurarse de que Damen se rendía a sus términos.

—Felicidades —dijo Damen—. Me has convencido. Has conseguido lo que querías. Delpha a cambio de tu ayuda en el sur. No me has regalado nada ni te has aprovechado de mis sentimientos. Me has coaccionado sin derramar ni una gota de sangre.

—¿Tenemos un acuerdo, entonces? Confírmalo.

—Tenemos un acuerdo.

—Bien —dijo Laurent. Dio un paso atrás. Después, como si todo su autocontrol se derrumbase al fin, se dejó caer sobre la mesa con el rostro del todo pálido. Había empezado a temblar y tenía la frente perlada de sudor a causa de la herida. Dijo—: Ahora, lárgate.

Hablaba con el heraldo.

Damen lo oía como si estuviese lejos, pero se enteró de que había un pequeño grupo de hombres de su bando esperándolo para cabalgar con él de regreso a su campamento. Le dijo algo, o creyó decirlo al menos, porque este se marchó y lo dejó montar.

Colocó la mano en la silla antes de subir y cerró los ojos por unos instantes. Laurent sabía quién era y, a pesar de todo, había hecho el amor con él. Se preguntó qué mezcla de deseo e ilusión lo había llevado a algo así.

Damen estaba destrozado por lo ocurrido, herido y dolorido, y le palpitaba el cuerpo entero. No había sentido los golpes del campo de batalla hasta ese mismo instante, cuando todo había terminado. El fluctuante agotamiento físico de la refriega se apoderó de él. No era capaz de moverse. No era capaz de pensar.

Se lo imaginaba como un acontecimiento único y catastrófico, un desenmascaramiento que había acabado pasase lo que pasase a continuación. La violencia habría supuesto tanto un castigo como una liberación. Nunca se había imaginado que se fuese a alargar tanto, ni que Laurent supiese la verdad, ni que la hubiese aceptado a pesar del dolor, ni que para él fuera a convertirse en esa presión en el pecho que nunca lo abandonaba.

El príncipe había conseguido contener la emoción de su mirada e iba a aceptar una alianza con el asesino de su hermano, aunque lo único que sintiese por él fuese repugnancia. Si él podía hacerlo, Damen también. Seguro que podía abandonarse a esas negociaciones impersonales, hablar el idioma formal de los reyes.

El dolor de la pérdida no tenía sentido, porque Laurent nunca le había pertenecido. Lo sabía. La tierna relación que se había forjado entre ellos no tenía derecho alguno a existir. Siempre había tenido fecha de caducidad: el momento en el que Damen recuperara lo que era suyo.

Ahora tenía que regresar con los suyos a su campamento. El viaje a caballo fue breve, ya que los ejércitos se encontraban a menos de dos kilómetros de distancia. Viajó sin dejar de pensar en su deber. Dolía, pero así eran las cosas, así era ser rey.

Aún tenía que hacer una cosa más.

Cuando desmontó al fin, una ciudad akielense de tiendas de campaña se alzaba frente a él, similar a la de los verecianos, pero esta a sus órdenes. Se dejó caer de la silla y entregó las riendas a uno de los soldados. Estaba muy cansado a nivel físico, tanto que le costaba concentrarse. Para hacerlo, tenía que ignorar los temblores de los músculos, de los brazos y de las piernas.

Su tienda se encontraba en el extremo oriental del campamento, y allí tenía sábanas, un catre, un lugar donde cerrar los ojos y descansar. No entró en ella. Mandó llamar a Nikandros a la tienda de mando que habían montado en el centro del campamento.

Había anochecido, y la entrada de la tienda estaba iluminada por postes con antorchas que llameaban con luz anaranjada a la altura de la cintura. En el interior, había seis braseros que proyectaban sombras danzarinas por la mesa, y la silla estaba colocada de cara a la entrada, como el trono de un rey preparado para recibir a sus súbditos.

El campamento estaba tan cerca del ejército vereciano que todos los soldados estaban tensos. Había patrullas innecesarias y jinetes con cuernos preparados para dar la alarma en cualquier momento. Si a un vereciano le daba por tirarles una piedra, el ejército al completo entraría en acción.

Aún desconocían la razón por la que habían acampado en aquel lugar; se habían limitado a obedecer órdenes. Nikandros sería el primero en oír las noticias.

Damen recordó el orgullo de Nikandros el día en el que Theomedes le había entregado Delpha. Para él había significado mucho más que la entrega de un territorio, era mucho más que la piedra y la argamasa de las estructuras. Para Nikandros era la prueba de que había honrado la memoria de su padre. Ahora Damen iba a arrebatarle todo aquello a sangre fría en pos de una negociación política.

Esperó sin dar la espalda a lo que significaba ser rey. Si podía olvidar a Laurent, también podía hacer algo así.

Nikandros entró en la tienda.

No le gustó nada, ni la oferta ni el precio. Nikandros no consiguió disimular del todo el daño que le provocó la noticia mientras intentaba comprenderlo infructuosamente. Damen lo miró, inflexible y sin titubear. Habían jugado juntos de niños, pero ahora Nikandros estaba frente a su rey.

—¿El príncipe vereciano te ha pedido que le entregues mi hogar a cambio de convertirse en tu aliado principal en la guerra?

—Sí.

—¿Y has aceptado?

—Así es.

Damen recordó la esperanza que tenía de volver a casa y que todo entre ellos volviese a ser como en los viejos tiempos, como si una amistad de ese tipo pudiese sobrevivir a la política.

—Intenta hacer que nos enfrentemos —explicó Nikandros—. Lo tiene todo pensado. Intenta debilitarte.

—Lo sé —aseguró Damen—. Es muy propio de él.

—Pues… —Nikandros se quedó en silencio y se giró con frustración—. Te retuvo como esclavo. ¡Nos abandonó en Charcy!

—Tiene una razón para eso.

—Pero yo no puedo saberla, claro.

La lista de suministros y de soldados que le había ofrecido Laurent se encontraba sobre la mesa. Era mucho más de lo que Damen había esperado, pero podía llegar a considerarse escaso. Era más o menos igual a la contribución de Nikandros, igual a la que haría cualquier otro kyros al unirse a su causa, quizá.

No era pago suficiente por Delpha. Se percató de que Nikandros pensaba igual que él.

—Te pondría las cosas más fáciles si pudiera —aseguró Damen.

Silencio mientras Nikandros reprimía su respuesta.

—¿A quién dirías que voy a perder? —preguntó Damen.

—A Makedon —respondió Nikandros—. A Straton. Puede que también a los abanderados del norte. Descubrirás que en Akielos te será más complicado recibir la ayuda de tus aliados, que los plebeyos no te recibirán con los brazos abiertos. Puede que incluso algunos se vuelvan hostiles. Habrá problemas para mantener unidas a las tropas durante la marcha. Y más problemas aún durante la batalla.

—Continúa —insistió Damen.

—Habrá rumores —obedeció Nikandros. Hablaba con desagrado, como si fuesen palabras que no quisiera pronunciar—. Rumores sobre...

—No —espetó Damen.

Y luego, Nikandros continuó como si no pudiese contener las palabras:

—Si al menos te quitaras el grillete...

—No. No me lo pienso quitar. —Damen intentó no bajar la mirada.

Nikandros se dio la vuelta y apoyó ambas manos sobre la mesa. Damen vio que tenía los hombros tensos y encogidos, con las palmas extendidas sobre la madera.

—¿Y a ti? ¿Te perderé a ti? —preguntó Damen tras un silencio doloroso.

No fue capaz de decir nada más. Lo dijo con una voz lo bastante firme, para luego esperar y quedarse en silencio.

Nikandros respondió como si las palabras brotasen de las profundidades de su ser, en contra de su voluntad:

—Yo quiero Ios.

Damen suspiró aliviado. En ese momento, se dio cuenta de que Laurent no había querido enfrentarlos. Estaba jugando con

Nikandros. La habilidad que había demostrado el príncipe era muy peligrosa. Había averiguado hasta dónde iba a ser capaz de llegar Nikandros y qué se necesitaba para que no cambiase de bando. La presencia del príncipe en la estancia era casi tangible.

—Escúchame, Damianos. Escúchame si es que de verdad valoras mis consejos. No está de tu parte. Es de Vere y va a meter un ejército en tu territorio.

—Para enfrentarse a su tío. No a nosotros.

—Si alguien matara a uno de tus familiares, no descansarías hasta verlo muerto.

El silencio se hizo entre ellos tras aquella última frase. Damen recordó la mirada de Laurent en la tienda mientras sellaban aquella alianza.

Nikandros empezó a negar con la cabeza.

—¿O de verdad crees que te ha perdonado por asesinar a su hermano?

—No. Me odia —lo dijo con firmeza, sin titubeos—. Pero odia más a su tío. Nos necesita. Y nosotros lo necesitamos a él.

—¿Tanto lo necesitas que eres capaz de despojarme de mi hogar porque te lo ha pedido?

—Sí —espetó Damen. Vio cómo Nikandros asimilaba la respuesta a duras penas—. Hago esto por Akielos.

—Pues si te equivocas, Akielos dejará de existir —zanjó Nikandros.

Habló con algunos soldados más de camino a su tienda. Intercambió alguna palabra que otra mientras avanzaba por el campamento, una costumbre que había adquirido desde la primera vez que había comandado tropas con diecisiete años. Los hombres se ponían firmes a su paso y se limitaban a decir «su eminencia» cuando les hablaba. No era como estar sentados alrededor de la hoguera de un campamento bebiendo vino e intercambiando historias largas y comentarios subidos de tono.

Jord y el resto de verecianos de Ravenel habían vuelto con Laurent para reunirse con su ejército en aquellas tiendas extravagantes de Fortaine. Damen no los había visto partir.

La noche era cálida y solo hacía falta fuego para iluminar o para cocinar. Sabía por dónde iba porque las hileras precisas de tiendas akielenses eran fáciles de seguir incluso a la luz de las antorchas. Las tropas entrenadas y disciplinadas habían hecho un trabajo rápido y eficiente: habían limpiado y almacenado las armas, habían encendido las hogueras y luego clavado al suelo los ganchos robustos de las tiendas.

La suya era de una lona del todo blanca. No había prácticamente nada que la diferenciase de las demás, solo el tamaño y los dos guardias armados que había apostados en la entrada. Se pusieron firmes, y el honor de aquel deber hizo que se ruborizaran. Se notó aún más en el joven guardia llamado Pallas que el anciano Aktis, pero se reflejaba en la postura de ambos. Damen se aseguró de que se le notase lo agradecido que estaba al pasar, como era de rigor.

Levantó la tela de la entrada de la tienda y dejó que cayese tras él.

En el interior, el lugar era poco más que una estancia diáfana y austera, iluminada con unas velas de sebo clavadas en un soporte. La privacidad fue toda una bendición. Podía dejar de contenerse, dejar que todo el peso del agotamiento se apoderase de él y descansar. Le dolía el cuerpo por haber estado fingiendo. Lo único que quería era quitarse la armadura y cerrar los ojos. Cuando estaba solo, podía dejar de ser el rey. Se detuvo y se quedó de piedra. Se apoderó de él una sensación terrible, un vaivén propio de las náuseas.

No estaba solo.

La mujer estaba desnuda, en la parte baja del austero catre, con los grandes pechos y la frente apoyada en el suelo. No la habían entrenado en el palacio, por lo que era incapaz de disimular el hecho de que estaba nerviosa. Se había recogido el cabello rubio en un delicado moño para apartárselo de la cara, una costumbre del norte. Tendría diecinueve o veinte años, quizá, con un cuerpo bien capacitado y listo para él. Había preparado un baño en una bañera de madera sin adorno alguno, para que Damen dispusiese de él si era de su agrado…, o de ella.

Sabía que el ejército de Nikandros había viajado con esclavos, que seguían a las tropas en carros con los suministros. También sabía que volvería a encontrar esclavos en Akielos al regresar.

—Levanta —se oyó decir, con torpeza. No era una orden apropiada para una esclava.

Era una situación que hubiese esperado en el pasado, una en la que habría sabido cómo comportarse. Habría apreciado el encanto rural de las capacidades norteñas de la mujer; se hubiese acostado con ella, ya fuese esa misma noche o por la mañana. Nikandros lo conocía y sabía que era su tipo. Era la mejor que tenía, lo cual resultaba evidente: una esclava de su séquito personal, quizá también su favorita, porque Damen era su invitado y su rey.

La mujer se levantó. No dijo nada. Llevaba un collar alrededor del cuello y grilletes de metal alrededor de las pequeñas muñecas, grilletes que eran como el que…

—Eminencia —dijo en voz baja—. ¿Qué ocurre?

Damen soltó un resoplido extraño e irregular. Se dio cuenta de que llevaba respirando así desde hacía un tiempo, de que el cuerpo le temblaba, de que el silencio entre ambos había durado demasiado.

—No quiero esclavas —respondió—. Díselo al guardián. Que no envíe a nadie más. Durante el resto del viaje. Me vestirá un ayudante o un escudero.

—Sí, eminencia —dijo ella, obediente mientras ocultaba su confusión, o lo intentaba al menos, y se dirigía hacia la entrada de la tienda con el rostro ruborizado.

—Un momento. —No podía dejar que recorriese desnuda todo el campamento—. Toma. —Se quitó la capa y la envolvió con ella por los hombros. Sintió lo incorrecto del gesto, ajeno a todo protocolo—. Uno de los guardias te escoltará.

—Sí, eminencia —dijo ella, porque era lo único que podía articular. Y al fin lo dejó a solas.

CINCO

Después de que la primera consecuencia de la alianza afectase a Nikandros, la mañana del anuncio al resto de tropas fue menos personal pero más complicada. Y a mayor escala.

Los heraldos cabalgaron de un lado a otro entre campamentos desde antes del amanecer. Los preparativos de dicho anuncio habían tenido lugar antes de que la luz grisácea empezase a proyectarse por las tiendas. Unas reuniones de ese tipo podían llegar a durar meses en prepararse, pero la velocidad con la que se hicieron en este caso fue vertiginosa..., o lo sería en caso de no conocer a Laurent.

Damen hizo llamar a Makedon a la tienda de mando y luego comunicó a su ejército que formara frente a él porque iba a hacer un anuncio. Se sentó en el trono, con una simple silla de roble vacía a su lado y Nikandros de pie detrás. Vio cómo el ejército se colocaba en posición poco a poco, mil quinientos hombres disciplinados. La vista de Damen desde allí abarcaba todo el campamento, con el ejército colocado en una formación en dos bloques frente a él, con un pasillo despejado en el centro que llevaba justo hasta el pie del trono bajo la carpa.

Había decidido no contárselo a Makedon en solitario, sino hacer que se reuniese allí para darle la noticia, tan ajeno a lo que iba a ocurrir como el resto de soldados. Era un riesgo y había que prepararlo todo con mucha cautela. Makedon, el del cinturón con muescas, tenía el mayor ejército provinciano del norte y, aunque técnicamente era un abanderado bajo las órdenes de Nikandros, era poderoso por derecho. Si salía de allí con sus hombres y enfadado, era muy probable que diese al traste con los planes de batalla de Damen.

Damen sintió la reacción de Makedon cuando el heraldo vereciano entró a galope en el campamento. Makedon era peligroso y anímicamente volátil. Había desobedecido a reyes en el pasado. Había roto el tratado de paz semanas antes al llevar a cabo un contrataque independiente contra Vere.

—Su alteza Laurent, príncipe de Vere y Acquitart —anunció el heraldo, y Damen sintió que los hombres que se encontraban a su alrededor en la tienda también reaccionaban a las palabras. Nikandros mantuvo las apariencias y no pareció afectarle, aunque Damen también sintió la tensión de su cuerpo. Los latidos del corazón de Damen se aceleraron, pero mantuvo el gesto impertérrito.

Cuando un príncipe se reunía con otro, había que seguir un protocolo, uno que no consistía en saludarse en una tienda diáfana ni acabar encadenado en el suelo de la sala de audiencias de un palacio.

Habían pasado seis años desde la última vez que la realeza de Akielos y Vere se había reunido oficialmente, en Marlas, cuando el regente se había rendido al padre de Damen, el rey Theomedes. Por respeto a los verecianos, Damen no había estado presente, pero recordaba la satisfacción que había sentido al saber que la realeza de Vere inclinaba la rodilla ante su padre. Le había gustado. Creyó que era muy probable que le hubiese gustado tanto como a sus hombres les disgustaba lo que estaba ocurriendo hoy allí, y por las mismas razones.

Los estandartes verecianos ondeaban visibles por todo el grueso de las tropas, dispuestas en seis columnas de treinta y seis integrantes, mientras Laurent cabalgaba a la cabeza de la comitiva.

Damen esperó, sentado con gesto ceremonial en el trono de roble, con los brazos y los muslos desnudos al estilo akielense y su ejército desplegado frente a él en filas estáticas y perfectas.

No se parecía en nada a las entradas triunfales que Laurent había hecho en los pueblos y las aldeas de Vere. Nadie quedaba extasiado ni gritaba ni tiraba flores a sus pies. El campamento se quedó en silencio. Los soldados akielenses lo contemplaron avanzar a caballo entre sus filas en dirección a la carpa, recortado contra la luz del sol, mientras relucían las armaduras, las hojas afiladas y las puntas de lanza, todo bien pulido tras haber sido usado para matar hacía muy poco tiempo.

Pero la elegancia pura e insolente del príncipe de Vere era la misma, así como esa cabeza reluciente que llevaba al descubierto. No portaba armadura ni símbolo alguno que denotase su rango, a excepción de la diadema de oro que llevaba en la frente. Pero cuando se bajó de la montura y entregó las riendas a un sirviente, todos se lo quedaron mirando igualmente.

Damen se puso en pie.

La tienda al completo reaccionó; los hombres se levantaron, se agitaron, bajaron la mirada ante su rey. Laurent avanzó hacia él despacio, con gracia. Parecía del todo ajeno a la reacción que provocaba su presencia. Recorrió el camino que le habían despejado, como si estuviese en su derecho de hacerlo en un campamento akielense. Los hombres de Damen lo contemplaron como un hombre contemplaría a un enemigo paseando por su hogar sin poder evitarlo.

—Mi hermano de Akielos —dijo Laurent.

Damen lo miró a los ojos sin titubear. Todo el mundo sabía que, en el idioma de Akielos, los príncipes de las naciones extranjeras se hablaban entre ellos en clave fraternal.

—Nuestro hermano de Vere —dijo Damen.

Vio gran parte del séquito de Laurent: sirvientes con uniformes, algunos hombres sin identificar en el exterior y varios cortesanos de Fortaine. Reconoció a Enguerran, el capitán de Laurent. También a Guion, el consejero más leal al regente, quien en algún momento de los últimos tres días había cambiado de bando.

Damen alzó la mano con la palma hacia arriba y los dedos extendidos. Laurent levantó la suya con parsimonia para luego colocarla encima. Rozaron los dedos.

Sintió la mirada de todos los akielenses de la tienda. Continuaron muy despacio. Los dedos de Laurent se encontraban a escasos milímetros de los suyos. Se percató del momento en el que los hombres que lo rodeaban se dieron cuenta de lo que estaba a punto de ocurrir.

Se acercaron al estrado y se sentaron, de cara a la multitud, en esos asientos de roble gemelos que ahora hacían las veces de tronos.

La conmoción se extendió por todos los hombres y mujeres de la tienda, por las filas de los soldados reunidos en el lugar. Todos vieron que Laurent y Damen estaban sentados el uno junto al otro.

Sabían lo que significaba algo así: que ostentaban el mismo rango, que se consideraban iguales.

—Estamos aquí reunidos para que seáis testigos de nuestro pacto —empezó a decir Damen, con voz nítida que se oyó a pesar del ruido—. Hoy anunciamos una alianza entre nuestras naciones contra aquellos farsantes y usurpadores que quieren apoderarse de nuestros respectivos tronos.

Laurent se reclinó cómodo, como si el asiento estuviese hecho a su medida, y adoptó una postura típica en él, con una pierna extendida por delante y la muñeca de huesos finos sobre el reposabrazos del trono.

Se oyeron estallidos de rabia y exclamaciones furiosas; algunas manos aferraron las empuñaduras de las espadas. Laurent no parecía demasiado preocupado, ni por eso ni por nada.

—En Vere hay una costumbre que dicta que hay que hacer un regalo a tu camarada predilecto —dijo Laurent en akielense—. Y hoy Vere anuncia dicho regalo, como símbolo de nuestra alianza, tanto ahora como en días venideros. —Alzó los dedos. Un sirviente vereciano dio un paso al frente con un cojín entre los brazos extendidos, como si de una bandeja se tratara.

Damen sintió que la tienda se emborronaba ante su mirada.

Se olvidó de todos los hombres y mujeres que los contemplaban. Se olvidó de la necesidad de evitar que su ejército y sus generales se sublevaran. Solo fue capaz de ver lo que había sobre el cojín que el sirviente llevaba hacia el estrado.

El regalo de Laurent era un látigo vereciano dorado y enrollado.

Damen lo reconoció. Tenía el mango dorado esculpido, con un rubí o un granate engarzado de manera muy particular en la base, entre las fauces de un felino enorme. Recordó que la vara de su portador tenía el mismo tallado, con una larga cadena afiligranada que le habían atado en el collar que le habían puesto. El gran felino era un símbolo muy similar al león de su casa.

Recordó la mano de Laurent dándole un leve tirón a la vara, más que impetuoso. Recordó cómo lo obligaban a separar las piernas, las manos atadas y el roce de la gruesa madera contra el pecho cuando estaban a punto de darle latigazos en la espalda. Recordó a Laurent en la pared contraria, apoyando los hombros y colocándose bien para contemplar hasta la más mínima expresión del gesto de Damen.

Pasó a mirar a Laurent. Sabía que se había ruborizado porque sintió el calor de sus mejillas. Allí, frente a la mirada de todos los generales, no podía preguntar: «¿Qué has hecho?».

Ocurrió algo en el exterior de la tienda.

Los sirvientes verecianos habían empezado a colocar una serie de diez postes de azotes decorativos en intervalos regulares por fuera de la carpa. Unos portadores verecianos bajaban de sus caballos a diez personas como si de sacos de cereales se tratara, desnudos y atados.

En el interior de la tienda, los hombres y mujeres akielenses se miraban con gesto inquisitivo mientras otros extendían los cuellos para ver qué estaba pasando.

Empujaron a los diez cautivos en dirección a los postes frente a la mirada del ejército que se reunía en el lugar, entre tropiezos y con equilibrio precario, con las manos atadas a la espalda.

—Estos son los hombres que atacaron la aldea akielense de Tarasis —aseguró Laurent—. Son mercenarios de los clanes contratados por mi tío, los que mataron a los vuestros para intentar truncar la paz entre nuestros países.

Consiguió captar la atención de todos los que se encontraban en la tienda. Todas las miradas akielenses se dirigieron a él, desde soldados hasta oficiales, incluso los generales. Makedon y los suyos, en particular, habían visto la destrucción de Tarasis de primera mano.

—El látigo y los hombres forman parte del regalo que Vere hace a Akielos —explicó Laurent, y luego giró esos ojos azules y candentes hacia Damen—. Te regalo los primeros cincuenta latigazos.

No podría haber detenido aquel espectáculo ni de haber querido. La aprobación y la satisfacción se habían apoderado del ambiente. Sus hombres querían hacerlo y lo agradecían, agradecían el regalo a Laurent, aquel joven dorado que era capaz de ordenar que destrozaran a esos cautivos y mirar cómo lo hacían sin parpadear.

Los portadores verecianos habían empezado a clavar los postes en la tierra, y luego se pusieron a agitarlos para comprobar si estaban lo bastante bien colocados como para soportar el peso.

Una parte de Damen se percató de lo perfecta que había sido la idea de regalarles algo así, de su virtuosismo exquisito: era como si Damen le diese un revés con una mano y, con la otra, acariciase a sus generales como perros a los que rascan debajo del hocico.

—Gracias a Vere por su generosidad —se oyó decir Damen.

—Ten en cuenta que sé muy bien lo que te gusta —aseguró Laurent, que le mantuvo la mirada.

Ataron al poste a los hombres desnudos.

Los portadores verecianos se colocaron en posición, cada uno en pie frente a uno de los prisioneros y con un látigo en las manos. Se dio la orden para que empezaran. Damen sintió cómo se le aceleraba el pulso al percatarse de que iba a ver cómo Laurent desollaba vivas a esas personas frente a él.

—Además —continuó el príncipe de Vere, proyectando bien la voz—, ahora posees la prodigalidad de Fortaine. Sus galenos atenderán a tus heridos. Sus almacenes alimentarán a tus hombres. Has pagado un precio muy alto por la victoria akielense sobre Charcy. Todo lo que Vere consiguió mientras peleabais es vuestro, y os lo merecéis. No me beneficiaré de las adversidades a las que tengan que enfrentarse el rey de Akielos o su pueblo.

«Perderás a Straton. Perderás a Makedon», había dicho Nikandros, pero al decirlo no contaba con que Laurent llegase y se arriesgase a intentar controlarlo todo.

Tardaron un buen rato. Cincuenta latigazos con fuerza contra la espalda desprotegida de todos aquellos hombres fue una ardua tarea. Damen se obligó a mirar, pero no se giró hacia Laurent. Era muy consciente de que el príncipe podía mantener esa mirada azul e infinita fija en alguien mientras le daban de latigazos. Recordó con todo lujo de detalles lo que se sentía al recibir los golpes mientras Laurent no apartaba la mirada.

Retiraron a los hombres de los postes, destrozados y cubiertos de sangre. También tardaron lo suyo en hacerlo, porque se necesitó a más de un portador para cargar con cada uno y nadie estaba muy seguro de cuáles habían quedado inconscientes y cuáles habían muerto.

—Nosotros también os queremos hacer un regalo —anunció Damen.

Todos los que se encontraban en la tienda se giraron hacia él. El regalo de Laurent había frustrado cualquier amago de sublevación, pero aún había desavenencias entre Akielos y Vere.

La noche anterior, en la oscuridad de la tienda, había sacado el regalo del equipaje para contemplarlo y sopesarlo entre las manos. No era la primera vez que pensaba en aquel momento. Lo había imaginado en la intimidad de sus pensamientos, pero estando los dos solos. Ahora estaban en público y era una situación dolorosa. Damen no tenía la capacidad de Laurent para hacer daño con lo que más importaba al otro.

Era su turno de cimentar la alianza entre sus naciones. Y solo había una manera de conseguirlo.

—Todos los aquí presentes saben que fuimos tus esclavos —dijo Damen. Articuló las palabras con la fuerza suficiente para que lo oyesen todos los reunidos bajo la carpa—, que llevamos tus grilletes es nuestras muñecas. Pero hoy, el príncipe de Vere demostrará que es nuestro igual.

Hizo un gesto y uno de sus escuderos se adelantó. Lo llevaba envuelto en una tela. Damen sintió cómo una tensión repentina se apoderaba de Laurent, aunque no se reflejara externamente.

—Es algo que me pediste en una ocasión.

El escudero retiró la tela y dejó al descubierto un grillete dorado. No vio, sino que sintió la tensión del príncipe. El grillete era sin duda la pareja del que Damen llevaba puesto, ajustado la noche anterior por un herrero para encajar en una muñeca más estrecha.

—Póntelo. Hazlo por mí —dijo Damen.

Pensó por unos instantes que Laurent no iba a hacerlo, pero en público el príncipe no tenía más remedio que aceptar.

Laurent extendió el brazo y luego quedó a la espera, con la palma extendida y la mirada fija en los ojos de Damen.

—Pónmelo —dijo el príncipe.

Todas las miradas de los presentes se centraron en él. Damen agarró la muñeca de Laurent. Iba a tener que desanudar los cordeles y arremangarle la camisa.

Sintió la ansiedad en el gesto de los akielenses, tan deseosos por ver lo que estaba a punto de ocurrir como lo habían estado por los latigazos. Los rumores de la esclavitud de Damen en Vere se habían extendido como brea por el campamento. Ver al príncipe vereciano llevar el grillete de un esclavo de alcoba era, al mismo tiempo, estremecedor e íntimo, un símbolo de que también era propiedad de Damen.

Notó el borde curvado y compacto del grillete cuando lo levantó. Laurent mantuvo la mirada azul y fría, pero el pulso le latía desbocado bajo los dedos de Damen.

—Mi trono por tu trono —dijo Damen. Arremangó la tela. Era más piel de la que Laurent había mostrado jamás en público, al descubierto para todos los que se encontraban en la tienda—. Ayúdame a recuperar mi reino y serás rey de Vere. —Damen colocó el grillete en la muñeca izquierda de Laurent.

—Estoy encantado de llevar un regalo que me recuerde a ti —dijo Laurent. El grillete se ajustó a su piel y no retiró el brazo, sino que lo dejó apoyado en el trono, con los cordeles desanudados y el oro a vista de todo el mundo.

Resonaron cuernos por las filas de soldados y trajeron refrigerios. Lo único que faltaba ahora era que Damen resistiese el resto de la ceremonia de bienvenida y, al final, firmase el acuerdo.

Se llevaron a cabo una serie de enfrentamientos de demostración que hacían gala de una coreografía muy disciplinada. Laurent los contempló con educada atención y bajo dicha atención, seguramente real, intentó preparar un listado mental de las técnicas de lucha akielenses.

Damen vio que Makedon los miraba con rostro impasible. Frente a él, Vannes se dedicaba a tomar algún que otro refrigerio. La mujer había sido la embajadora del regente con la corte de mujeres de la emperatriz de Vask, quien se decía que lanzaba hombres a los leopardos para entretenerse.

Pensó en los tratados tan frágiles que Laurent habría gestionado con los clanes vaskianos, todo mientras cabalgaban hacia el sur.

—¿Vas a contarme qué le has ofrecido a Vannes para que te apoye? —preguntó.

—No es ningún secreto. Será la primera integrante de mi Consejo —respondió Laurent.

—¿Y Guion?

—Amenacé a sus hijos. Se lo tomó muy en serio porque ya he matado a uno de ellos.

Makedon se acercaba a los tronos.

La expectación se apoderó del ambiente mientras Makedon se acercaba; los hombres que había en la carpa se giraron para ver qué iba a hacer. El odio de Makedon hacia los verecianos era bien conocido. Makedon no aceptaría el liderazgo de un príncipe vereciano ni aunque Laurent acabase de evitar una rebelión. El hombre se inclinó frente a Damen y luego se enderezó sin mostrar respeto alguno hacia Laurent. Miró durante unos instantes los enfrentamientos coreografiados y luego posó los ojos en el príncipe, despacio y con arrogancia.

—Si de verdad estamos ante una alianza entre iguales —empezó a decir Makedon—, es una verdadera pena que no podamos asistir a una demostración de combates verecianos.

«Estás viendo uno ahora mismo y ni siquiera te has dado cuenta», pensó Damen. Laurent no había dejado de mirar a Makedon.

—O un enfrentamiento entre un vereciano y un akielense —apostilló este.

—¿Propones desafiar a lady Vannes a un duelo? —preguntó Laurent.

Los ojos azules se centraron en los marrones del tipo. Laurent estaba relajado en el trono, y Damen era demasiado consciente de lo que estaba viendo Makedon en ese momento: un joven de menos de la mitad de su edad, un príncipe que rehuía los enfrentamientos, un cortesano con una elegancia perezosa y poco acostumbrada al exterior.

—Nuestro rey tiene muy buena reputación en el campo de batalla —dijo Makedon, que recorrió despacio a Laurent con la mirada—. ¿Por qué no os enfrentáis?

—Pero somos como hermanos. —Laurent le dedicó una sonrisa. Damen sintió que el príncipe le rozaba la punta de los dedos con las suyas. La experiencia le permitía reconocer cuándo Laurent reprimía sus emociones con un único gesto de desagrado.

Los heraldos acercaron el documento, tinta sobre papel, escrito en dos idiomas, uno al lado del otro para que ninguno fuese más importante. Habían usado palabras simples y no contaba con una infinidad de cláusulas y subcláusulas. Era breve: Vere y Akielos se unían contra los usurpadores como amigos en una causa común.

Damen lo firmó. Laurent hizo lo propio. Damianos V y Laurent R, con una L grande y llamativa.

—Por nuestra maravillosa unión —dijo el príncipe.

Y así acabó todo. Laurent se puso en pie y los verecianos empezaron a marcharse, una riada azul de estandartes a caballo, una procesión larga que se alejaba en la distancia.

Y los akielenses también empezaron a marcharse: los oficiales y los generales, los soldados a los que habían dejado salir, hasta que Damen se quedó a solas con Nikandros, que lo miraba con rabia y con ese gesto que solo podía llegar a dedicarle un viejo amigo.

—Le has entregado Delpha —dijo Nikandros.

—No ha sido…

—¿Un regalo de alcoba? —preguntó Nikandros.

—Tampoco te pases.

—¿Crees que me paso? Recuerdo a Ianestra. Y a Ianora —continuó Nikandros—. Y también a la hija de Eunides. Y a Kyra, la de la aldea de…

—Suficiente. No pienso hablar más del tema. —Damen había apartado la mirada para fijarla en un cáliz que había frente a él, que levantó un momento después. Dio el primer sorbo de vino de la noche. Fue un error.

—No hace falta que digas nada. Lo he visto —continuó Nikandros.

—Me da igual lo que hayas visto. No es lo que crees.

—Creo que es guapo e inalcanzable. Y también que nadie te ha rechazado en toda tu vida. Has firmado una alianza en nombre de Akielos porque el príncipe de Vere tiene los ojos azules y es rubio. —Luego añadió, con voz terrible—: ¿Cuántas veces tendrá que sufrir tu país porque no puedes controlar tu...

—He dicho que basta, Nikandros.

Damen estaba enfadado. Le dieron ganas de aplastar el cáliz con los dedos, dejar que las esquirlas rotas le cortasen la carne.

—¿De verdad has creído por un solo momento que...? Akielos es lo que más me importa.

—¡Es el príncipe de Vere! ¡Akielos le da igual! ¿Estás diciendo que no afecta en nada la posibilidad de poseerlo? ¡Abre los ojos, Damianos!

Damen se levantó del trono y se dirigió a la entrada de la carpa. El campamento vereciano se extendió frente a él. Laurent y su comitiva habían desaparecido en el interior, pero las tiendas elegantes de Vere aún lo miraban mientras los estandartes ondeaban con la brisa.

—Te gusta. Es normal. Parece una de esas estatuas que Nereus tiene en el jardín y es un príncipe como tú. Tú no le gustas a él, pero hasta eso puede llegar a tener cierto atractivo —explicó Nikandros—. Acuéstate con él. Satisface tu curiosidad. Y luego, cuando te hayas dado cuenta de que montar a un rubio es igual que montar a cualquier otro, pasa página.

El silencio se alargó durante demasiado tiempo.

Sintió la reacción de Nikandros detrás de él, pero mantuvo la vista fija en el cáliz. No tenía intención de expresar con palabras sus sentimientos.

«Le dije que era un esclavo y fingió creerme. Lo besé en las almenas. Hizo que sus sirvientes me llevasen a su cama. Era nuestra última noche juntos y se entregó a mí. Mientras pasaba lo que pasó, sabía muy bien que yo era el hombre que había asesinado a su hermano».

Cuando se dio la vuelta, Nikandros tenía una expresión de pavor en el gesto.

—Así que en realidad sí que era un regalo de alcoba.

—Sí, me acosté con él —confesó Damen—. Solo una noche. No se relajó en ningún momento. Admito que... yo quería hacerlo. Pero él es el príncipe de Vere y yo soy rey de Akielos. Esto es una alianza política. Él no deja que sus sentimientos se interpongan. Yo haré lo mismo.

—¿De verdad crees que me alivia oír que es guapo, listo e impasible?

Damen sintió que se quedaba sin aliento. Desde la llegada de Nikandros, no habían hablado de la noche de estío en Ios, esa en la que Nikandros le había dado una advertencia muy diferente.

—No es lo mismo.

—¿Dices que Laurent no es Jokaste?

—No soy el mismo hombre que confió en ella —aseguró Damen.

—Entonces no eres Damianos.

—Eso es. Damianos murió en Akielos por no hacer caso a tus advertencias.

Recordó las palabras de Nikandros:

«Kastor siempre ha creído que merecía el trono, que se lo arrebataste».

También recordó su respuesta:

«No me hará daño. Somos familia».

—Pues hazme caso ahora —espetó Nikandros.

—Lo hago. Lo sé —aseguró Damen—. Sé quién es y que por eso no puede ser mío.

—No. Escucha, Damianos. Sé que confías en él ciegamente. Sé que siempre ves el mundo en términos absolutos. Si crees que alguien es un enemigo, nada evitará que te prepares para luchar. Pero cuando te encariñas con alguien..., cuando entregas tu lealtad, tu fe en esa persona es inquebrantable. Lucharías hasta tu último aliento, no harías el más mínimo caso a todo lo malo que se diga sobre ella e irías a la tumba con su lanza clavada en un costado.

—¿Acaso tú eres tan diferente? —preguntó Damen—. Sé lo que te juegas al unirte a mí. Sé que si estoy equivocado, lo perderás todo.

Nikandros le mantuvo la mirada, suspiró y se pasó la mano por la cara al tiempo que se la masajeaba un poco. Dijo:

—El príncipe de Vere. —Después volvió a mirar a Damen, un gesto de soslayo bajo las cejas arqueadas y, por un momento, volvieron a ser jóvenes, en el serrín, tirando lanzas que quedaban a un metro de distancia de los objetivos.

—¿Te imaginas qué diría tu padre si hubiese visto algo así? —preguntó Nikandros.

—Sí —respondió Damen—. Por cierto, ¿qué chica del pueblo se llamaba Kyra?

—Todas. Damianos, no puedes confiar en él.

—Eso lo sé. —Se terminó el vino. En el exterior, aún quedaban horas de sol y trabajo por hacer—. Solo has pasado una mañana con él y no has dejado de advertirme. Espera a que pases un día entero.

—¿Te refieres a que mejora con el tiempo?

—No exactamente —aseguró Damen.

SEIS

El problema era que no podían partir de inmediato.

Damen tendría que haber estado acostumbrado a cabalgar con una tropa dividida, tendría que haber tenido mucha práctica a esas alturas. Pero aquello no era un pequeño grupo de mercenarios, sino dos poderosos ejércitos que siempre habían sido enemigos y ambos liderados por generales irascibles.

Makedon cabalgó con gesto enfurruñado hasta Fortaine para la primera reunión oficial. Damen esperaba la llegada de Laurent en la sala de audiencias, tenso. Lo vio entrar con su primera consejera Vannes y el capitán Enguerran. No tenía nada claro si para el príncipe iba a ser una mañana de provocaciones tácitas o si este iba a hacer una serie de comentarios inconcebibles que iban a dejarlos a todos con la boca abierta.

Lo cierto es que fue una reunión impersonal y muy profesional. Laurent estuvo exigente, centrado y habló siempre en akielense. Vannes y Enguerran no conocían tan bien el idioma, por lo que Laurent tomó la iniciativa en la conversación y usó palabras de Akielos como «falange», como si no las hubiese aprendido dos semanas antes gracias a Damen y dando la impresión general de que era capaz de hablar con fluidez. Había dejado de fruncir el ceño y preguntar «¿Cómo se dice...?» o «¿Cómo se llama eso que...?» cada vez que desconocía una palabra.

—Es una suerte que hable tan bien nuestro idioma —dijo Nikandros mientras regresaban al campamento akielense.

—Nada de lo que hace tiene que ver con la suerte —aseguró Damen.

Cuando se quedó solo, echó un vistazo por fuera de la tienda. La campiña parecía estar tranquila, pero pronto quedaría ocupada por los ejércitos en movimiento. La línea roja que era el horizonte empezaría a acercarse, esa tierra que contenía todo lo que conocía. La siguió con la mirada y, al terminar, apartó la vista. No miró el gran campamento vereciano, donde las sedas de colores ondeaban en la brisa y se oía el ruido ocasional de una risa o el zumbido rítmico de una voz que se extendía por la hierba mullida que lo rodeaba.

Accedieron a mantener los campamentos separados. Los akielenses se mostraron muy displicentes al ver cómo se levantaban las tiendas verecianas en la distancia, con los estandartes y las sedas multicolor. No querían luchar junto a esos nuevos aliados tan delicados. A ese respecto, la ausencia de Laurent en Charcy había sido todo un desastre. Su primer error táctico, del que aún estaban intentando recuperarse.

Los verecianos también se mostraron displicentes, aunque de manera distinta. Para ellos, los akielenses eran bárbaros que andaban con bastardos y paseaban por ahí medio desnudos. Oyó retazos de lo que se decía en los extremos del campamento, los gritos indecentes, las burlas y las bromas; cuando Pallas pasó por el lugar, Lazar dio un silbido seductor.

Y eso ocurrió antes de que empezasen a extenderse rumores más específicos, murmullos entre hombres, especulaciones de refilón que hicieron que Nikandros dijese, a la luz cálida de una noche de verano:

—Necesitas una esclava.

—No —espetó Damen.

Se rindió al trabajo y al ejercicio físico. Durante el día, se centraba en la logística y planearlo todo, en los trabajos preliminares tácticos que servirían para facilitar la campaña militar. Trazó rutas. Estableció líneas de suministro. Administró entrenamientos. Por la noche, salió solo del campamento y, cuando no había nadie cerca, sacó la espada y practicó hasta que le cayeron las gotas de sudor, hasta que no fue capaz de volver a levantar la espada y le costó mantenerse en pie, con los músculos temblando y la punta del arma apuntando hacia abajo.

Se fue a la cama solo. Se desvistió agotado y se limitó a usar a los escuderos para llevar a cabo tareas de poca importancia que no requerían intimidad.

Se convenció de que aquello era lo que quería, de que había una relación puramente profesional entre Laurent y él. De que ya no había... amistad, de que eso nunca había sido posible. Sabía que tenía que dejar atrás esas tonterías fantasiosas de enseñarle su país al príncipe, de verlo apoyado en un balcón de mármol en Ios, de girarse y saludarlo a la brisa fresca que soplaba junto al mar, con ojos relucientes y un paisaje esplendoroso.

Por lo que se dedicó al trabajo. Había muchas cosas que hacer. Envió una ristra de correspondencia a los kyroi de su hogar para anunciar su regreso. No iba a tardar mucho en conocer los apoyos que tendría en su país, momento en el que empezaría a acordar las rutas y los movimientos que le granjearían la victoria.

Se dirigió hacia su tienda después de tres horas de practicar con las armas en solitario, con el cuerpo empapado en un sudor que tendrían que enjugarle los escuderos, ya que no había querido tener esclavos. Se sentó a escribir cartas. La escasa luz de las velas titilaba a su alrededor, pero era suficiente para lo que necesitaba hacer. Escribió misivas personales de su puño y letra a todos los que conocía. No les dio detalles de lo que le había ocurrido.

Jord, Lazar y el resto de integrantes de la Guardia del Príncipe se encontraban en algún lugar del campamento vereciano, ahí fuera, perdidos en aquel paisaje nocturno y trabajando bajo nuevas órdenes. Pensó en Jord, que ahora tenía que hospedarse en la fortaleza que había sido el hogar de Aimeric. Lo recordó diciendo: «¿Te has preguntado alguna vez qué se sentiría al descubrir que te has abierto de piernas al asesino de tu hermano? Creo que la sensación sería esta».

El silencio que lo rodeaba era el propio de las horas tranquilas de la noche; estaba solo, entre los ruidos nocturnos y ahogados propios de un ejército. Y, en ese momento, terminó de escribir su última carta.

A Kastor solo le envió un mensaje. «Ya he llegado». No vio cómo partía el mensajero.

«Es normal confiar en la familia».

Eran sus palabras, que había dicho en el pasado.

Guion se encontraba en una estancia que se parecía mucho a aquella en la que se había desangrado Aimeric, pero no tenía ningún parecido físico con su hijo. No tenía esos bucles refinados en el pelo ni la mirada obstinada de pestañas largas. Guion era un hombre de cuarenta y tantos años, con la complexión propia de alguien que no salía mucho al exterior. Cuando vio a Damen, se inclinó de la misma manera que lo habría hecho frente al regente: con intensidad y franqueza.

—Majestad —dijo.

—Con qué facilidad cambias de bando.

Damen lo miró con desagrado. Que él supiese, Guion no estaba retenido de ninguna manera. Podía deambular con libertad por la fortaleza y, en muchos sentidos, aún se le consideraba el líder del lugar, aunque ahora el poder estuviese en manos de los hombres de Laurent. Fuera cual fuese su trato con el príncipe, había conseguido una gran ventaja gracias a su cooperación.

—Tengo muchos hijos —dijo Guion—, pero el número es finito.

Damen supuso que si Guion hubiese querido huir, sus opciones hubiesen sido limitadas. El regente no era un hombre comprensivo. Una de las pocas cosas que podía hacer era aceptar con cordialidad a los akielenses en sus aposentos. Lo irritante era la facilidad con la que parecía haberse adaptado a dicho cambio, al lujo de las habitaciones, a las pocas consecuencias que había sufrido por todo lo que había hecho.

Damen pensó en los hombres que habían muerto en Charcy y luego en Laurent, cuando había apoyado todo su peso sobre la mesa de la tienda, cuando le había agarrado con fuerza por el hombro y se había quedado pálido, la última expresión sincera que había visto en su rostro.

Al llegar, Damen tenía intención de descubrir todo lo posible sobre los planes del regente, pero solo había una pregunta que no dejaba de hacerse.

—¿Quién hirió a Laurent en Charcy? ¿Fuiste tú?

—¿No os lo ha dicho?

Damen no había hablado a solas con Laurent desde aquella noche en la tienda.

—No traiciona a sus amigos.

—No es un secreto. Lo capturé cuando iba de camino a Charcy. Lo trajeron a Fortaine, donde negoció conmigo su liberación. Cuando llegamos a un acuerdo, había pasado bastante tiempo como prisionero en las celdas y sufrido un ligero accidente en el hombro. El auténtico afectado fue Govart. El príncipe le dio un golpe brutal en la cabeza. Murió al día siguiente mientras no dejaba de insultar a los galenos y a los esclavos de alcoba.

—¿Metiste a Govart en una celda con Laurent?

—Sí. —Guion extendió las manos—. Y también ayudé a provocar un golpe de Estado en vuestro país. Ahora necesitáis mi testimonio para recuperar el trono. Es lo que tiene la política. El príncipe lo entiende y es la razón por la que se ha aliado con vos. —Guion sonrió—. Majestad.

Damen se obligó a hablar con tono muy calmado, ya que tenía que aprovechar a Guion para enterarse de todo lo que no sabían sus hombres.

—¿El regente sabía quién era yo?

—De saberlo, haberos enviado a Vere habría sido un desacierto por su parte, ¿no creéis?

—Sí —convino Damen. No apartó la vista de Guion. Vio cómo el rubor se acumulaba y empezaba a enrojecerle las mejillas.

—De haber sabido quién erais —continuó Guion—, supongo que el regente tenía la esperanza de que el príncipe os reconociese al llegar a Vere y metiese la pata de alguna manera. O eso o quería que Laurent os metiese entre sus sábanas y que, al enterarse más tarde de vuestra identidad, se quedase destrozado. Por suerte para vos, eso no ocurrió.

Damen miró a Guion, cansado de repente de engaños y palabras ambiguas.

—Juraste preservar el trono para tu príncipe. Pero, en lugar de eso, lo traicionaste para conseguir poder, por puro egoísmo. ¿Qué has conseguido por hacer algo así?

Por primera vez, se percató de un gesto genuino que cruzó el rostro de Guion.

—Mató a mi hijo —dijo él.

—Tú mataste a tu hijo —aseguró Damen—. Lo hiciste cuando lo dejaste en manos del regente.

Damen tenía experiencia con tropas divididas y sabía con qué podía llegar a encontrarse: comida que se extraviaba, armas destinadas a un bando que se le entregaban al otro, instrumentos para tareas cotidianas del campamento que se perdían. Había lidiado con muchos de esos problemas durante el viaje de Arles a Ravenel.

Pero no había lidiado con Makedon. El primer problema llegó cuando este rechazó aceptar las raciones adicionales para sus tropas en Fortaine. Los akielenses no tuvieron inconveniente alguno. Si los verecianos querían dejarles toda esa comida de más, podían hacerlo sin problema.

Antes de que Damen llegase a decir algo al respecto, Laurent anunció que se encargaría de redistribuir las provisiones entre las tropas para que no se repartiesen de manera desigual. De hecho, los soldados, los capitanes y los reyes recibirían la misma cantidad, una que quedaría determinada por Makedon. ¿Los informaría este al respecto?

El segundo problema fue la escaramuza que tuvo lugar en el campamento akielense: un soldado de Akielos con la nariz ensangrentada, uno de Vere con el brazo roto y Makedon sonriendo y diciendo que solo había sido una pelea amistosa. Y solo los cobardes temían los enfrentamientos amistosos.

Damen se lo contó a Laurent, quien ordenó que, a partir de ese momento, cualquier vereciano que golpease a un akielense sería ejecutado. Aseguró que confiaba en el honor de los soldados de Akielos, ya que solo un cobarde atacaría a un hombre que no tenía permitido devolverle el golpe.

Fue como ver a un jabalí intentar enfrentarse al interminable azul del cielo. Damen recordó lo que se sentía al quedar a expensas de la voluntad de Laurent. El príncipe nunca había necesitado usar la fuerza para obligar a sus hombres a obedecerlo, igual que nunca había necesitado gustarle a nadie para salirse con la suya. Lo conseguía porque, cuando alguien intentaba resistirse, se daba cuenta de que los había engañado sin saberlo y no podía hacer nada.

Y, como era de esperar, empezaron los murmullos disidentes entre los akielenses. Los hombres de Laurent terminaron por aceptar la alianza. De hecho, la manera en la que hablaban ahora sobre el príncipe era muy diferente a la manera en la que lo habían hecho antes: fría, ajena. La diferencia era que ahora había sido lo bastante insensible como para meter entre sus sábanas al asesino de su hermano.

—La jura debe hacerse a la manera tradicional —comentó Nikandros—. Un festín nocturno con abanderados, deportes ceremoniales, combates de exhibición y el okton. Podríamos reunirnos en Marlas. —Nikandros metió otra pieza en el arenero.

—Un lugar muy significativo —dijo Makedon—. La fortaleza es inexpugnable. Nunca han atravesado sus murallas. Lo único que han conseguido es que se rindiesen los del interior.

Nadie miraba a Laurent. Tampoco hubiese importado de haberlo hecho. No había gesto alguno en su rostro.

—Marlas es una fortaleza defensiva a gran escala, parecida a Fortaine —dijo Nikandros al príncipe más tarde—. Lo bastante grande como para albergar a vuestros hombres y a los nuestros, con grandes barracones interiores. Os percataréis de su potencial cuando lleguemos al lugar.

—Ya he estado allí antes —aseguró Laurent.

—Entonces conoceréis bien la zona —dijo Nikandros—. Eso simplificará mucho las cosas.

—Sí —dijo Laurent.

Más tarde, Damen agarró la espada y se dirigió a las afueras del campamento para practicar, en un claro que le gustaba y rodeado por árboles frondosos. Empezó a llevar a cabo una serie de ejercicios que realizaba todas las noches.

Allí no había límites que imponerse. Podía practicar hasta la extenuación, golpear, girarse con brusquedad y obligarse a ir más rápido. La noche era cálida y la piel no tardó en quedársele cubierta de sudor. Se esforzó con movimientos incesantes, con acciones y reacciones que llevaban su cuerpo al límite.

Descargó todo lo que sentía por los soldados, en aquella suerte de enfrentamiento. Eran sentimientos que no era capaz de obviar, una presión incesante. Cuanto más se centraba en ellos, más acuciantes se volvían.

¿Se quedarían en Marlas, en habitaciones separadas, para luego recibir a los abanderados de Akielos por la noche en tronos gemelos?

Damen quería… Lo cierto es que no lo sabía. Quería que Laurent lo hubiese mirado cuando Nikandros había anunciado que iban a viajar al lugar donde, seis años antes, había matado a su hermano.

Oyó un ruido que venía del oeste.

Se detuvo entre jadeos. Volvió a oírlo otra vez, cubierto de sudor, una risa leve y luego un silbido y un golpe sordo, un quejido y gemidos. Reconoció el peligro al instante: habían arrojado una lanza. Pero la risa era demasiado incauta, demasiado estridente para tratarse de la de un explorador enemigo. No los habían atacado. Se trataba de un pequeño grupo que había infringido la disciplina marcial, que se había escabullido durante la noche para cazar o para reunirse en los bosques. No creía a sus hombres capaces de algo así, los tenía por soldados más disciplinados.

Se dirigió a investigar, en silencio, con cautela. Pasó junto a una serie de árboles de troncos oscuros. Sintió una punzada de tristeza y culpabilidad. Sabía que aquellos soldados que habían quebrantado el toque de queda no esperaban que el rey se les apareciese y los reprendiese en persona. Le dio la impresión de que su presencia era un castigo demasiado desproporcionado para un crimen así.

Hasta que llegó al claro.

Un grupo de cinco soldados akielenses se había marchado del campamento para practicar arrojando lanzas. Habían cargado con varias de ellas y con una diana de madera que habían traído desde el campamento. Las lanzas estaban en el suelo, apoyadas en el tronco de un árbol. Se turnaban para lanzar desde una marca que habían hecho en la tierra con el pie. Uno de ellos se había colocado tras la marca y tenía una lanza en las manos.

Había un chico pálido y rígido a causa del miedo, con los brazos y piernas extendidos y atado al objetivo de madera por las muñecas y los tobillos. La camisa ajada y a medio desanudar era indicativo de que se trataba de un vereciano, y joven, de unos dieciocho o diecinueve años, con el cabello castaño claro enmarañado. Tenía también un ojo amoratado.

Ya le habían tirado alguna que otra lanza, que se habían clavado en el objetivo como si de alfileres se tratara. Una sobresalía por el espacio que quedaba entre uno de sus brazos y un costado. Otra a la izquierda de la cabeza. Tenía los ojos vidriosos y estaba muy quieto. El número de lanzas y su posición indicaba que el objetivo de aquella distracción era clavarlas lo más cerca posible del chico sin hacerle daño. El lanzador echó el brazo atrás.

Damen se limitó a quedarse quieto y contemplar cómo el brazo salía despedido hacia delante y la lanza avanzaba en un arco perfecto; no había sido capaz de intervenir por si al interrumpirlo provocaba un accidente que acababa con la vida del chico. La lanza hendió el espacio que los separaba y se clavó exactamente donde el lanzador había esperado: entre las piernas del prisionero, a escasos centímetros de la carne. Sobresalió del objetivo en una imagen grotescamente lasciva, igual que las risas posteriores.

—¿Quién va a ser el próximo en lanzar? —preguntó Damen.

El que se encontraba frente al objetivo se giró, momento en el que su expresión burlona dio paso a una de espanto e incredulidad. Los cinco se quedaron muy quietos y se tiraron al suelo.

—En pie —dijo Damen—, como los hombres que creéis que sois.

Estaba enfadado. Los soldados, allí plantados de pie, quizá no eran del todo conscientes. No reconocieron la lentitud con la que avanzó ni la calma de su tono de voz.

—Decidme —comentó—, ¿qué hacéis aquí?

—Practicamos para el okton —respondió una voz, y Damen miró hacia allí pero fue incapaz de identificar quién acababa de hablar. Fuera quien fuese, se había quedado pálido después de hacerlo, porque todos estaban blancos y muy nerviosos.

Llevaban los cinturones con muescas que indicaban que eran hombres de Makedon, una por cada una de las muertes a su nombre. Quizá hasta habían pensado que su superior les daría permiso para hacer lo que estaban haciendo. Tanto el ambiente como sus posturas eran de inquietud, como si no tuviesen muy clara cuál iba a ser la reacción de su rey, como si tuviesen esperanzas de que Damen fuese a halagarlos o a dejarlos marchar sin reprenderlos.

—No quiero oír ni una palabra más —dijo.

Se acercó al chico. Le habían clavado la manga de la camisa al árbol con una de las lanzas. Sangraba por la cabeza debido al roce de otra de las armas. Damen vio que el terror se apoderaba de la mirada del joven a medida que se acercaba, vio cómo la rabia arrasaba por sus venas como si de ácido se tratara. Agarró con una mano la lanza que se le había clavado entre las piernas y tiró de ella. Después hizo lo propio con la de la cabeza y con la que se le había clavado en la manga. Tuvo que desenvainar la espada para cortarle las ataduras y, al oír el metal, la respiración se le aceleró de forma extraña.

Estaba malherido y no podía mantenerse en pie cuando le cortó las cuerdas. Damen lo ayudó a bajar hasta el suelo. Al parecer, no solo lo habían usado como objetivo. No solo le habían dado una buena paliza. Le habían puesto un grillete de metal en la muñeca izquierda, parecido al dorado que llevaba Damen, al dorado que llevaba Laurent. El estómago le dio un vuelco al darse cuenta de lo que le habían hecho a aquel chico y por qué razón.

No hablaba akielense. No tenía ni idea de lo que estaba pasando ni de si estaba a salvo. Damen empezó a hablarle en vereciano, despacio y para tranquilizarlo. Un instante después, los ojos vidriosos del chico se centraron en él, con algo más que comprensión en la mirada.

—Decidle al príncipe que yo no les hice nada —dijo el vereciano.

Damen se dio la vuelta y, con voz firme, se dirigió a uno de sus soldados:

—Que venga Makedon ahora mismo.

El tipo se marchó. Los otros cuatros no se movieron, mientras Damen apoyaba una rodilla en el suelo y volvía a hablar con el vereciano. Siguió haciéndolo, en voz baja y con suavidad. Los soldados no lo miraron porque tenían un rango demasiado bajo como para que les estuviese permitido mirar a su rey a la cara. Tenían el rostro girado hacia otro lugar.

Makedon no llegó solo. Lo acompañaban dos docenas de soldados. Después llegó Nikandros, también con otras dos docenas. Luego, portadores de antorchas que convirtieron la tenue luz del claro en un naranja llameante. La expresión seria de Nikandros indicaba que solo estaba allí porque quizá fuese necesario contrarrestar de alguna manera a Makedon y a los suyos.

—Tus soldados han quebrantado la paz —dijo Damen.

—Serán ejecutados —aseguró Makedon tras dedicar una mirada somera al vereciano—. Han deshonrado el cinturón.

Lo dijo con sinceridad. A Makedon no le gustaban los verecianos. Tampoco le gustaban los hombres que se deshonraban a sí mismos delante de los verecianos. Makedon no quería que quedase ni la más mínima constancia de la superioridad moral de los soldados de Vere. Damen se percató de todo eso al mirarlo, igual que se percató de que Makedon echaba la culpa a Vere del ataque, del comportamiento de sus hombres y de que lo hubiesen llamado a declarar delante de su rey.

El naranja de las antorchas era desesperanzador. Dos de los cinco hombres se resistieron y tuvieron que llevárselos inconscientes del claro. Ataron al resto con partes de la cuerda resistente que habían usado para sujetar al joven de Vere.

—Lleva al chico a nuestro campamento —dijo Damen a Nikandros, ya que tenía muy claro lo que podía llegar a ocurrir si los soldados akielenses llevaban al joven sangrando y amoratado al campamento de Vere—. Que venga Paschal, el galeno vereciano. Después informa al príncipe de lo que ha ocurrido.

—Un asentimiento brusco. Nikandros se marchó con el chico y una parte de los portadores de antorchas.

—El resto podéis marcharos. Tú no —dijo Damen.

La luz remitió y el ruido se perdió entre los árboles hasta que se quedó solo con Makedon en la brisa nocturna del claro.

—Makedon del norte —dijo Damen—. Eras amigo de mi padre. Luchaste con él durante casi veinte años. Eso significa mucho para mí. Respeto la lealtad que le profesabas, así como respeto tu poder y necesito a tus hombres. Pero si tus soldados vuelven a herir a un vereciano, tendrás que vértelas con el filo de una espada.

—Eminencia —dijo Makedon, que inclinó la cabeza y bajó la mirada.

—Tienes que tener mucho cuidado con Makedon —dijo Nikandros cuando Damen regresó al campamento.

—Es él el que tiene que tener cuidado conmigo.

—Es una persona conservadora y te apoya como verdadero rey, pero tiene un límite.

—No soy yo el que lo llevará a ese límite.

No se retiró, sino que se marchó a la tienda en la que estaban atendiendo al joven de Vere. Mandó marchar a los guardias que estaban allí y esperó por fuera a que saliese el galeno.

Por la noche, el campamento era un lugar tranquilo y oscuro, pero aquella tienda destacaba por la antorcha que había en el exterior y vio las luces del campamento vereciano que estaba al oeste. Era consciente de la extrañeza misma de su presencia: un rey que espera por fuera de una tienda como un sabueso aguarda a su amo. Pero dio un paso rápido al frente cuando Paschal salió de la tienda.

—Majestad —saludó el galeno, sorprendido.

—¿Cómo está? —preguntó Damen cuando se hizo aquel silencio tan extraño, de cara a Paschal a la luz de las antorchas.

—Magullado y con una costilla rota —respondió—. Conmocionado.

—No, me refiero a…

Se quedó en silencio. Un rato después, el galeno dijo, despacio:

—Está bien. La herida de la daga no se ha infectado. Perdió mucha sangre, pero no hay daños permanentes. Sanará rápido.

—Gracias —dijo Damen. Se oyó seguir con la conversación—. No esperaba… —Se quedó en silencio—. Sé que traicioné tu confianza y te mentí sobre quién soy. No espero que me perdones.

Se percató de la incongruencia de sus palabras y de lo incómodo que había sonado. Se sintió raro y empezó a respirar con inquietud.

—¿Podrá montar a caballo mañana? —continuó Damen.

—¿A Marlas, os referís? —preguntó Paschal. —Se hizo una pausa—. Todos haremos lo que tengamos que hacer.

Damen no dijo nada. Paschal continuó hablando un momento después.

—Vos también deberíais prepararos. Solo podréis enfrentaros a los planes del regente cuando os hayáis internado bien en Akielos.

La fría brisa nocturna le rozó a piel.

—Guion afirma que no tiene ni idea de cuáles son los planes del regente en nuestro país.

Paschal le dedicó una mirada firme de ojos marrones.

—Todos los verecianos saben cuáles son los planes del regente en nuestro país.

—¿Y cuáles son?

—Gobernar —aseguró Paschal.

SIETE

La primera coalición militar de Vere y Akielos partió desde Fortaine por la mañana, después de la ejecución de los hombres de Makedon. No hubo muchos problemas, ya que los asesinatos públicos habían ayudado con la moral de los soldados.

No ayudaron mucho con la moral de Makedon, eso sí. Damen vio cómo el general se balanceaba en la silla y se aferraba con fuerza a las riendas. Los hombres de Makedon conformaban una línea roja de capas que se extendía a lo largo de la mitad de la comitiva.

Resonaron los cuernos. Se alzaron los estandartes. Los heraldos ocuparon sus posiciones. El heraldo akielense se encontraba a la derecha, mientras que el vereciano se posicionó a la izquierda, con estandartes colocados con mucha meticulosidad a la misma altura. El vereciano se llamaba Hendric y tenía unos brazos muy fuertes, porque los estandartes eran muy pesados.

Damen y Laurent cabalgarían uno al lado del otro. Llevaban un caballo igual de bueno. La armadura de la que hacían gala era igual de cara. Damen era más alto, pero Hendric, con expresión inescrutable, les había comentado que eso no podían solucionarlo de ninguna manera. Damen había empezado a darse cuenta de que Hendric tenía algo en común con Laurent, en el sentido de que no era nada sencillo darse cuenta de cuándo bromeaba y cuándo no.

Colocó su caballo junto al de Laurent a la cabeza de la comitiva. Era un símbolo de su unidad, el príncipe y el rey cabalgaban juntos, como amigos. No apartó la mirada del camino.

—Una vez en Marlas, nos quedaremos en estancias contiguas —afirmó Damen—. Es lo que dicta el protocolo.

—Por supuesto —dijo Laurent, también sin apartar la mirada del camino.

Laurent no mostró señal alguna de aflicción. Iba bien erguido en la silla de montar, como si no le hubiese pasado nada en el hombro. Hablaba con amabilidad a los generales y hasta se mostraba afable con Nikandros, cuando tenía que responderle.

—Espero que el herido haya regresado sano y salvo a tu campamento.

—Gracias. Volvió con Paschal —respondió Laurent.

«¿Para que le diese un ungüento?», estuvo a punto de decir Damen, pero no lo hizo.

Marlas estaba a un día de viaje a caballo y lo recorrieron a buen ritmo. Hacían mucho estruendo al avanzar: una comitiva de soldados, exploradores en la vanguardia, sirvientes y esclavos por detrás. Las aves se desperdigaban volando a su paso y un rebaño de cabras escapó hacia la ladera de una colina.

Por la tarde llegaron a un pequeño punto de control custodiado por hombres de Nikandros y supervisado por una torre akielense. Lo atravesaron.

El paisaje al otro lado no parecía diferente: prados verdes y frondosos a causa de la generosa lluvia primaveral, aplastados a medida que los cruzaban. Un instante después, los cuernos resonaron triunfantes y solitarios al mismo tiempo, un sonido puro que quedó absorbido por el cielo y el paisaje amplio que los rodeaba.

—Bienvenido a casa —dijo Nikandros.

Akielos. Damen respiró el aire de su país. Había pensado en aquel momento muchas veces durante los meses que había pasado cautivo. No pudo evitar mirar a un lado, a Laurent, con esa pose y expresión tan tranquilas.

Atravesaron a caballo la primera de las aldeas. Se encontraban tan cerca de la frontera que las granjas grandes tenían unas rudimentarias murallas de piedra, y algunas hasta parecían pequeñas fortalezas improvisadas, con puestos de observación y sistemas defensivos de eficacia comprobada. Ver un ejército por allí no iba a sorprenderlos, y Damen estaba preparado para que los habitantes de su país reaccionasen de manera diferente.

Se había olvidado de que Delpha se había convertido en una provincia akielense hacía solo seis años, y que antes, durante toda una vida, aquellos hombres y mujeres habían sido ciudadanos de Vere.

Se reunieron una serie de rostros silenciosos, niños y adultos, en los umbrales de las puertas, debajo de los toldos, juntos mientras el ejército avanzaba.

Tensos y con miedo, habían salido de sus hogares para contemplar las primeras banderas verecianas que veían en seis años. Uno de ellos hasta había preparado un brote estelar rudimentario con unas ramas. Una niña lo levantó al ver el de los estandartes.

«El estandarte del brote estelar tiene mucha importancia aquí en la frontera», había dicho Laurent.

Pero ahora no dijo nada. Siguió cabalgando con la espalda recta y abriendo la comitiva. No hizo amago de saludar a su pueblo, que hablaba en vereciano, le eran fieles y tenían sus costumbres mientras intentaban sobrevivir en la frontera. Laurent cabalgaba con un ejército de akielenses que controlaban la provincia al completo. Mantuvo la mirada al frente, como Damen, quien sintió en cada paso la presión perpetua del lugar al que se dirigían.

Recordaba exactamente el aspecto que tenía, razón por la que no lo reconoció en un primer momento: el bosque de lanzas quebradas había desaparecido y no había surcos en el suelo. Tampoco había hombres bocabajo en la tierra batida.

Ahora Marlas era un prado de hierba y flores silvestres que se agitaban de un lado a otro con la agradable brisa veraniega. De vez en cuando zumbaba algún insecto, un ruido muy relajante. Una libélula se les cruzó antes de volver a marcharse volando. Los caballos avanzaban a través de la hierba larga. Llegaron a un camino ancho moteado por la luz del sol.

A medida que la comitiva avanzaba por el paisaje, Damen empezó a buscar señales de lo que había ocurrido allí. No encontró nada. Nadie hizo comentario alguno. Nadie dijo: «Este es el lugar». La cosa empeoró a medida que se acercaba, aunque la única prueba de la batalla que había tenido lugar allí era la sensación que le atenazaba el pecho.

Y luego apareció la fortaleza.

Marlas siempre había sido un lugar bonito. Era una fortaleza vereciana de arquitectura grandilocuente, con grandes almenas y murallas, con arcos elegantes que se alzaban sobre aquellos campos verdes.

Tenía ese mismo aspecto desde la distancia. El contorno era uno propio de la arquitectura vereciana, uno que prometía un interior de galerías de techos altos, llenas de figuras talladas, filigranas doradas y azulejos decorativos.

Damen recordó de repente el día de la victoria y las ceremonias, cuando habían cortado los tapices y destrozado las banderas.

Los akielenses se agolparon junto a las puertas, hombres y mujeres que se afanaban por echar un vistazo al rey que acababa de regresar. Los soldados de Akielos llenaron por completo el patio interior, y los estandartes del país colgaron en las alturas, leones dorados sobre un fondo rojo.

Damen echó un vistazo por el patio. Habían roto y vuelto a moldear los parapetos. Habían destrozado la mampostería. Se habían llevado la piedra en carretas para usarla con nuevos edificios y luego habían adecuado los tejados y las torres para que fuesen más propios del estilo akielense.

Estaba convencido de que los adornos verecianos eran un completo desperdicio. En Arles, se le había cansado la vista de ver tantos; pasó muchos días ansiando ver una pared lisa. Ahora solo vio suelos vacíos de baldosas destrozadas, techos en ruinas y agujeros en los lugares donde se habían llevado la piedra.

Laurent se bajó del caballo y dio gracias a Nikandros por la bienvenida. Pasó junto a las filas de soldados akielenses, que mantenían una formación perfecta.

En el interior, los sirvientes de la fortaleza se habían reunido, emocionados y orgullosos por conocer y servir a su rey. Presentaron a Damen y a Laurent al mismo tiempo a los oficiales, que los servirían durante su estancia allí. Atravesaron el primer grupo de habitaciones y llegaron al segundo para luego doblar una esquina y terminar en el gran salón.

En el lugar había unas dos docenas de esclavos alineados.

Los habían dispuesto en dos filas, postrados y con las frentes apoyadas en el suelo. Todos eran hombres, con edades comprendidas entre los diecinueve y los veinticinco años, con aspecto diferente y también color de piel diferente. Les habían pintado el rostro para acentuar los rasgos de los ojos y de los labios. Junto a ellos, el guardián de los esclavos los esperaba en pie.

Nikandros frunció el ceño.

—El rey ya ha dejado muy claro que no quiere esclavos.

—Estos esclavos son para el invitado de nuestro rey, el príncipe de Vere —dijo Kolnas, el guardián de los esclavos, que se inclinó con respeto. Laurent dio un paso al frente.

—Ese me gusta —afirmó.

Los esclavos iban vestidos al estilo del norte, con sedas anchas y ligeras que les colgaban desde uno de los eslabones del collar y cubrían muy poco. Laurent señalaba al tercer esclavo de la fila de la izquierda, poco más que una cabeza inclinada de piel oscura.

—Una elección excelente —dijo Kolnas—. Isander, da un paso al frente.

Isander tenía la piel olivácea y parecía ágil como un cervatillo, de pelo y ojos negros, propios de Akielos. Eran unas características que compartía con Nikandros. Y también con Damen. Era más joven que Damen, de hecho; tendría unos diecinueve o veinte años. Un hombre, ya fuese por deferencia a las costumbres de Vere o para que casase con las preferencias que todo el mundo atribuía a Laurent. Damen pensó que se parecía más a Nikandros. Y también que era muy poco probable que se le ofreciese un esclavo así a los invitados. No. Era nuevo y no se había acostado con nadie. Tenía muy claro que Nikandros, como mínimo, ofrecería a la realeza la Primera Noche de un esclavo.

Damen frunció el ceño. Isander se ruborizó mucho por el honor de haber sido elegido. La timidez empezó a irradiar de él, momento en el que se levantó, se separó del resto, se puso de rodillas, ofreciendo su cuerpo con toda la elegancia de un esclavo de palacio demasiado bien entrenado, y quedó ostentosamente colocado frente a Laurent.

—Lo prepararemos y lo llevaremos ante vos al ocaso para su Primera Noche —dijo Kolnas.

—¿Primera Noche? —preguntó Laurent.

—Los esclavos se entrenan en el arte del placer, pero no yacen con nadie hasta esa Primera Noche —explicó Kolnas—. Aquí usamos el mismo entrenamiento estricto y clásico que se lleva a cabo en el palacio real. Todo se aprende mediante órdenes y se practica con métodos indirectos. El esclavo permanece del todo incólume, puro hasta la primera vez que lo usa su eminencia.

Laurent alzó la vista para mirar a Damen a los ojos.

—Nunca llegué a aprender a dar órdenes a un esclavo de alcoba —dijo Laurent—. Enseñadme.

—No saben hablar vereciano, alteza —explicó Kolnas—. En el idioma akielense, es normal dirigirse a ellos de manera directa. Dar cualquier tipo de orden a un esclavo es todo un honor para ellos. Cuanto más personal sea dicho servicio, mayor será dicho honor.

—¿En serio? Ven —ordenó Laurent.

Isander se puso en pie por segunda vez, con un leve temblor en el cuerpo mientras se acercaba todo lo que pudo antes de volver a dejarse caer al suelo, con las mejillas muy ruborizadas. Parecía un poco deslumbrado porque le dedicasen tanta atención. Laurent extendió la punta de la bota.

—Bésala —dijo, con la vista fija en Damen.

La había colocado a la perfección y tenía la ropa impoluta a pesar del largo viaje a caballo. Isander le dio un beso a la punta y después al tobillo. Damen pensó que aquel sería el lugar donde asomaría la piel en caso de llevar unas sandalias. Después, en un momento de atrevimiento indescriptible, Isander se inclinó hacia delante y se frotó la mejilla contra el cuero de la bota por el gemelo de Laurent, un gesto muy íntimo con el que indicaba su deseo de complacerlo.

—Buen chico —dijo Laurent, que extendió el brazo para acariciar los rizos oscuros de Isander mientras él mantenía los ojos cerrados y volvía a ruborizarse.

Kolnas se pavoneó, complacido porque se valorase su selección de esclavos. Damen vio que los criados de la fortaleza que los rodeaban también habían quedado complacidos, ya que habían hecho todo lo que estaba en su mano para que Laurent se sintiese bienvenido. Habían tenido en cuenta la cultura y las prácticas verecianas. Todos los esclavos eran muy atractivos, y hombres, para que el príncipe pudiese usarlos en la cama si gustaba sin ofender las costumbres de su país.

No iba a servir de mucho. Habría allí unas dos docenas de esclavos, pero era muy probable que las veces que Laurent había practicado el sexo en toda su vida pudiesen contarse con los dedos de una mano. Laurent iba a obligar a esos veinticuatro jóvenes a acompañarlo a sus aposentos para dejarlos allí quietos sin hacer nada. Ni siquiera serían capaces de desanudarles las ropas verecianas.

—¿También puede servirme en los baños? —preguntó el príncipe de Vere.

—Y en el festín por los abanderados que tendrá lugar esta noche, cuando nos declaren su lealtad, si gustáis, alteza —respondió Kolnas.

—Sí, me encantaría —dijo Laurent.

Un hogar no tendría que haberlo hecho sentir así.

Sus escuderos lo vistieron con el atuendo tradicional. Una tela alrededor de la cintura que luego se colocó sobre un hombro al estilo akielense, una prenda que podría quitarse agarrándola por un extremo y tirando de ella mientras la persona no dejaba de girar. Le llevaron unas sandalias para los pies y hojas de laurel para la cabeza, que le pusieron en silencio y con movimientos rituales mientras se quedaba muy quieto. No era apropiado que hablase o mirase siquiera a esa persona.

«Eminencia». Sintió la incomodidad, la necesidad de rebajarse; aquella cercanía tan íntima con la realeza solo les dejaba la posibilidad de entregarse en cuerpo y alma.

Había mandado marchar a los esclavos, tal y como había hecho en el campamento, y luego se había quedado en pie, en el silencio de los aposentos, a la espera de los escuderos.

Sabía que Laurent se hospedaba en la habitación contigua y que solo los separaba una pared. Damen estaba en los aposentos del rey, que todos los lores obligaban a construir siempre que levantaban una fortaleza, con la esperanza de que el rey se alojase allí en algún momento. Pero el optimismo del anterior lord de Marlas no había sido tanto como para esperar que dos familias reales se quedasen en la fortaleza al mismo tiempo. Para asegurar que los tratasen con meticulosa igualdad, Laurent había ocupado los aposentos de la reina que estaban al lado.

Era muy probable que Isander lo estuviese sirviendo y haciendo todo lo que podía con los cordeles de su ropa. Primero habría tenido que deshacer los nudos de la nuca de la ropa de montar de Laurent, antes de sacarlos por los ojales. O quizá Laurent se había llevado al esclavo hasta los baños para que lo desvistiese allí. Isander seguro que estaría muy ruborizado a causa del orgullo de que lo hubiesen elegido para dicha tarea. «Puedes servirme». Damen cerró con fuerza los puños.

Pasó a centrarse en los asuntos políticos. Laurent y él iban a reunirse con los líderes provinciales del norte en el salón, donde habría vino y festividades, donde también acudirían los abanderados de Nikandros, uno a uno, para mostrarles su lealtad y engrosar las filas de su ejército.

Cuando le colocaron la última hoja de laurel y la última doblez del atuendo, Damen se dirigió al salón con los escuderos.

Había hombres y mujeres reclinados en sillones entre mesas bajas desperdigadas, o también sentados en bancos bajos cubiertos de cojines. Makedon se inclinó hacia delante y se hizo con un gajo de naranja pelado. Pallas, el apuesto campeón oficial, estaba reclinado con una postura cómoda que no dejaba lugar a dudas de su linaje aristocrático. Straton se había levantado la falda para extender las piernas en el sillón, cruzadas por los tobillos. Se habían reunido en el lugar todos aquellos cuyo rango o cargo los obligaba a estar allí, y todos los norteños de alta cuna habían acudido al lugar para jurar su lealtad. El salón estaba a rebosar de gente.

Los verecianos presentes en la estancia estaban en pie en su mayoría, incómodos y formando pequeños grupos, con alguno que otro apoyado con cautela en el borde de un asiento.

Y luego había esclavos por todas partes.

Esclavos con telas que cubrían sus partes íntimas y que repartían exquisiteces en pequeñas bandejas. Esclavos que abanicaban a los invitados akielenses con hojas de palmera entretejidas. Un esclavo le llenaba una copa de vino a un noble akielense. Otro extendía frente a sí un cuenco con agua de rosas mientras una akielense se mojaba los dedos en él sin mirarlo siquiera. Oyó que alguien rasgueaba las cuerdas de una kithara y contempló la cuidada coreografía de los esclavos, un momento antes de atravesar las puertas.

Cuando Damen entró en la estancia, todo quedó en silencio.

No resonaron trompetas que anunciasen su llegada, como habría ocurrido en Vere. Se limitó a entrar y todos se arrodillaron. Los invitados se levantaron de los sillones para luego agacharse y apoyar la cabeza en la piedra. Los esclavos se pusieron muy nerviosos. En Akielos, los reyes no tenían por qué hacer ostentación de su posición social. Eran los demás los que tenían que rebajarse ante ellos.

Laurent no se puso en pie. Era algo que no se esperaba de él. Se limitó a mirar desde su diván mientras todos los que lo rodeaban se postraban ante el recién llegado. Estaba recostado con elegancia, con un brazo apoyado en el respaldar de dicho asiento y una de las piernas levantadas, dejando así al descubierto el arco de un muslo musculado exquisitamente cubierto por la ropa. Los dedos oscilaban en el aire, y la seda se le arremolinaba en la rodilla.

Isander estaba postrado, a escasos centímetros de los dedos extendidos con naturalidad de Laurent, con ese cuerpo esbelto y casi desnudo. Iba ligero de ropa, propio de un vaskiano. El collar era como una segunda piel para él. Laurent estaba muy relajado, con el cuerpo al completo apoyado con buen gusto en el sillón.

Damen se obligó a avanzar a pesar de aquel silencio, en dirección a los sillones gemelos, uno al lado del otro.

—Hermano —dijo Laurent con voz agradable.

Todos los que se encontraban en la estancia no le quitaban ojo de encima. Era capaz de sentir cómo lo miraban, las ansias de su curiosidad. Oyó los murmullos: «Es él de verdad, Damianos está vivo y está aquí»; murmullos acompañados por miradas desvergonzadas que se fijaban en él, en el grillete dorado de su muñeca, en Laurent y en sus ropas verecianas como si fuese poco más que un adorno exótico: «Y ese es el príncipe de Vere». Y tras todas esas palabras, las conjeturas que nunca llegaban a pronunciarse en voz alta.

Laurent se enfrentó a la situación de manera escrupulosamente correcta, con un comportamiento impecable; hasta la manera en la que había usado al esclavo fue un acto propio de un protocolo irreprochable. En Akielos, un anfitrión se veía complacido cuando un invitado aprovechaba la hospitalidad que se le brindaba. Y los habitantes de Akielos se veían también complacidos cuando la familia real usaba los esclavos, lo que consideraban una muestra de virilidad y poder, así como un motivo de orgullo.

Damen se sentó, demasiado consciente de la presencia de Laurent a su lado. Veía todo el salón desde el lugar donde se encontraba, un mar de cabezas inclinadas. Hizo un gesto para indicarle a todo el mundo que se levantara y dejara de estar postrado. Vio a Barieus de Mesos, el primer abanderado después de Makedon, un hombre de unos cuarenta años con el pelo oscuro y la barba bien recortada. También vio a Aratos de Charon, que había llegado a Marlas con seiscientos hombres. Euandros de Itys, con una pequeña delegación de arqueros estaba por allí con los brazos cruzados frente al pecho al fondo del salón.

—Abanderados de Delpha, ya habréis visto las pruebas de que Kastor mató al rey, nuestro padre. También conoceréis su alianza con el usurpador, el regente de Vere. En este momento, hay tropas del regente en Ios, a la espera de tomar Akielos. Estamos aquí esta noche para pediros vuestra ayuda para luchar contra ellos, para que os unáis a nosotros y a nuestro aliado, Laurent de Vere.

La pausa posterior se volvió muy incómoda. Makedon y Straton le habían jurado lealtad en Ravenel, pero eso había sido antes de su alianza con Laurent. Le estaba pidiendo a esos hombres que aceptaran a Laurent y a Vere con los ojos cerrados, menos de una generación después de una guerra.

Barieus dio un paso al frente.

—Me gustaría que nos asegurarais que Vere no tiene una influencia inapropiada sobre Akielos.

«Influencia inapropiada».

—Habla claro.

—Se dice que el príncipe de Vere es vuestro amante.

Silencio. Nadie se hubiese atrevido a decir algo así en la corte de su padre. Era una muestra de lo volubles que eran esos jefes militares, del odio que le tenían a Vere, de su posición, precaria por lo reciente que era. La rabia se apoderó de Damen ante la pregunta.

—Con quién nos acostemos no es asunto tuyo.

—Si nuestro rey se acuesta con Vere, sí que es asunto mío —dijo Barieus.

—¿Quieres que les cuente lo que pasó de verdad entre nosotros? Quieren saberlo —indicó Laurent.

Laurent empezó a desanudarse el puño de la manga, a pasar los cordeles por los ojales para luego girar la muñeca y dejar a la vista la piel fina de debajo, y también el oro inconfundible del grillete de esclavo.

Damen oyó los murmullos sorprendidos que se extendieron por el salón, sintió ese trasfondo de lujuria. Oír que el príncipe de Vere llevaba puesto un grillete de esclavo akielense era muy diferente a verlo. El escándalo era inmenso, ya que dicho grillete era un símbolo de propiedad de la familia real akielense.

Laurent apoyó la muñeca con elegancia en el reposabrazos curvado del asiento, con la manga abierta que parecía el delicado cuello abierto de una camisa, con cordeles que caían a los lados.

—¿He entendido bien la pregunta? —preguntó Laurent, que hablaba en akielense—. ¿Estás preguntando si he yacido con el hombre que mató a mi hermano?

Laurent llevaba el grillete de esclavo con total indiferencia. La arrogancia aristocrática de su postura aseguraba que no tenía dueño. Laurent siempre había tenido los atributos indispensables para ser intocable. Había cultivado una elegancia sin tacha reclinado en aquel diván, con ese perfil cincelado y ojos que parecían esquirlas de mármol, propios de una estatua. Pensar en que dejaría que alguien se metiese con él entre las sábanas era una locura.

—Un hombre tendría que estar muerto por dentro para acostarse con el asesino de su hermano —dijo Barieus.

—Pues ahí tienes tu respuesta —dijo Laurent.

Se hizo el silencio, uno en el que Laurent sostuvo la mirada de Barieus.

—Sí, eminencia.

Barieus inclinó la cabeza y usó sin darse cuenta el «eminencia» propio de Akielos, en lugar de los títulos verecianos de «alteza» o «majestad».

—¿Y bien, Barieus? —preguntó Damen.

Barieus se arrodilló a dos pasos del estrado.

—Tenéis mi lealtad. Veo que el príncipe de Vere os apoya, por lo que me parece correcto que hagamos nuestros juramentos en este lugar, donde conseguisteis vuestra mayor victoria.

Pronunciaron los juramentos.

Damen dio las gracias a los abanderados, y la comida posterior, que daba por terminada la declaración de las alianzas y el principio del festín, hizo las veces de agradecimiento.

Los esclavos trajeron los alimentos. Los escuderos sirvieron a Damen porque había dejado muy claras sus preferencias. Fue un acuerdo incómodo que no gustó a ninguno de los presentes.

Isander sirvió a Laurent. Parecía muy enamorado de su maestro. Se afanaba en todo momento por hacer las cosas bien; elegía cada una de las exquisiteces probándolas antes y solo le llevaba lo mejor, en platos pequeños y llanos, además de cambiar el agua del cuenco para que Laurent se limpiase los dedos. Lo hacía todo a la perfección, atento y discreto, por lo que nunca llamaba la atención.

Pero tenía unas pestañas que eran difíciles de obviar. Damen se obligó a mirar a otro lado.

Dos esclavos se colocaron en el centro del salón, uno con una kithara y el otro junto a él, uno mayor que habían elegido por su capacidad para recitar.

—Tocad *La caída de Inachtos* —dijo Laurent, y se extendió un murmullo de aprobación por el salón. Kolnas, el guardián de los esclavos, felicitó a Laurent por su conocimiento de las epopeyas—. Es una de tus favoritas, ¿verdad? —preguntó Laurent, que pasó a mirar a Damen.

Sí que era una de sus favoritas. Era una que había pedido infinidad de veces, en tardes como aquella, en los salones de mármol de su hogar. Siempre le había gustado imaginarse a Akielos acabando con sus enemigos, a Nisos partiendo a caballo para matar a Inachtos y conquistar su ciudad amurallada. Pero no le apetecía oírla ahora.

Separado de sus hermanos,
Inachtos no alcanza a golpear a Nisos.
Donde miles de espadas
han fallado, Nisos alza una

Las primeras notas de la canción de batalla levantaron un gran estruendo de aprobación de los abanderados, y su gratitud por Laurent aumentó con cada una de las estrofas. Damen agarró una copa de vino. Estaba vacía. Hizo una señal para que se le acercaran.

Llegó el vino. Cuando volvió a levantar la copa, vio que Jord se dirigía hacia el lugar donde Guion estaba sentado con su esposa Loyse, a la izquierda de Damen. Se percató de que

Jord iba hacia Loyse, y no hacia Jord. La mujer le dedicó una mirada somera.

—¿Sí?

Se hizo un silencio incómodo.

—Solo quería darte… darte mi más sentido pésame. Tú hijo era un gran guerrero.

—Gracias, soldado.

Le dedicó la atención que le dedicaría una dama a un sirviente, para luego seguir conversando con su marido.

Antes de darse cuenta, Damen había levantado la mano para llamar la atención de Jord. Cuando este se acercó al estrado, se inclinó tres veces ante él sin gracilidad alguna, como haría alguien que llevase una nueva armadura.

—Tienes el instinto aguzado —se oyó decir Damen.

Era la primera vez que hablaba con Jord desde la batalla de Charcy. Notó lo diferente de la situación comparada con las noches que habían pasado sentados alrededor de una hoguera intercambiando historias. Sintió lo diferente que era todo. Jord lo miró durante un buen rato y luego cabeceó en dirección a Laurent.

—Me alegro de que seáis amigos.

La luz brillaba demasiado. Se bebió lo que le quedaba de la copa de vino.

—Pensaba que, cuando descubriese vuestra verdadera identidad intentaría vengarse a toda costa —aseguró Jord.

—Lo sabía desde el principio —explicó Damen.

—Me alegro de que podáis confiar el uno en el otro —comentó Jord. Y luego dijo—: Creo que no confiaba de verdad en nadie antes de conoceros.

—No lo hacía —dijo Damen.

Las risas se volvieron más estruendosas y resonaron en oleadas por el salón. Isander le llevó a Laurent un racimo de uvas en un plato pequeño. Laurent lo agradeció e hizo un gesto para que el esclavo se colocase a su lado en el diván. El esclavo estaba pasmado y ruborizado. Mientras Damen lo miraba, Isander se hizo con una de las uvas del racimo y la acercó a los labios de Laurent.

El príncipe se inclinó hacia delante. Retorció un dedo alrededor de uno de los rizos del cabello de Isander y permitió que este lo alimentara, uva a uva, como un príncipe que tuviese un nuevo esclavo favorito. En el otro extremo de la estancia, Damen vio que Straton tocaba en el hombro a uno de los esclavos que lo servía, una señal que indicaba que quería retirarse con discreción para disfrutar de sus atenciones en privado.

Damen levantó la copa sin mirar. Estaba vacía. Straton no era el único akielense que se marchaba con un esclavo: hombres y mujeres se retiraban del salón allá donde mirase. El vino y los esclavos que hacían recordar la batalla habían empezado a acabar con todo tipo de inhibiciones. Las voces de los akielenses empezaron a resonar con más fuerza, embravecidas por el alcohol.

Laurent se inclinó aún más hacia delante y murmuró algo íntimo en el oído de Isander, momento en el que la epopeya llegó a su punto álgido y casi notó el entrechocar de las espadas repiqueteando con fuerza en el pecho. Damen vio que el príncipe tocaba el hombro de Isander y se ponía en pie.

«Apuesto lo que sea a que nunca llegaste a creer que un príncipe podría estar celoso de un esclavo. Me intercambiaría contigo ahora mismo sin pensar», habían sido las palabras de Torveld.

—Perdonad —dijo.

Todos los cortesanos que lo rodeaban se pusieron en pie mientras él se levantaba de esa mezcla de sillón y trono. Damen intentó seguir a Laurent hasta el exterior, pero la ceremonia le impidió el paso, ya que el salón era un cúmulo compacto y rígido de cuerpos y ruido. Justo cuando una cabeza de pelo rubio desaparecía por la puerta, grupo tras grupo de personas le impidieron continuar. Tendría que haber llevado consigo a un esclavo, ya que de haber sido así la multitud habría dado por hecho que el rey necesitaba intimidad y le habrían abierto camino.

El pasillo estaba vacío cuando consiguió llegar hasta él. El corazón le latía desbocado. Dobló la primera de las esquinas para llegar hasta otra de las secciones del pasillo, donde esperaba encontrar a Laurent aún retirándose a sus aposentos. En lugar de eso, vio poco más que una arcada vacía y desnuda sin las celosías propias de Vere.

Vio a Isander bajo dicha arcada, en pie y con ojos de corderito, confuso y abandonado.

Su confusión era tal que, por un momento, se quedó mirando a Damen con los ojos abiertos como platos, antes de comprender al fin lo que estaba ocurriendo, instante en el que se inclinó hasta tocar el suelo de piedra con la frente.

—¿Dónde está? —preguntó Damen.

Habían entrenado bien a Isander. Nada estaba ocurriendo tal y como esperaba aquella noche y, para colmo, el mismísimo rey acababa de preguntarle al respecto.

—Su alteza de Vere se ha marchado a caballo.

—¿Adónde?

—Puede que en los establos sepan hacia dónde se dirige. Este humilde esclavo puede preguntar, si lo deseáis.

Un viaje a caballo, solo, por la noche y tras abandonar un festín en su honor.

—No —respondió Damen—. Sé adónde ha ido.

Nada era igual por la noche. Lo rodeaba un paisaje propio de los recuerdos, uno de vetusta piedra, de antigua roca colgante y de reinos caídos en desgracia.

Damen salió del castillo y se dirigió a caballo hasta el territorio que recordaba, el lugar donde miles de akielenses se habían enfrentado al ejército de Vere. Guio a la montura con cautela a través de baches y agujeros. Un bloque de piedra inclinado, los restos de una escalera. A lo largo de todo Marlas se encontraban desperdigadas las ruinas de algo antiguo, más aún que la batalla misma; arcos en ruinas y murallas derruidas cubiertas de moho hacían las veces de testigos silenciosos.

Recordaba aquellos bloques de piedra que consideraba casi parte de la tierra misma, recordaba la manera en la que los soldados del frente habían tenido que evitarlos y dividirse alrededor de ellos. Habían precedido a la batalla y también a Marlas, restos de un imperio caído desde hacía demasiado tiempo. Eran una estrella polar que guiaba hasta el recuerdo, un hito del pasado en un territorio que bien podría haber arrasado con todo.

Se acercó aún más. Hacerlo le resultaba complicado porque los recuerdos se intensificaban. Vio el lugar donde habían derrotado al flanco izquierdo de sus filas. Vio el lugar donde había ordenado a sus soldados atacar las filas que no conseguirían vencer, donde se encontraba aquel estandarte con un brote estelar que iba a mantenerse ondeando. Vio el lugar donde había asesinado al último de los integrantes de la guardia del príncipe para luego enfrentarse a Auguste.

Se bajó de la montura y enrolló las riendas en una columna de piedra resquebrajada y cubierta de musgo. Era un paisaje antiguo y los bloques eran igual de antiguos. Recordó todo lo que le rodeaba, recordó la tierra batida y la desesperación del enfrentamiento.

Tras cruzar un último cúmulo de piedras, vio la curva de un hombro a luz de la luna, el blanco de una camisa suelta, sin más prendas exteriores, todo cuello y muñecas al descubierto. Laurent estaba sentado en un afloramiento rocoso. Se había quitado la chaqueta, algo poco habitual en él, y se había sentado sobre ella.

Una piedra se deslizó bajo el tacón de una de sus botas. Laurent se dio la vuelta. Por unos instantes, lo contempló con esos ojos grandes, joven como era, pero luego la mirada cambió, como si el universo acabase de cumplir una promesa ineluctable.

—Anda —dijo—. Qué apropiado.

—Creía que quizá querrías… —empezó a decir Damen.

—¿Querría..?

—Un amigo —terminó Damen. Usó la misma palabra que Jord. Sintió una presión en el pecho—. Si quieres que me vaya, lo haré.

—¿Por qué retrasarlo más? —dijo el príncipe—. Hagámoslo aquí mismo.

Lo dijo con la camisa desanudada, mientras el viento jugueteaba con la tela suelta. Se miraron cara a cara.

—No me refería a eso.

—Puede que no, pero sé que es lo que quieres —aseguró Laurent—. Quieres hacerlo conmigo.

Cualquiera capaz de decir eso hubiese estado borracho. Laurent estaba peligrosamente sobrio. Recordó la sensación de la palma de una mano sobre el pecho, empujándolo contra la cama.

—No has dejado de pensar en ello desde Ravenel. Desde Nesson.

Reconocía aquel comportamiento en Laurent. Tendría que haber esperado que se pusiera así. Se obligó a decir las palabras:

—He venido porque pensaba que querrías hablar.

—No, particularmente.

—Sobre tu hermano —apostilló Damen.

—Nunca me acosté con mi hermano —continuó Laurent, con un tono extraño en la voz—. Eso sería incesto.

Estaban en pie en el lugar donde su hermano había muerto. Damen se quedó descolocado al darse cuenta de que no iban a tratar ese tema. Iban a hablar sobre otro asunto.

—Tienes razón —convino Damen—. No he dejado de pensar en ello desde lo de Ravenel. He sido incapaz.

—¿Por qué? —preguntó Laurent—. ¿Tan bien se me da?

—No. La verdad es que lo hiciste como un virgen cualquiera —explicó Damen—. La mitad del tiempo. El resto…

—¿Lo hice como si supiese lo que estaba haciendo?

—Como si hicieses algo a lo que estabas acostumbrado.

Damen vio el impacto que provocaron las palabras en Laurent. El príncipe se tambaleó, como si le acabasen de dar un golpe.

—No estoy seguro de poder llevar bien esa sinceridad tan tuya en estos momentos —dijo Laurent.

—La sofisticación entre las sábanas es algo que no me atrae, por si lo dudabas —comentó Damen.

—Cierto. Te gustan las cosas simples.

Soltó todo el aire al pronunciar aquellas palabras. Se puso en pie y se desnudó, sin llegar a estar listo del todo para algo así. «¿Vas a usar eso en mi contra?», le dieron ganas de decir, pero se quedó en silencio. Laurent también había empezado a respirar con dificultad y no se había movido.

—Murió de la mejor manera posible —se obligó a decir Damen—. Luchaba mejor que cualquiera que he conocido. Fue un combate justo y no sintió dolor. Le di un final muy rápido.

—¿Cómo si estuvieses destripando a un cerdo?

A Damen le dio la impresión de que había empezado a tambalearse. Casi ni se percató de un retumbar. Laurent se dio la vuelta con brusquedad y empezó a mirar en dirección a la oscuridad, donde dicho ruido no dejaba de sonar más estruendoso. Eran los cascos de unos caballos, cada vez más cerca.

—¿También has enviado a tus hombres para que me viniesen a buscar? —preguntó Laurent, con labios fruncidos.

—No —aseguró Damen, que lo empujó al momento para ocultarlo tras uno de esos enormes bloques de piedra ruinosos.

Un instante después, las tropas llegaron hasta donde se encontraban, al menos doscientos hombres que hicieron que el ambiente quedase cargado con el paso de los caballos. Damen empujó con fuerza a Laurent contra la roca, y lo mantuvo en el lugar con el peso de su cuerpo. Los jinetes no frenaron a pesar de lo incierto del terreno en la oscuridad, por lo que cualquiera que se hubiese interpuesto en su camino hubiese quedado aplastado y pateado una y otra vez, entre los cascos y el cuerpo de los caballos.

Sintió a Laurent apoyado contra él, la tensión que casi no era capaz de contener, la adrenalina mezclada con la aversión que le hacía sentir la proximidad, las ansias por apartarse y largarse de allí, incrementadas a causa de la necesidad.

Damen pensó de repente en la chaqueta de Laurent, tirada y expuesta en el afloramiento rocoso, y también en sus caballos, atados a poca distancia. Si los descubrían, cabía la posibilidad de que los capturasen o algo peor. No sabía quiénes eran los jinetes. Clavó los dedos en la roca, sintió el moho y cómo se desprendían pedazos. Los caballos pasaban a toda velocidad a su alrededor, como las aguas imparables de un arroyo.

Y luego desaparecieron, tan rápido como habían llegado, perdiéndose por los campos en dirección a un destino que al parecer se encontraba al oeste. El estruendo de los cascos se perdió en la distancia. Damen no se movió. Tenían el pecho apretado el uno contra el otro, y Laurent le jadeaba a la altura del hombro.

Damen sintió que algo lo empujaba hacia atrás cuando Laurent se impulsó para ponerse en pie y le dio la espalda, sin dejar de respirar con dificultad.

Se apoyó en la roca para levantarse y miró tras Laurent en dirección hacia el paisaje de extrañas formas que los rodeaba. Laurent no se giró para mirarlo a la cara, sino que se limitó a quedarse muy quieto. Damen volvió a mirarlo, una figura pálida ataviada con una camisa fina.

—Sé que no eres tan frío —aseguró Damen—. No lo fuiste cuando ordenaste que me atasen al poste. Tampoco cuando me empujaste contra tu cama.

—Tenemos que marcharnos —dijo el príncipe, que habló sin mirarlo—. No sabemos quiénes eran esos jinetes ni cómo dejaron atrás a nuestros exploradores.

—Laurent…

—¿Un combate justo? —preguntó el príncipe, que ahora sí se giró hacia Damen—. No existen los combates justos. Siempre hay uno de los dos contrincantes que es más fuerte.

Y entonces empezaron a repicar las campanas de la fortaleza, un sonido de advertencia que indicaba que los centinelas habían reaccionado con retraso a la presencia de unos jinetes desconocidos. Laurent extendió la mano para hacerse con la chaqueta, se la puso y los cordeles quedaron colgando. Damen acercó los caballos tras desenganchar las riendas de la columna de piedra. Laurent montó sin articular palabra, espoleó al caballo y ambos partieron en dirección a Marlas.

OCHO

Era posible que no fuese nada, una simple incursión. Damen fue quien tomó la decisión de perseguir a los jinetes, lo que significaba que había obligado a algunos de sus hombres a montar a la luz tenue previa al amanecer. Salieron de Marlas y cabalgaron en dirección oeste a través de grandes extensiones de terreno. Pero no encontraron nada hasta llegar a la primera de las aldeas.

El olor fue lo primero que notaron, el intenso y acre del humo que soplaba desde el sur. Las grandes granjas del exterior de la aldea estaban desiertas y ennegrecidas a causa del fuego, con brasas aún humeantes en algunas partes. Había grandes extensiones de tierra requemada, lo que asustó a los caballos al pasar debido al calor que conservaban.

Fue aún peor cuando llegaron a la aldea en sí. Damen era un comandante experimentado y sabía lo que ocurría cuando los soldados atravesaban territorios poblados. Tras dar el aviso, los ancianos y los jóvenes, tanto hombres como mujeres, marchaban a los campos cercanos para refugiarse en las colinas con la mejor vaca que tuviesen o con provisiones. De no darles dicho aviso, quedaban a merced del líder de las tropas. El más benevolente obligaría a sus hombres a pagar por todas las provisiones con las que se agenciaran, así como por las hijas y los hijos de los que disfrutaran. Al principio.

Pero algo así era muy diferente a sentir la vibración de los cascos por la noche, a quedar confundido sin posibilidad alguna de escapar, con tiempo para poco más que bloquear las puertas. Era normal encerrarse en el interior, por puro instinto, pero no servía para nada. Tendrían que salir cuando los soldados prendiesen fuego a las casas.

Damen se bajó de la montura, y las botas crujieron en la tierra chamuscada antes de que contemplase lo que quedaba de la aldea. Laurent agarraba su montura por las riendas, poco más que una silueta pálida y enjuta en comparación con Makedon y los hombres akielenses que habían cabalgado con él a la tenue luz del alba.

Había una funesta familiaridad en los rostros tanto de los verecianos como de los akielenses. Era una imagen que se había repetido en Breteau. Y en Tarasis. Aquella no era la única aldea desprotegida a la que habían atacado por arrebato en el enfrentamiento.

—Envía un grupo para que siga a los jinetes. Nos detendremos aquí a enterrar a los muertos.

Mientras hablaba, Damen vio cómo un soldado soltaba a un perro de la cadena que lo retenía. Frunció el ceño y lo siguió con la mirada por la aldea, hasta que se detuvo en uno de los edificios anexos y empezó a rascar en la puerta.

Damen frunció aún más el ceño. El edificio estaba apartado del resto de la casa y había permanecido intacto. La curiosidad lo obligó a acercarse, y las botas se le tiñeron de negro a causa de la ceniza. El animal había empezado a lloriquear, un sonido leve y agudo. Apoyó la mano en la puerta del edificio y se le antojó impenetrable. Estaba cerrada desde el interior.

Detrás de él, oyó la voz fluctuante de una chica:

—Ahí no hay nada. No entres.

Damen se dio la vuelta. Tendría unos nueve años y era de género indeterminado. Parecía una niña, pero no podía asegurarlo.

La joven tenía el rostro pálido y se había incorporado sobre un montón de leña que habían apilado junto a la pared del edificio.

—Si no hay nada, ¿por qué no voy a poder entrar?

La voz de Laurent. La calma de Laurent, su lógica siempre exasperante. Acababa de llegar también a pie. Lo acompañaban tres soldados verecianos.

—No es más que un edificio anexo.

—Mira. —Laurent se agachó con una rodilla frente a la niña y le enseñó el brote estelar de su anillo—. Somos amigos.

—Mis amigos están muertos —respondió ella.

—Romped la puerta —dijo Damen.

Laurent agarró a la niña. Solo hicieron falta dos impactos del hombro de un soldado para astillarla. Damen pasó la mano de la empuñadura de la espada a la de la daga, antes de abrir la marcha hacia el interior.

El perro entró a toda prisa. Había un hombre tumbado en la paja desperdigada por el suelo de tierra, con el extremo roto de una lanza sobresaliéndose del vientre. También una mujer, de pie entre él y la puerta, armada únicamente con el otro extremo de la lanza.

La estancia olía a sangre. Esta había empapado la paja, donde el rostro ceniciento del tipo había cambiado a causa de la conmoción.

—Mi señor —dijo y, aún con la lanza en el vientre, intentó incorporarse con un brazo para ponerse en pie frente a su príncipe.

No miraba a Damen, sino detrás de él: a Laurent, quien se encontraba en pie junto a la puerta.

—Llamad a Paschal —dijo Laurent sin echar un vistazo alrededor—. Entró en la rudimentaria estancia y pasó junto a la mujer, no sin antes agarrar el asta de la lanza que sostenía y lanzarla lejos. Después se arrodilló en el suelo de tierra, donde el hombre se había vuelvo a dejar caer sobre la paja. Miraba a Laurent con aceptación.

—No fui capaz de contenerlos —dijo el tipo.

—Túmbate —comentó Laurent—. El galeno está de camino.

La respiración del herido era irregular. Intentó decir que era un antiguo sirviente en Marlas. Damen echó un vistazo alrededor de la estancia pequeña y miserable. Aquel anciano había luchado por los aldeanos, contra soldados jóvenes y a caballo. Puede que fuese el único del lugar con algún tipo de entrenamiento, aunque dicho entrenamiento sin duda era algo del pasado. Era muy viejo. Aun así, había plantado cara. La mujer y su hija habían intentado ayudarlo y ocultarlo. Daba igual. Aquella lanza iba a ser su final.

Damen no dejaba de pensar en todo eso mientras se daba la vuelta. Vio el rastro de sangre. La mujer y la niña lo habían arrastrado hasta allí desde el exterior. Pisó la sangre y se arrodilló mientras Laurent se colocaba frente a la chiquilla.

—¿Quién hizo esto? —En un primer momento, no hubo respuesta—. Te juro que encontraré al responsable y haré que lo pague caro.

Lo miró a los ojos. A Laurent le dio la impresión de oír información teñida de miedo, descripciones incompletas en las que, como mucho, se había enterado del color de la capa. Pero la niña había oído el nombre con claridad y se le había quedado grabado para siempre.

—Damianos —dijo—. Fue Damianos quien lo hizo. Dijo que era su mensaje para Kastor.

Cuando salió al exterior, el paisaje había perdido todo su color, se había quedado ceniciento.

Volvió en sí cuando se encontraba con la mano apoyada en el tronco de un árbol, momento en el que su cuerpo tembló a causa de la rabia. Unos soldados habían pasado en la oscuridad por aquel lugar gritando su nombre. Habían asesinado a los aldeanos con espadas y los habían quemado en sus casas, todo con intención de perjudicarlo a nivel político. El estómago le dio un vuelco, como si estuviese muy enfermo. Sintió algo oscuro e innombrable al pensar en las tácticas de aquellos a los que se enfrentaba.

La brisa agitó las hojas. Echó un vistazo alrededor, sin prestar demasiada atención, y vio que se había acercado a una pequeña arboleda, como si quisiera alejarse de la aldea. Era un lugar que estaba lo bastante alejado de los edificios anexos en ruinas, y no había ordenado a sus hombres que pasasen por allí, razón por la que fue el primero en verlo. Lo vio antes de tener la mente del todo despejada.

Había un cadáver en la linde de la arboleda.

No era el cadáver de un aldeano. Estaba bocabajo, era un hombre y se encontraba colocado en una posición antinatural, ataviado con una armadura. Damen se apartó de los árboles y se acercó, mientras el corazón le latía a causa de la rabia. Ahí tenía la respuesta. Un responsable. Acababa de encontrar a uno de los hombres que habían atacado la aldea, que se había arrastrado hasta allí para morir sin que lo viesen sus compañeros. Damen giró el cadáver rígido con la punta de la bota para colocarlo bocarriba y que quedase de cara al cielo.

El soldado tenía rasgos akielenses y un cinturón con muescas alrededor de la cintura.

«Fue Damianos quien lo hizo. Dijo que era su mensaje para Kastor».

Empezó a moverse antes de darse cuenta siquiera. Pasó junto a los edificios anexos, junto a los que excavaban las fosas para los cadáveres, por un suelo chamuscado que aún seguía sorprendentemente caliente. Vio que uno de ellos se enjugaba el rostro sudoroso y cubierto de ceniza con la manga. También vio a uno que arrastraba algo sin vida en dirección a la primera de las fosas. Damen agarró a Makedon por la tela del cuello y lo empujó hacia atrás antes de empezar a pensar siquiera.

—Te daré el honor de concederte un juicio por combate que no mereces —dijo—, antes de matarte por lo que has hecho aquí.

—¿Os enfrentaríais a mí?

Damen desenvainó la espada. Los soldados akielenses habían empezado a reunirse alrededor; la mitad de ellos eran hombres de Makedon que llevaban puesto el cinturón.

Igual que el cadáver. Igual que todos los soldados que habían matado en aquella aldea.

—Desenvaina —dijo Damen.

—¿Para qué? —Makedon dedicó una mirada de desdén alrededor—. ¿Por la muerte de unos verecianos?

—Desenvaina —repitió Damen.

—Esto es cosa del príncipe. Ha hecho que os enfrentéis a los vuestros.

—Silencio —ordenó Damen—. A menos que quieras que sean tus últimas palabras antes de que te mate.

—No pienso fingir arrepentimiento por la muerte de unos verecianos.

Makedon desenvainó.

Damen sabía que era un buen luchador, el guerrero imbatido del norte. Tendría unos quince años más que Damen y se decía que solo hacía muescas en su cinto cada cien muertes. Muchos de los habitantes de la aldea habían empezado a tirar las palas y los cubos para acercarse.

Algunos, los hombres de Makedon, sabían de las capacidades de su general. El rostro de Makedon era el de alguien experimentado que estaba a punto de darle una buena lección a un advenedizo. Cambió cuando las espadas entrechocaron.

Makedon tenía el estilo brutal que era popular en el norte, pero Damen era lo bastante fuerte como para resistir los embates a dos manos e igualarlos, sin usar siquiera la velocidad y las técnicas superiores que le caracterizaban. Se enfrentó a Makedon en términos de fuerza contra fuerza.

El primer entrechocar de espadas obligó a Makedon a echarse atrás. El segundo le arrancó el arma de las manos.

El tercero no tardaría en llegar, muerte vestida de acero que rasgaría el cuello del contrincante de Damen.

—¡Parad!

La voz de Laurent interrumpió el combate y resonó con un tono que dejó bien claro que se trataba de una orden.

Makedon desapareció. Laurent se encontraba en su lugar; había empujado al general con fuerza al suelo, y la espada de Damen apuntaba directa hacia el cuello desnudo del príncipe.

Si Damen no hubiese obedecido, si todo su cuerpo no hubiese reaccionado a aquella orden a voz en grito, habría cercenado la cabeza de Laurent.

Pero en el momento en el que oyó la voz del príncipe, reaccionó por instinto y consiguió refrenar todos y cada uno de los tendones. La espada se detuvo a escasos centímetros del cuello de Laurent.

Damen había empezado a jadear. Laurent se había abierto paso en solitario hasta aquel campo de batalla improvisado. Sus hombres, que lo habían seguido, se habían detenido en el perímetro de espectadores. El acero se deslizó despacio por la piel fina del cuello del príncipe.

—Un centímetro más y habrías tenido que gobernar dos reinos —dijo Laurent.

—Apártate de mi camino, Laurent. —La voz de Damen resonó ronca.

—Mira a tu alrededor. Este ataque no es más que un plan a sangre fría para desacreditarte frente a tu propio pueblo. ¿Acaso esa es la manera de actuar de Makedon?

—Hizo lo mismo en Breteau. Devastó toda la aldea, igual que aquí.

—Pero eso fue la venganza por lo que había hecho mi tío en Tarasis.

—¿Lo estás defendiendo? —preguntó Damen.

—Cualquiera puede hacerle una muesca a un cinturón —explicó Laurent.

Por unos instantes, Damen agarró con más fuerza la espada y le dieron ganas de usarla contra Laurent. La sensación se intensificó en su interior, intensa e irrefrenable.

Volvió a guardar la espada en la vaina para luego mirar de arriba abajo a Makedon, quien respiraba con dificultad y no dejaba de mirarlos a ellos. Habían hablado muy rápido y en vereciano.

—Acaba de salvarte la vida —explicó Damen.

—¿Debería darle las gracias? —preguntó Makedon, aún repantigado en el suelo.

—No —respondió Laurent—. Si fuese por mí, ya estarías muerto, ya que tus meteduras de pata le hacen un favor a mi tío. Te he salvado la vida porque esta alianza te necesita, y porque yo necesito esta alianza para derrotar al regente.

El ambiente olía a carbón. Damen subió a terreno elevado y despejado, desde donde echó un vistazo a toda la aldea. Era poco más que ruinas ennegrecidas con el aspecto de una cicatriz en la tierra. En el extremo oriental, el humo no había dejado de brotar de la tierra batida.

Aquello iba a tener consecuencias. Pensó en el regente, a salvo en el palacio akielense de Ios. «Este ataque no es más que un plan a sangre fría para desacreditarte frente a tu propio pueblo. ¿Acaso esa es la manera de actuar de Makedon?». Tampoco era la manera de actuar de Kastor. Había sido otra persona.

Se preguntó si el regente se sentía tan rabioso y tan determinado como él. Se preguntó cómo podía sentirse tan confiado como para ser tan cruel una y otra vez a sabiendas de que no iba a haber consecuencias.

Oyó pasos que se acercaban y no hizo nada hasta que llegaron junto a él. Le dieron ganas de decirle a Laurent: «Siempre he pensado que sabía lo que era enfrentarse a tu tío, pero me equivocaba. Hasta hoy, nunca se había enfrentado a mí». Se giró para decirlo.

Pero no era Laurent quien estaba a su lado, sino Nikandros.

—Sea quien sea el responsable, quería que culpase a Makedon y perdiese el apoyo del norte —comentó Damen.

—No crees que haya sido Kastor.

—Tú tampoco —aseguró.

—Doscientos hombres no pueden cabalgar campo a través durante días sin que nadie repare en ellos —aseguró Nikandros—. Si lo han hecho sin alertar a los exploradores o a nuestros aliados, ¿desde dónde habrán partido?

No era la primera vez que había visto un ataque pensado para engañar a los akielenses. Le había pasado en el palacio, cuando los asesinos habían atacado a Laurent con dagas de Akielos. Recordaba con claridad la procedencia de las dagas.

Damen echó la vista atrás hacia la aldea, y luego miró el camino estrecho y serpenteante que llevaba hasta el sur.

—Sicyon —dijo.

La zona de entrenamiento interior de Marlas era una estancia alargada y con paneles de madera, inquietantemente parecida a la arena de entrenamiento de Arles, con suelos cubiertos de serrín y un poste grueso de madera en un extremo. Por la noche, quedaba iluminada por antorchas que proyectaban su luz contra las paredes llenas de bancos y cubiertas por las armas que colgaban de ellas: dagas envainadas y otras a la vista, lanzas cruzadas y espadas.

Damen ordenó a los soldados, los escuderos y los esclavos que se retiraran. Después se hizo con la espada más pesada de la pared. Agradeció notar el peso al levantarla y, tras preparar el cuerpo para lo que estaba a punto a hacer, empezó a blandirla una y otra vez.

No estaba de humor para oír discusiones, ni para hablar con nadie en realidad. Había ido al único lugar donde podía llegar a expresar lo que sentía físicamente.

El sudor empapó el algodón blanco que llevaba puesto. Se quitó la ropa de la cintura para arriba y usó la prenda para enjugarse el rostro y la nuca. Después la tiró a un lado.

Le gustaba esforzarse, al máximo. Notar el agotamiento en todos los tendones, obligar a los músculos de su cuerpo a llevar a cabo una única tarea. Necesitaba esa sensación de tener los pies en la tierra, esa certeza a pesar de todas esas tácticas repugnantes, de esos engaños, de esos hombres que luchaban con palabras, traiciones y en las sombras.

Luchó hasta que solo quedaba de él su cuerpo, la quemazón de la carne, el latir de la sangre, la humedad tibia del sudor; hasta que solo fue capaz de concentrarse en una cosa, en el poder de aquel acero tan pesado capaz de dar muerte. Cuando se detuvo a hacer una pausa, lo único que oyó fue silencio y el ruido de su respiración acelerada. Se dio la vuelta.

Laurent estaba en pie en el umbral de la puerta y lo miraba.

Damen no sabía cuánto tiempo había pasado allí el príncipe. Había practicado durante una hora o más. El sudor había formado una pátina en su piel y le había engrasado los músculos. Le daba igual. Sabía que tenían cosas pendientes, pero por él bien podían quedarse así para siempre.

—Si estás así de enfadado deberías enfrentarte a un oponente de verdad —dijo Laurent.

—No hay nadie... —Damen se quedó en silencio, pero las palabras sin pronunciar quedaron suspendidas entre ellos, cargadas con la verdad que entrañaban. No había nadie lo bastante bueno como para enfrentarse a él. No cuando estaba de ese humor, enfadado e incapaz de contenerse. Podría llegar a matar.

—Me tienes a mí —aseguró Laurent.

Fue una mala idea. Sintió un zumbido en las venas que también le indicaba que era mala idea. Vio a Laurent desenvainar una de las espadas de la pared. Damen recordó verlo usar un arma parecida en el enfrentamiento contra Govart, mientras él sentía la necesidad de hacerse también con una. También recordó otras cosas. El tirón que había notado en el collar dorado debido a la correa que Laurent sostenía en las manos. Los latigazos en la espalda. El puñetazo de un guardia mientras lo obligaban a permanecer de rodillas. Habló, y oyó que las palabras sonaron plúmbeas y marcadas:

—¿Quieres que te haga morder el polvo?

—¿Crees que puedes?

Laurent había tirado a un lado la vaina de la espalda. Yacía entre el serrín mientras él permanecía allí en pie, con la hoja del arma al descubierto.

Damen levantó la espada que sostenía. No pretendía contenerse.

Había advertido a Laurent. Había sido un aviso más que suficiente.

Atacó, una combinación de tres golpes seguidos y repiqueteantes que Laurent consiguió parar mientras se movía en círculos, con lo que consiguió dejar de darle la espalda a la puerta y quedar frente a la arena de entrenamiento. Cuando Damen volvió a atacar, el príncipe usó el espacio que ahora tenía detrás para apartarse.

Y se alejó mucho. Damen se percató de que estaba usando la misma técnica que con Govart, quien esperaba que el combate fuese más directo y se había encontrado con que Laurent era muy difícil de cazar. Laurent probó a dar un tajo y luego retiró el arma sin seguir asestando golpes. Intentó atraer a Damen y luego dio un paso atrás.

Era frustrante. Al príncipe se le daba muy bien la esgrima y no parecía cansarse. Plas, plas, plas. Habían recorrido casi la totalidad de la zona de entrenamiento y empezaban a acercarse al poste. Laurent parecía respirar con total normalidad.

La próxima vez que Damen intentó atacar, Laurent se agachó y rodeó el poste, momento en el que la zona de entrenamiento al completo volvió a quedar a su espalda.

—¿Vamos a seguir yendo de un lado a otro todo el rato? Creía que ibas a hacer que me esforzase un poco —comentó Laurent.

Damen lanzó un tajo con toda su fuerza y con una velocidad despiadada, sin darle tiempo al príncipe de hacer otra cosa que no fuese alzar la espalda. Sintió el impacto del metal contra el metal y oyó el rechinar de los filos; vio cómo la fuerza del golpe se extendía por las muñecas y los hombros de Laurent; vio que la espada había estado a punto de caérsele de las manos y que, para su satisfacción, el príncipe se había tambaleado para luego retroceder tres pasos.

—Esforzarte así, ¿no? —preguntó Damen.

Laurent no tardó en recuperarse y dar otro paso atrás. Miraba a Damen con los ojos entrecerrados. Había algo diferente en su postura, una nueva desconfianza.

—Pensaba dejarte dar un par de vueltas por la arena antes de acabar contigo —comentó Damen.

—Y yo pensaba que me habías seguido hasta aquí porque no podías conmigo.

En esta ocasión, cuando Damen atacó, Laurent usó todo su cuerpo para contener el ataque y, mientras la hoja rechinaba temblorosa al deslizarse a lo largo de la otra espada, Laurent consiguió superar la guardia, obligó a Damen a defenderse de improviso y consiguió hacerlo retroceder con una andanada de tajos.

—Eres muy bueno —dijo Damen, que distinguió la satisfacción en su voz.

La respiración de Laurent empezaba a denotar algo de agotamiento, lo que también satisfizo a Damen. Insistió en sus ataques y no dejó tiempo a Laurent para apartarse ni recuperarse. Laurent se vio obligado a usar toda su fuerza para bloquear los embates, una descarga que hizo que le temblase la muñeca, el antebrazo y el hombro. Ya no podía dejar de desviar los golpes con las dos manos.

Desviaba y contratacaba con una velocidad endiablada. Era ágil y también capaz de devolverle los golpes sin esfuerzo, por lo que Damen se quedó cautivado y absorto. No intentó forzar a Laurent a cometer errores… aún, eso lo haría más adelante. La habilidad con la espada de Laurent era fascinante, como un rompecabezas formado por hebras con filigranas, complicado, entretejido con delicadeza pero sin errores a simple vista. Llegó a darle pena tener que ganar el enfrentamiento.

Damen se apartó y empezó a caminar en círculos alrededor de su oponente a medida que le daba espacio para recuperarse. El cabello de Laurent empezaba a oscurecerse un poco a causa del sudor y también jadeaba. Laurent cambió lo mínimo el agarre en la empuñadura de la espada y dobló un poco la muñeca.

—¿Cómo tienes el hombro? —preguntó Damen.

—Mi hombro y yo estamos esperando a que luches como es debido —respondió el príncipe.

Laurent alzó la espada, listo para atacar. Damen se alegró de obligarlo a usarla de verdad. Rechazó los exquisitos contrataques con patrones que llegaban a recordar a medias.

El príncipe no era Auguste. Estaba hecho de una pasta diferente a nivel físico y también contaba con una mente mucho más peligrosa. Pero se parecían: percibió en él el eco de una técnica similar, un estilo parecido que quizá habían aprendido del mismo maestro, o que quizá fuese el resultado de un hermano menor emulando al mayor en el campo de entrenamiento.

Lo notaba entre ellos, igual que notaba todo lo demás. El estilo engañoso que usaba con la espada se parecía mucho a las trampas que iba dejando para todo el mundo, las mentiras, las falsedades, la manera en la que evitaba los combates directos en favor de tácticas que usaban a todos los que lo rodeaban para conseguir sus fines; como una remesa de esclavos, como una aldea de inocentes.

Desvió el arma de Laurent a un lado y le dio un golpe con la empuñadura de la suya en el vientre, para luego tirarlo al suelo y hacerlo aterrizar con la fuerza suficiente para que el golpe contra el suelo cubierto de serrín lo dejase sin aire en los pulmones.

—No puedes vencerme en un combate de verdad —comentó Damen.

Apuntaba con la espada hacia la nuez del cuello de Laurent, quien estaba repantigado bocarriba con las piernas abiertas y una rodilla alzada. Enterró los dedos en el serrín que lo rodeaba. El pecho se le agitaba debajo de la camisa fina al respirar. La punta de la espada de Damen bajó desde la garganta hasta alcanzar el delicado vientre.

—Ríndete —dijo.

Un estallido de oscuridad y polvo explotó frente a sus ojos. Damen los cerró con fuerza por instinto y retiró la punta de la espada unos pocos centímetros mientras Laurent hacía un ademán con el brazo para lanzarle serrín a la cara. Cuando volvió a abrir los ojos, el príncipe había rodado para luego levantarse y blandir el arma.

Era un truco juvenil para el que no había lugar en un enfrentamiento de hombres. Damen se limpió el serrín con el antebrazo y miró a Laurent, que seguía jadeando y tenía una nueva expresión en el rostro.

—Luchas con técnicas propias de un cobarde —dijo Damen.

—Lucho para ganar —aseguró Laurent.

—No eres lo bastante bueno para eso.

La mirada en los ojos de Laurent fue la única advertencia antes de que le asestase un tajo con una fuerza mortífera.

Damen se apartó a un lado y retrocedió con brusquedad, para luego levantar la espada y tener que retroceder. La concentración se apoderó de él por unos instantes; lo rodearon unos filos plateados en los que tuvo que centrarse por completo. Laurent lo había empezado a atacar con ganas. Se habían acabado los embates elegantes y los desvíos desenfadados. Al parecer, que Damen lo hubiese tirado al suelo había despertado algo en él y ahora luchaba con emoción sincera en la mirada.

Damen recibió eufórico la arremetida del príncipe y se enfrentó a la esgrima depurada de Laurent, para luego hacerlo retroceder paso a paso.

Pero la situación no tenía nada que ver con su enfrentamiento con Auguste, quien había indicado a sus hombres que se retirasen. La espada de Laurent cortó la cuerda que sostenía el estante donde se encontraba el arsenal, y Damen tuvo que apartarse antes de que le cayese encima. El príncipe empujó un banco con la pierna y lo lanzó hacia él. Todo lo que había caído desde la pared al serrín se convirtió en una pista de obstáculos que lo obligó a avanzar de manera irregular.

Laurent no dejaba de lanzarle cosas, hacía uso en la batalla de todo lo que le rodeaba. Pero era incapaz de mantener la posición a pesar de todo.

Cuando volvieron a llegar al poste, Laurent se agachó en lugar de parar el golpe, por lo que la espada de Damen hendió el aire con violencia para terminar clavándose en la madera a tanta profundidad que tuvo que soltar la empuñadura y esquivar un ataque antes de ser capaz de sacarla.

Durante esos segundos, Laurent se había agachado para agarrar una daga que se había caído de unos de los bancos volcados. La lanzó con una puntería mortífera a la garganta de Damen.

Él la apartó en el aire con la espada y siguió avanzando. Atacaron, y el acero entrechocó contra el acero; las hojas rechinaron hasta la espiga. Laurent sintió cómo el hombro le cedía un poco, y Damen hizo más fuerza y lo obligó a soltar el arma.

Después empujó al príncipe hacia una de las paredes paneladas. Laurent emitió un gruñido gutural de frustración, rechinó los dientes y se quedó sin aliento. Damen presionó, clavó el antebrazo en el cuello de Laurent y tiró a un lado su espada, momento en el que la mano libre del príncipe agarró una de las dagas que colgaban de la pared y asestó una puñalada en dirección al costado desprotegido de Damen.

—Ni se te ocurra —dijo este, quien agarró la muñeca de Laurent con la otra mano y la golpeó con fuerza contra la pared, una y dos veces, hasta que los dedos del vereciano se abrieron y dejó caer el arma.

El cuerpo de Laurent al completo se retorció contra el suyo para intentar zafarse, un forcejeo animal y violento que hizo que se rozasen sus cuerpos sudorosos y acalorados. Damen consiguió sobreponerse y lo clavó contra la pared, con la fuerza suficiente para evitar que se moviera. Pero Laurent le dio un puñetazo en la garganta con el brazo que le quedaba libre, con la potencia necesaria para ahogarlo y hacerlo aflojar el agarre, momento que aprovechó para darle un rodillazo con toda la fuerza de que fue capaz.

La negrura se apoderó de su visión, pero Damen consiguió sobreponerse gracias al instinto de guerrero. Apartó a Laurent de la pared y lo lanzó al suelo, donde el cuerpo del príncipe golpeó con fuerza contra la superficie cubierta de serrín. Laurent se quedó sin aliento por un momento, pero no tardó en intentar ponerse en pie, aturdido, mientras miraba a Damen con los ojos inyectados en sangre. El vereciano intentó volver a hacerse con la daga, pero cerró los dedos alrededor de la empuñadura demasiado tarde.

—Basta —dijo Damen, que dio un rodillazo con fuerza a Laurent en la boca del estómago, para luego tirarlo al suelo y seguirlo hasta quedar sobre él. Agarró la muñeca del príncipe y la aferró contra el serrín para que Laurent soltase la daga. Su cuerpo formaba un arco encima del vereciano, clavándolo al suelo con todo su peso, agarrándolo por ambas muñecas mientras Laurent tensaba todos los músculos bajo él. Sintió cómo se le aceleraba la respiración al príncipe y lo sostuvo con más fuerza aún.

Laurent, incapaz de hacer nada para librarse, emitió un sonido final y desesperado momentos antes de quedarse quieto, entre jadeos y con una mirada rabiosa cargada de rencor y frustración.

Ambos estaban agotados. Damen notó que el cuerpo de Laurent no había dejado de resistirse.

—Dilo —espetó Damen.

—Me rindo. —Lo pronunció con un rechinar de dientes y mientras apartaba la cabeza a un lado.

—Quiero que sepas —empezó a decir con esfuerzo y agotamiento— que podría haber hecho esto en cualquier momento mientras era tu esclavo.

—Aléjate de mí —dijo Laurent.

Damen se apartó. El príncipe fue el primero en levantarse. Quedó allí en pie, con la mano apoyada en el poste de madera y virutas de serrín pegadas en la espalda.

—¿Quieres que lo diga, que diga que no soy capaz de vencerte? —Laurent elevó el tono de voz—. Pues no soy capaz de vencerte.

—No, no eres capaz. No eres lo bastante bueno. Habrías vuelto por venganza y te habría matado. Es lo que hubiese ocurrido. ¿Es lo que querías?

—Sí —espetó Laurent—. Él era todo lo que tenía.

Se hizo el silencio tras esas palabras.

—Sé que nunca habría sido lo bastante bueno —continuó Laurent.

—Tampoco lo fue tu hermano —dijo Damen.

—Te equivocas. Él era…

—¿Qué?

—Era mejor que yo. Te habría…

Laurent se quedó en silencio. Cerró los ojos con fuerza y resopló, un ruido similar al de una risa.

—Te habría detenido —comentó, con un tono de voz que indicaba que se había percatado de lo absurdo de la afirmación.

Damen se hizo con la daga del suelo y, cuando Laurent abrió los ojos, se la colocó en la mano. Se la agarró, la llevó hasta su vientre y quedaron en una postura que le resultaba familiar. El príncipe tenía la espalda apoyada contra el poste.

—Detenme —dijo Damen.

Vio en el gesto de Laurent cómo este libraba una batalla mental contra sus ansias por clavarle la daga.

—Sé lo que se siente —le dijo.

—Estás desarmado —comentó Laurent.

«Y tú también», pensó Damen, pero no lo dijo. No tenía sentido hacerlo. Sintió un cambio en el ambiente, un cambio en la manera en la que aferraba la muñeca de Laurent. La daga cayó al serrín.

Se obligó a dar un paso atrás antes de que ocurriese. Miraba a Laurent a dos pasos de distancia, jadeante y no a causa del agotamiento.

A su alrededor, la arena de combate era un caos debido al enfrentamiento: bancos volcados, piezas de armadura desperdigadas por el suelo, un estandarte medio arrancado de la pared.

—Ojalá pudiese… —empezó a decir Damen.

Pero fue incapaz de borrar el pasado con palabras, y Laurent no se lo hubiese agradecido en caso de hacerlo. Agarró su espada y se marchó de la estancia.

NUEVE

La mañana siguiente tuvieron que volver a sentarse el uno junto al otro. Damen ocupó su lugar al lado de Laurent en el estrado, que dominaba el prado verde y rectangular que conformaba la arena, con el único deseo de tomar las armas y cabalgar hacia el enfrentamiento en Karthas. No tendrían que estar celebrando un torneo, sino cabalgando de camino al sur.

Los tronos unidos se encontraban aquel día bajo un toldo de seda, erigido para proteger del sol la piel lechosa de Laurent. Era una medida superflua, ya que la mayor parte del cuerpo de Laurent estaba cubierta por la ropa. El sol brillaba hermoso sobre ellos, las gradas escalonadas y las colinas cubiertas de hierba, el escenario de aquella competición en pos de la excelencia.

Damen llevaba los brazos y los muslos desnudos. Iba ataviado con un quitón corto sujeto al hombro. Junto a él, Laurent tenía un perfil impertérrito que parecía sacado del cuño de una moneda. Al lado de él se encontraba sentada la nobleza vereciana: lady Vannes, que murmuraba al oído de una de sus nuevas mascotas femeninas, Guion y su esposa Loyse y Enguerran, el capitán. Tras ellos se encontraba la Guardia del Príncipe, Jord, Lazar y el resto con uniformes azules, vestidos de gala con los estandartes del brote estelar ondeando sobre sus cabezas.

A la derecha de Damen estaba Nikandros y, junto a él, el llamativo asiento vacío que pertenecía a Makedon.

Makedon no era el único ausente. Las colinas cubiertas de hierba y las gradas escalonadas también habían notado la ausencia de sus soldados, lo que había reducido las tropas a la mitad. Una vez se le había pasado la rabia del día anterior, Damen se había percatado de que, en la aldea, Laurent había arriesgado su vida para evitar que ocurriese justo aquello. Se había colocado frente a una espada para intentar evitar la deserción de Makedon.

Una parte de Damen, que se sentía culpable, sabía muy bien que Laurent no había merecido ser arrastrado por la arena de entrenamiento por algo así.

—No va a venir —dijo Nikandros.

—Dale tiempo —respondió Damen. Pero Nikandros tenía razón. No había señal alguna de que fuese a acudir.

—Vuestro tío ha acabado con la mitad de nuestro ejército con doscientos hombres —comentó Nikandros, que no miró hacia la persona que se encontraba junto a Damen.

—Y un cinturón —dijo Laurent.

Damen echó un vistazo a las gradas medio vacías y a la extensión de hierba, donde verecianos y akielenses por igual se reunían para ver mejor. Dedicó una larga mirada de lado a lado para fijarse en las tiendas junto a los estrados reales, donde los esclavos se dedicaban a cocinar, y las tiendas detrás de esas, donde los sirvientes preparaban a los deportistas para la competición.

—Al menos, alguien tendrá posibilidades de ganar en lanzamiento de jabalina —comentó Damen.

Se puso en pie. Todos los que lo rodeaban hicieron lo propio, como si de una pequeña ola se tratara, así como los que se encontraban en las gradas escalonadas del prado. Damen alzó la mano, un gesto de su padre. Aquellos soldados podían ser un grupo heterogéneo de guerreros del norte, pero eran sus soldados. Y estos eran los primeros juegos de Damen como rey.

—Hoy rendiremos homenaje a los caídos. Lucharemos juntos, verecianos y akielenses. Competiremos con honor. Que empiecen los juegos.

Hubo varias disputas durante las pruebas de tiro al blanco, que todo el mundo disfrutó. Para sorpresa de los akielenses, Lazar ganó en arquería. Para satisfacción de Akielos, Aktis fue quien se llevó la palma en el lanzamiento de jabalina. Los verecianos pitaban cada vez que veían las piernas descubiertas de los akielenses y sudaron por culpa de las mangas largas que llevaban puestas. En las gradas, los esclavos agitaban los abanicos rítmicamente y llevaban copas de vino que todos bebían menos Laurent.

Un akielense llamado Lydos ganó un tridente. Jord ganó una espada larga. El joven soldado Pallas consiguió una espada corta y luego se hizo con una lanza, antes de saltar a la arena para intentar conseguir una tercera victoria en lucha libre.

Avanzó desnudo, como era costumbre en Akielos. Era un joven apuesto con el físico de un campeón. Elon, su oponente, era también joven y del sur. Los dos se hicieron con algo de aceite del contenedor que les llevaron los sirvientes, se untaron los cuerpos y luego se agarraron por los hombros el uno al otro y empezaron cuando les dieron la señal.

La multitud vitoreó, los hombres forcejearon, con cuerpos tensos y un agarre escurridizo tras otro, hasta que Pallas terminó por lanzar al jadeante Elon a la hierba, momento en el que la multitud estalló en una ovación.

Pallas se dirigió al estrado, victorioso y con el cabello algo enmarañado a causa del aceite. Los espectadores se quedaron en silencio a causa del interés. Era una costumbre muy antigua y que gustaba mucho.

Pallas se dejó caer de rodillas frente a Damen, radiante a causa de lo que significaban las tres victorias que acababa de conseguir.

—Si me lo permiten los lores y las damas —comenzó a decir Pallas—, reclamo el honor de combatir con el rey.

Hubo murmullos de aprobación entre la multitud. Pallas era una joven promesa y todos querían ver luchar al rey. Eran aficionados a los combates, muchos de los cuales vivían para este tipo de enfrentamientos en los que el mejor de los mejores se batía contra el campeón del reino.

Damen se levantó del trono y se llevó la mano al broche de oro que llevaba al hombro. La prenda que llevaba cayó al suelo, y la multitud mostró su aprobación con un rugido. Los sirvientes agarraron la ropa de donde había caído mientras el rey bajaba del estrado y se dirigía hacia el lugar del enfrentamiento.

Una vez en la hierba, metió las manos en el contenedor de aceite y se untó el cuerpo desnudo. Cabeceó en dirección a Pallas, a quien vio muy emocionado, nervioso y eufórico, y luego le puso una mano en el hombro y sintió la mano de su contrincante en el suyo.

Lo disfrutó. Pallas era un buen oponente y fue un placer sentir la tensión y la respiración pesada de un cuerpo tan bien entrenado contra el suyo. El lance duró casi dos minutos, momento en el que Damen rodeó con el brazo el cuello de Pallas y tiró de él hacia abajo, absorbiendo cada forcejeo y cada tirón, hasta que al otro se le agarrotaron los músculos a causa del esfuerzo. Estaba agotado, y Damen podía dar el combate por ganado.

Complacido, Damen se quedó quieto hasta que los sirvientes le limpiaron el aceite del cuerpo y le pasaron una toalla. Luego regresó al estrado, donde extendió los brazos para que los sirvientes volviesen a engancharle la prenda de ropa.

—Buen combate —dijo mientras volvía a ocupar su lugar en el trono junto a Laurent. Hizo señas para que volviesen a traerle algo de vino—. ¿Qué ocurre?

—Nada —respondió el príncipe de Vere, que desvió la mirada. Estaban despejando el campo para que tuviese lugar el okton.

—¿Qué podemos esperar ahora? Me da la impresión de que podría ser cualquier cosa —comentó Vannes.

En el campo, habían empezado a colocar los objetivos del okton a intervalos regulares. Nikandros se puso en pie.

—Voy a revisar las lanzas que se usarán en el okton. Estaría muy agradecido si me acompañaras —comentó Nikandros.

Se lo había dicho a Damen. Comprobar el equipo con todo lujo de detalles antes de un okton había sido costumbre de Damen desde que era pequeño. Le gustaba que, durante la calma entre pruebas, el rey pasase por las tiendas, revisase el armamento y saludase a los sirvientes y aquellos que iban a competir y empezaban a vestirse con ropa de monta.

Damen se puso en pie. De camino a la tienda, recordaron competiciones anteriores. Damen nunca había perdido en un okton, pero Nikandros era quien había estado más cerca de hacerlo y se le daban muy bien los lanzamientos con giro. Damen empezó a animarse. Tenía muchas ganas de volver a competir. Apartó la solapa de la tienda y pasó al interior.

No había nadie. Damen se giró y vio cómo Nikandros avanzaba hacia él.

—¿Qué...?

Lo agarró con fuerza y brusquedad por debajo del hombro. Sorprendido, no hizo nada por evitarlo, ya que no había pensado que Nikandros fuese una amenaza. Dejó que lo empujase hacia atrás y que agarrase en un puño la tela del hombro para luego tirar con fuerza de ella.

—Nikandros...

Lo miraba confundido, con la prenda colgándole de la cintura, mientras Nikandros lo fulminaba con la mirada.

—Tu espalda —dijo.

Damen se ruborizó. Nikandros lo miraba como si hubiese tenido que fijarse de cerca para creérselo. Era una imagen que impresionaba. Damen sabía... sabía que tenía la espalda llena de cicatrices. Sabía que le cubrían ambos hombros y le llegaban hasta la mitad de la espalda. Sabía que se las habían tratado bien, que no le tiraban de la piel y no le dolían, ni siquiera durante los enfrentamientos de esgrima más extenuantes. Los ungüentos apestosos que le había administrado Paschal habían sido determinantes, pero lo cierto era que nunca se había vuelto a mirar la espalda en un espejo.

Ahora dicho espejo eran los ojos de Nikandros, el pavor extremo de su expresión. Nikandros le dio la vuelta y posó las manos sobre su cuerpo para luego extenderlas por su espalda, como si tocar las cicatrices fuese la confirmación de algo que sus ojos eran incapaces de creer.

—¿Quién te hizo esto?

—Yo —respondió Laurent.

Damen se dio la vuelta.

Laurent estaba en el umbral de entrada de la tienda. Hacía gala de una gracilidad elegante, y la atención de sus ojos azules y apacibles estaba centrada en Nikandros.

—Quería matarlo, pero mi tío no me lo permitió —aseguró el príncipe de Vere.

Nikandros dio un paso al frente, impotente, pero Damen ya lo había agarrado por el brazo. Había apoyado la mano en la empuñadura de la espada y contemplaba a Laurent con rabia.

—También me la chupó —aseguró Laurent.

—Eminencia —dijo Nikandros—, os ruego que me deis permiso para desafiar al príncipe de Vere a un duelo de honor por el insulto que acababa de proferir.

—Permiso denegado —respondió Damen.

—¿Ves? —espetó Laurent—. Me ha perdonado por el insignificante asunto de los latigazos. Y yo lo he perdonado a él por el insignificante asunto de matar a mi hermano. Bendita sea la alianza.

—Le desollasteis la piel de la espalda.

—No fui yo personalmente. Me limité a mirar cómo lo hacían mis hombres.

Laurent lo dijo mientras lo contemplaba con ojos entrecerrados a través de las pestañas. Le dio la impresión de que a Nikandros le daban náuseas al intentar contener la rabia.

—¿Cuántos latigazos le disteis? ¿Cincuenta? ¿Cien? ¡Podría haber muerto!

—Sí, esa era la idea —aseguró el príncipe de Vere.

—Suficiente —dijo Damen, que agarró a Nikandros cuando volvió a hacer un amago de dar un paso al frente. Luego añadió—: Ahora puedes dejarnos. Ya, Nikandros.

Estaba enfadado, pero no era capaz de desobedecer una orden directa. El entrenamiento estaba muy arraigado en su interior. Damen se quedó en pie frente a Laurent, con la mayor parte de su ropa hecha un ovillo en la mano.

—¿A qué ha venido eso? Así solo conseguirás que deserte.

—No va a hacerlo. Es tu siervo más leal.

—¿Y por eso quieres comprobar dónde está su límite?

—¿Tendría que haberle dicho que no lo disfruté? —preguntó Laurent—. Hubiese sido mentira. Me encantó, sobre todo al final, cuando te derrumbaste.

Estaban solos. Damen podía contar con los dedos de una mano el número de veces que habían estado solos desde que se había forjado la alianza. Una vez en la tienda, cuando había descubierto que Laurent seguía vivo. Otra en Marlas, en el exterior y por la noche. Otra en el interior, mientras blandían sendas espadas.

—¿Qué haces aquí? —preguntó Damen.

—He venido a buscarte —respondió Laurent—. Estabas tardando mucho con Nikandros.

—No tenías por qué venir. Podrías haber enviado a un mensajero.

En el silencio posterior, Laurent apartó la mirada de manera involuntaria. Damen notó un extraño cosquilleo en la piel y se dio cuenta de que el príncipe le contemplaba las cicatrices en el espejo pulido que tenía detrás. Volvieron a mirarse a los ojos. No solía cazar así a Laurent, pero una simple mirada lo había traicionado en este caso. Y ambos lo sabían.

Damen notó cuánto le dolía.

—¿Estás admirando tu obra?

—Se requiere tu presencia en las gradas.

—Iré cuando me haya vestido. A menos que quieras acercarte. Podrías ayudarme con el broche.

—Hazlo tú —espetó Laurent.

La pista del okton estaba casi preparada cuando llegaron y volvieron a sentarse el uno junto al otro, sin mediar palabra.

El ambiente estaba muy caldeado entre el público. El okton despertaba esos sentimientos en la gente, el peligro de la amenaza de quedar mutilado. Terminaron de clavar el segundo de los dos objetivos en los puntales, y los sirvientes confirmaron que todo estaba listo. Hacía mucho calor, y la anticipación zumbaba como si de un insecto se tratara, alzándose hasta convertirse en estruendo en la parte suroeste del lugar.

La llegada de Makedon, armado, en su montura y con un grupo de hombres tras él, causó un estallido de actividad en las gradas. Nikandros se levantó un poco del asiento, momento en el que tres de sus guardias posaron las manos en las empuñaduras de sus armas.

Makedon colocó el caballo frente al estrado y encaró directamente a Damen.

—Te has perdido la jabalina —dijo Damen.

—Atacaron una aldea en mi nombre —comentó Makedon—. Me gustaría tener la oportunidad de vengarme.

Makedon tenía la voz propia de un general, una que retumbó por las gradas y que ahora usaba para asegurarse de que lo oían todos y cada uno de los espectadores que se había reunido allí para ver los juegos.

—Tengo ocho mil hombres que lucharán a vuestro lado en Karthas, pero no combatiremos junto a un cobarde ni junto a un líder inexperto que aún no haya demostrado su valía en el campo de batalla.

Makedon echó un vistazo por la pista del okton y luego volvió a fijarla en Laurent.

—Juraré lealtad si el príncipe monta con nosotros —aseguró.

Damen oyó la reacción de los que lo rodeaban. A todas luces, el príncipe vereciano era inferior a nivel atlético. Estaba claro que evitaba los entrenamientos físicos. Ninguno de los akielenses lo había visto luchar ni ejercitarse. No había participado en ninguna de las pruebas aquel día. Lo único que había hecho era quedarse sentado con elegancia y relajarse, como estaba en ese momento.

—Los verecianos no entrenan para el okton —dijo Damen.

—En Akielos, el okton se conoce como el deporte de los reyes —explicó Makedon—. Hasta nuestro rey saltará a la pista. ¿Acaso el príncipe de Vere carece del coraje necesario para enfrentarse a él?

Rechazar el desafío habría sido humillante, pero aceptarlo y dejar clara su ineptitud en la pista habría sido aún peor. La mirada de Makedon aseguraba que eso era exactamente lo que quería: volvería a cambio de desacreditar a Laurent.

Damen esperaba que Laurent lo evitase, que se apartase, que encontrase de alguna manera las palabras para salirse con la suya. Las banderas ondeaban con fuerza. El silencio se había apoderado de las gradas, atentas a un solo hombre.

—¿Por qué no?

Una vez sobre la montura, Damen se dirigió a la pista y dejó al caballo preparado tras la línea de salida. El animal se agitaba malhumorado, ansioso por que sonase el cuerno que indicaba el comienzo. Vio los cabellos relucientes de Laurent a dos caballos de distancia.

Las puntas de las lanzas del príncipe eran azules; las de Damen, rojas. De los otros tres competidores, Pallas, que había vencido en tres pruebas, llevaba lanzas de punta verde. Aktis, que había ganado en la prueba de lanzamiento de lanza, las llevaba blancas. Las de Lydos eran negras.

El okton era una exhibición competitiva en las que se arrojaban lanzas desde la grupa de los caballos. Se consideraba un deporte de reyes, una prueba de puntería, de atletismo y de habilidad sobre la montura. Los competidores tenían que cabalgar entre dos objetivos haciendo un ocho al tiempo que disparaban. Después, entre el agitar mortífero de los cascos, cada uno de ellos tenía que inclinarse para hacerse con lanzas nuevas sin detenerse hasta dar ocho vueltas. El desafío era conseguir acertar en los objetivos con tantas lanzas como les fuese posible, al tiempo que esquivaban las que arrojaban el resto de participantes.

Pero el verdadero desafío del okton era que, en caso de fallar, cabía la posibilidad de que la lanza matase a tu oponente. Si uno de tus adversarios fallaba, estabas muerto.

Damen había participado con frecuencia en el okton cuando era pequeño, pero la prueba no era tan fácil como subirse a un caballo y comprobar si se te daba bien arrojar lanzas. Había practicado con entrenadores durante meses a lomos de las monturas en la zona de entrenamiento, todo antes de que le permitiesen competir de verdad por primera vez.

Damen sabía que a Laurent se le daba bien montar a caballo, lo había visto cabalgar campo a través por terreno irregular. También lo había visto hacer girar el caballo en mitad de una batalla, todo sin dejar de matar con precisión.

Laurent también era capaz de arrojar lanzas. Probablemente. La lanza no era un arma de guerra vereciana, sino el arma que estos usaban para cazar jabalíes. No era la primera vez que Laurent arrojaba lanzas desde un caballo.

Pero todo eso no servía de nada a la hora de competir en el okton. Eran muchos los participantes que morían durante el okton. Caían de las monturas y sufrían heridas incurables, causadas por las lanzas o por los cascos de los caballos una vez en el suelo. Damen vio por el rabillo del ojo a los galenos, entre los que se encontraba Paschal, quienes esperaban a los lados, listos para vendar y coser. Se estaban jugando la vida ahora que la realeza de dos países estaba en la pista. Todos se jugaban mucho aquel día.

Damen no podía ayudar a Laurent en la prueba. Había dos ejércitos mirando, por lo que tenía que vencer para defender su estatus y su posición. Los otros tres jinetes akielenses iban a tener menos escrúpulos, y lo más seguro es que quisiesen vencer al príncipe vereciano en aquel deporte de reyes.

Laurent se hizo con la primera lanza y se enfrentó a la pista con gesto calmado. Había algo intelectual en la manera en la que examinaba el lugar, algo que lo diferenciaba del resto de jinetes. La actividad física no era nada instintiva para Laurent y, por primera vez, Damen se preguntó si llegaba a disfrutarla. El príncipe había sido un amante de los libros antes de tener que reformarse.

No había tiempo para pensar. Iban a salir uno a uno, y Laurent abriría la marcha. Sonó el estruendo del cuerno, y la multitud aulló. Por unos instantes, el príncipe empezó a cabalgar solo por la pista, y todos los espectadores dirigieron sus miradas hacia él.

No tardó en quedar claro que si Makedon esperaba demostrar que los verecianos eran inferiores, en este caso al menos había sido en vano. Laurent sabía montar muy bien a caballo. Era esbelto y tenía una figura bien equilibrada, con unas proporciones atractivas que parecían comunicarse sin esfuerzo alguno con su montura. La primera de las lanzas hendió el aire, de punta azul. Dio en el objetivo. Todo el mundo gritó. Y luego resonó el segundo de los cuernos, que marcaba la salida de Pallas. Aceleró a toda prisa detrás de Laurent, antes de que sonase el tercero y Damen espolease al caballo para salir al galope.

El okton se convirtió en uno de los acontecimientos más ruidosos que podía imaginarse, debido a la presencia de las dos familias reales de países adversarios. Damen vio por el rabillo de ojo otra lanza azul que formaba un arco en el aire (Laurent acababa de conseguir su segunda diana), y una verde (Pallas había hecho lo propio). Una de las lanzas de Aktis aterrizó a la derecha del centro. La de Lydos se quedó corta y cayó a la hierba, lo que obligó al caballo de Pallas a evitarla.

Damen se vio obligado a esquivar a este con habilidad, sin apartar los ojos de la pista. No le hacía falta fijarse en dónde se clavaban sus lanzas para saber que había hecho diana. Estaba muy acostumbrado a participar en el okton y tenía muy claro que lo ideal era mantener la vista fija en el recorrido.

Cuando terminaron la primera vuelta, quedó claro en manos de quién iba a estar la victoria: Laurent, Damen y Pallas habían conseguido hacer diana. Aktis, acostumbrado al terreno llano, no tenía tanta habilidad a caballo. Ni tampoco Lydos.

Damen llegó a uno de los extremos de la pista y se agachó para agarrar el segundo juego de lanzas sin reducir la velocidad. Se atrevió a mirar a Laurent y lo vio adelantar a Lydos por la izquierda para lanzar, ignorando la lanza de este mientras pasaba a poco más de diez centímetros de él. Laurent se enfrentaba a los peligros del okton ignorándolos por completo.

Otro blanco. Damen sintió la emoción del público, cómo la tensión aumentaba con cada disparo. Era poco habitual que alguien hiciese un okton perfecto, y menos tres jinetes en el mismo encuentro, pero Damen, Laurent y Pallas aún no habían fallado un lanzamiento. Oyó el ruido sordo de la lanza al golpear la diana a su izquierda. Aktis. Quedaban tres vueltas. Dos. Una.

La pista se convirtió en un mar de caballos, lanzas mortíferas y cascos que no dejaban de levantar tierra. Se abalanzaron entusiasmados a por la última vuelta, contagiados por la emoción del público. Damen, Laurent y Pallas estaban empatados y, por un momento, dio la impresión de que eran algo perfecto y equilibrado, como si formaran parte de un todo.

Fue un fallo que podría haber cometido cualquiera. Un simple error de cálculo. Aktis arrojó una lanza demasiado pronto. Damen la vio volar desde la mano de Aktis, calculó su trayectoria, la vio impactar con un golpe tremendo, pero no en el blanco, sino en el puntal que lo sostenía.

La inercia hizo que los cinco jinetes no pudiesen detenerse. Lydos y Pallas perdieron las lanzas. Había tirado un disparo perfecto, pero el objetivo había empezado a balancearse y a caer del puntal y ya no estaba en su sitio.

La lanza de Lydos, que surcaba los aires al otro lado de la pista, iba en dirección a Pallas o a Laurent, quien cabalgaba a su lado.

Pero Damen solo fue capaz de soltar un grito de advertencia que quedó ahogado por el viento, ya que una segunda lanza, la de Pallas iba directa hacia él.

No consiguió evitarla. No sabía dónde se encontraba el resto de jinetes y no podía arriesgarse a hacerlo y que el arma hiciese daño a alguno de ellos.

Reaccionó por instinto. Iba directa hacia su pecho. La agarró en el aire, cerró la mano alrededor del asta y la inercia lo hizo sentir un dolor desgarrador en el hombro. Consiguió hacerse con el arma, aferrándose a la montura con los muslos para mantenerse a salvo sobre la silla. Vio un atisbo del rostro sorprendido de Lydos a su lado. Oyó los gritos de la multitud. Casi no había pensado en sí mismo ni en lo que acababa de hacer. Tenía toda la atención puesta en la otra lanza, que se dirigía hacia Laurent. El corazón le latía desbocado en la garganta.

Pallas se había quedado paralizado al otro lado de la pista. Estaba muy asustado y tenía que tomar una decisión: esquivar y arriesgarse a que su cobardía matase a un príncipe o quedarse allí y recibir el impacto de una lanza en la garganta. Su destino había quedado ligado al de Laurent y, a diferencia de Damen, él no tenía manera de evitarlo.

Laurent lo sabía. Al igual que Damen, el príncipe había visto lo que estaba a punto de ocurrir: había visto caer el puntal y había calculado lo que iba a ocurrir a continuación. Laurent actuó sin titubear durante los pocos segundos de los que disponía. Soltó las riendas y, mientras Damen veía cómo la lanza se dirigía hacia él, saltó. No lo hizo para apartarse, sino hacia la lanza, desde su caballo hasta el de Pallas, lo que hizo que ambos girasen hacia la izquierda. Pallas se tambaleó, sorprendido, y Laurent usó su cuerpo para obligarlo a agacharse aún sobre la silla. La lanza pasó junto a ellos y aterrizó en la hierba alta, como si fuese una jabalina.

La multitud estalló en vítores.

Laurent los ignoró. Extendió el brazo hacia abajo y se hizo con la última de las lanzas de Pallas. Luego mantuvo el caballo al galope y, mientras el estruendo de la multitud no dejaba de aumentar, lanzó el arma, que hendió el aire para impactar justo en el centro del último objetivo.

Laurent completó el okton con una lanza de ventaja sobre Pallas y Damen, momento en el que dio un pequeño rodeo con la montura y miró a Damen a los ojos, con las cejas rubias arqueadas, como si dijese: «Bueno, ¿qué te ha parecido?».

Damen sonrió. Alzó la lanza y la arrojó desde el extremo de la pista donde se encontraba. El arma trazó la distancia imposible que la separaba del objetivo hasta acertar en él, junto a la lanza de Laurent, donde permaneció vibrando.

El caos se apoderó del lugar.

Después de coronarse entre sí con laureles, la multitud apiñada los llevó hasta el estrado entre gritos de júbilo. Damen agachó la cabeza para recibir el premio de manos de Laurent, quien renunció a su diadema de oro para hacer sitio a la corona de hojas.

Corrieron ríos de alcohol. Ahora había entre ellos una camaradería embriagadora por la que era muy fácil dejarse llevar. Damen sentía una sensación de calidez en el pecho cada vez que miraba a Laurent. Por esa razón, intentaba evitarlo.

Entraron cuando la tarde dio paso a la noche, y acabaron acompañados por copas de vino akielense y el suave rumor de una kithara. Le dio la impresión de que una frágil camaradería había empezado a forjarse entre los hombres y, aunque era algo que tendría que haber ocurrido desde el principio, verlo en aquel momento le dio esperanza, una esperanza real porque la campaña del día siguiente iba a ir bien.

Los juegos habían sido un éxito y al menos habían servido de algo. Los ejércitos cabalgarían unidos y, en caso de haber algún pequeño problema entre sus líderes, nadie llegaría a darse cuenta. A Laurent y a él se les daba bien fingir.

El príncipe de Vere ocupó su lugar en uno de los divanes, tal y como tenía que ser. Damen se acomodó a su lado. Las velas que acababan de encender iluminaron las expresiones de los soldados que los rodeaban, y las luces nocturnas envolvieron el resto de la estancia hasta dejarla cubierta con una penumbra difusa y agradable.

Makedon surgió de dicha penumbra.

Iba flanqueado por un pequeño séquito: dos soldados con los cinturones marcados con muescas y un esclavo. Cruzó la estancia con decisión y se detuvo justo delante de Laurent.

El silencio se apoderó del lugar. Makedon y Laurent se quedaron mirando. El silencio se alargó demasiado.

—Sois una víbora —dijo Makedon.

—Y tú eres un toro viejo —aseguró Laurent.

No habían dejado de mirarse.

Un rato después, Makedon hizo un ademán al esclavo, quien dio un paso al frente con una botella ancha de licor akielense y dos copas achatadas.

—Beberé con vos —dijo Makedon.

La expresión de Makedon no cambió. Fue como si una pared infranqueable le ofreciese una puerta. La sorpresa se apoderó de los presentes y todas las miradas se giraron hacia Laurent.

Damen sabía cuánto orgullo se había tragado Makedon para hacer una oferta así, un gesto de amistad a un príncipe que no salía de palacio y tenía la mitad de años que él.

Laurent miró el vino que había servido el esclavo, y Damen supo con absoluta certeza que si era vino, el príncipe no se lo iba a beber.

Se preparó para el instante en el que iba a echar por tierra toda la buena voluntad que había conseguido granjearse, ese en el que iba a insultar a la hospitalidad akielense y hacer que Makedon se marchase para siempre de la estancia.

Pero Laurent agarró la copa, se la bebió y luego la volvió a dejar sobre la mesa.

Makedon cabeceó despacio en gesto de aprobación, para luego levantar su copa y beberse también el vino.

—Otra —dijo.

Más tarde, cuando había una gran cantidad de copas volcadas sobre la mesa, Makedon se inclinó hacia delante y le dijo a Laurent que tenía que probar la griva, la bebida de su región. Laurent lo hizo y le dijo que era una bazofia, momento en el que Makedon comentó:

—¡Ja, ja! ¡Es verdad!

Luego, le contó la historia de los primeros juegos, cuando Ephagin había ganado el okton, a los abanderados se les habían llenado los ojos de lágrimas y todo el mundo había tomado otra copa. Más tarde aún, la multitud rugió cuando Laurent fue capaz de colocar tres copas vacías la una sobre la otra mientras que las de Makedon no dejaban de caer.

Después, Makedon se inclinó hacia delante y le dio a Damen un consejo con mucha seriedad:

—No deberías juzgar con tanta vehemencia a los verecianos. Beber se les da muy bien.

Luego, Makedon agarró a Laurent por el hombro y le contó batallitas de la temporada de caza en su región, donde ya no había leones como antaño, pero aún crecían enormes bestias dignas de un rey. Siguió rememorando escenas de caza durante varias copas más, lo que despertó una gran camaradería entre los asistentes. Todos se pusieron a brindar por los leones, momento en el que Makedon volvió a agarrar a Laurent por el hombro en señal de despedida, se puso en pie y se dirigió hacia la cama. Los abanderados lo siguieron haciendo eses.

Laurent mantuvo una postura digna hasta que se quedó solo, con las pupilas dilatadas y las mejillas algo ruborizadas. Damen extendió los brazos sobre el respaldar de su asiento y se limitó a esperar.

Un rato después, el príncipe de Vere dijo:

—Voy a necesitar ayuda para levantarme.

No esperaba tener que cargar con todo el peso de Laurent, pero lo hizo. Sintió cómo el príncipe le pasaba un brazo caliente alrededor del cuello y se quedó sin aliento de improviso al sentir cómo este se desplomaba sobre él. Rodeó la cintura de Laurent con las manos mientras notaba cómo el corazón le latía de forma extraña. Era una situación muy agradable y, al mismo tiempo, imposiblemente ilícita. Sintió un dolor en el pecho.

—El príncipe y yo nos retiramos —anunció Damen, que indicó que se retiraran a los esclavos que quedaban por allí.

—Es por aquí —dijo Laurent—. Creo.

Los últimos indicios del encuentro se encontraban desperdigados por el lugar: copas de vino y sillones vacíos. Pasaron junto a Philoctus de Elilon, repantigado en uno de ellos con la cabeza enterrada entre los brazos. Dormía tan profundamente como hubiese hecho en su cama. Había empezado a roncar.

—¿Hoy es la primera vez que pierdes al okton?

—Técnicamente, hemos empatado —explicó Damen.

—Técnicamente. Te dije que montar se me daba muy bien. Solía vencer a Auguste cuando hacíamos carreras en Chastillon. Hasta que no tuve nueve años no me empecé a dar cuenta de que siempre me dejaba ganar. Pensaba que era porque yo tenía un poni muy rápido. Estás sonriendo.

Estaba sonriendo. Se encontraban en uno de los pasillos, y la luz de la luna llena se proyectaba por las arcadas que tenían a su izquierda.

—¿Estoy hablando demasiado? No tengo mucho aguante con el alcohol.

—Ya veo.

—Es mi culpa. No bebo nunca. Tendría que haber tenido en cuenta que me iba a hacer falta con hombres como estos..., tendría que haber intentado desarrollar algún tipo de tolerancia...

Se había puesto serio.

—¿Así es como funciona tu mente? —preguntó Damen—. ¿Y cómo es eso de que nunca bebes alcohol? Creo que te quejas demasiado. Estabas borracho la noche que te conocí.

—Esa noche hice una excepción —aseguró Laurent—. Dos botellas y media. Tuve que obligarme a bebérmelas. Creía que todo sería más fácil si estaba borracho.

—¿Qué creías que sería más fácil? —preguntó Damen.

—¿Qué? —dijo Laurent—. Pues tú.

Damen sintió cómo se le erizaba el vello de todo el cuerpo. El príncipe lo había dicho en voz baja, como si fuese algo obvio, con los ojos azules un tanto vidriosos y sin quitar el brazo de detrás del cuello de Damen. Se miraban el uno al otro, quietos a la luz tenue del pasillo.

—Mi esclavo de alcoba akielense —dijo Laurent—, al que le habían puesto el nombre del asesino de mi hermano.

Damen sintió dolor al respirar hondo.

—Ya casi hemos llegado.

Atravesaron más pasillos y dejaron atrás la gran arcada y las ventanas que daban a la parte septentrional, esas que tenía la celosía típica de Vere. No era raro que dos jóvenes deambulasen juntos por los pasillos, tambaleándose después de una fiesta, aunque fuesen príncipes, por lo que Damen se contentó con pensar que eran exactamente lo que daban la impresión de ser: hermanos de armas. Amigos.

Los guardias que había al otro lado de la entrada estaban demasiado bien entrenados como para reaccionar ante la presencia de dos miembros de la realeza tan unidos. Franquearon las puertas exteriores que daban a los aposentos más recónditos. Allí, la cama baja y reclinable era típica de Akielos, con la base esculpida en mármol. Era sencilla, con vistas al cielo nocturno desde los pies hasta el cabezal curvo.

—Que no entre nadie —ordenó Damen a los guardias.

Era consciente de lo que implicaban sus palabras: Damianos acababa de entrar en una habitación con un joven en brazos para ordenar a todos que se marchasen. Pero le dio igual. Si Isander tenía de repente un motivo para inventarse la razón inquietante por la que el frígido príncipe de Vere había renunciado a sus servicios, que así fuese. Laurent, que apreciaba mucho su privacidad, no querría que nadie estuviese presente mientras lidiaba con los efectos de una noche de borrachera.

El príncipe de Vere iba a despertarse con una buena resaca y la lengua pastosa, y pobre de quien se topase con él en ese momento.

Mientras que Damen iba a darle un buen empujón al príncipe en la parte baja de la espalda para enviarlo entre tambaleos a la cama, que estaba a cuatro pasos de él. Se zafó del brazo con el que Laurent le había rodeado el cuello y se apartó. El príncipe dio un paso por su cuenta y riesgo, antes de llevarse una mano a la chaqueta y parpadear.

—Puedes servirme —dijo Laurent, sin pensar.

—¿Por los viejos tiempos? —preguntó Damen.

Había sido un error decir algo así. Dio un paso al frente y acercó las manos a los cordeles de la chaqueta de Laurent. Empezó a deshacer los nudos. Notó la curva de la caja torácica del príncipe mientras los pasaba por los ojales.

La chaqueta se hizo un ovillo en la muñeca del príncipe. Le costó un poco quitársela y le descolocó la camisa. Damen se detuvo con las manos aún dentro de la chaqueta.

Bajo la exquisita tela de la camisa de Laurent, Paschal le había vendado el hombro para reforzárselo. Damen sintió una punzada de dolor al verlo. Era algo que Laurent no le habría dejado ver en caso de estar sobrio, una afrenta a su privacidad. Pensó en las dieciséis lanzas que había tirado, en el esfuerzo constante del brazo y del hombro, después del agotamiento del día anterior.

Damen dio un paso atrás y dijo:

—Ahora ya puedes decir que te ha servido el rey de Akielos.

—Podría decirlo de igual manera.

La estancia, iluminada por los faroles, tenía una tonalidad anaranjada que permitía distinguir los muebles sencillos, las sillas bajas y la mesa de pared con el cuenco de fruta recién cortada. Laurent daba una impresión muy diferente en camiseta blanca. Habían empezado a mirarse a los ojos. Detrás de Laurent, la luz se concentraba en la cama, donde una llama de aceite ardía en un farol bajo y pulido que proyectaba su resplandor hacia las almohadas revueltas y la base de mármol de la cama.

—Te echo de menos —dijo Laurent—. Echo de menos nuestras conversaciones.

Aquello era demasiado. Damen recordó estar atado al poste, medio muerto. Estando sobrio, Laurent había dejado muy claro dónde había trazado el límite. Pero se percató de que acababa de pasarse de la raya, de que ambos lo habían hecho.

—Estás borracho —dijo Damen—. No estás en tus cabales. Debería llevarte a la cama.

—Sí, llévame —dijo Laurent.

Dirigió al príncipe con determinación hacia la cama, entre empujones hasta tirarlo en ella, como haría cualquier soldado que ayudase a un amigo borracho a tumbarse en el catre de su tienda.

Laurent se quedó donde lo había dejado Damen, bocarriba, con la camiseta medio abierta y el pelo alborotado, con expresión irreflexiva. Dejó caer a un lado la rodilla y empezó a respirar despacio, como si se hubiese dormido. La tela fina de la camiseta le rozaba la piel, subiendo y bajando con cada respiración.

—¿No te gusta verme así?

—No eres... tú mismo.

—¿Estás seguro?

—No. Vas a matarme cuando se te pase la borrachera.

—Ya he intentado matarte. Y parece que no se me da muy bien. Mis planes no sirven de nada contigo.

Damen encontró una jarra de agua y vertió un poco en una copa achatada que luego llevó a la mesilla que había junto a la cama de Laurent. Después vació el cuenco de fruta y lo dejó en el suelo, para que lo usase como un soldado borracho usaría un yelmo vacío.

—Laurent, duérmete. Por la mañana podrás castigarnos a ambos. U olvidar que todo esto ha ocurrido. O fingir que lo has olvidado.

Lo hizo todo con gran acierto, aunque se había percatado de que antes de servir el agua se había tomado unos instantes para recuperar el aliento. Colocó ambas manos sobre la mesa y apoyó en ella todo su cuerpo, agotado. Después dejó la chaqueta de Laurent sobre una silla. Cerró las contraventanas para que no lo molestase el sol matutino. Luego se dirigió hacia la puerta y se dio la vuelta antes de marcharse para echarle un último vistazo a la cama.

Laurent, cuyos pensamientos dispersos habían empezado a cruzar la línea entre la consciencia y el sueño, dijo:

—Sí, tío.

DIEZ

Damen sonreía. Estaba tumbado bocarriba, con un brazo sobre la cabeza y la sábana arremolinada en la parte inferior del cuerpo. Se había despertado hacía quizá una hora, con las primeras luces del alba.

Lo ocurrido la noche anterior, de una complejidad infinita en la privacidad de los faroles en los aposentos de Laurent, había quedado reducido a un hecho único y maravilloso aquella mañana.

Laurent lo echaba de menos.

Sintió un júbilo prohibido cuando pensó en ello. Recordó a Laurent alzando la cabeza para mirarlo. «Mis planes no sirven de nada contigo». Laurent iba a llegar muy enfadado a la reunión matutina.

—Te veo de buen humor —dijo Nikandros mientras entraba en el salón. Damen le dio una palmada en el hombro y ocupó su lugar en la gran mesa.

—Vamos a hacernos con Karthas —aseguró Damen.

Había mandado llamar a todos los abanderados para que acudieran a la reunión. Iba a ser el primer ataque a una fortaleza akielense e iban a vencer, rápido y de manera definitiva.

Pidió que le llevaran su mesa de arena preferida. Los trazos profundos y rápidos dibujaban una estrategia muy clara. No hubo cabezas que se acercaran a mirar las líneas de tinta de un mapa. Straton se aproximó con Philoctus, y ambos se colocaron bien la falda al sentarse. Makedon ya estaba presente, así como Enguerran. Vannes llegó y tomó asiento mientras se colocaba la falda de igual manera.

Laurent entró después, sin la elegancia que lo caracterizaba, como un leopardo con dolor de cabeza con el que hay que tener muchísimo cuidado.

—Buenos días —dijo Damen.

—Buenos días —dijo Laurent.

Dicho esto, se hizo un silencio infinitesimal, como si por una vez en su vida dicho leopardo no estuviese muy seguro de qué hacer. Laurent se sentó en el asiento de roble que hacía las veces de trono y se encontraba junto a Damen, para luego mantener la vista fija y cautelosa en el espacio que quedaba frente a él.

—¡Laurent! —gritó Makedon, que lo saludó eufórico—. Os tomo la palabra con la invitación a cazar con vos en Acquitart cuando haya terminado la campaña.

Le dio una palmada en el hombro.

—Mi invitación —repitió Laurent.

Damen se preguntó si alguna vez en su vida alguien le había dado una palmada en el hombro.

—He enviado un mensajero a mi hacienda esta mañana para decirles que empiecen a preparar lanzas ligeras para cazar gamuzas.

—¿Ahora cazas con verecianos? —preguntó Philoctus.

—Una copa de griva y tú hasta dormirías con los muertos —espetó Makedon. Volvió a darle una palmada al príncipe en el hombro—. ¡Este se bebió seis! ¿Cómo dudar de su fuerza de voluntad, de la estabilidad de su brazo en una cacería?

—La griva de tu tío no —dijo una voz horrorizada.

—Con dos como nosotros de cacería, no quedará gamuza alguna en las montañas. —Otro golpe en el hombro—. Ahora iremos a Karthas para poner a prueba nuestra valía en combate.

Esto provocó una oleada de camaradería entre los soldados. Laurent no se dejaba llevar por ella normalmente, así que no sabía muy bien qué hacer.

Damen casi se sintió reacio a acercarse a la mesa de arena.

—Meniados de Sicyon ha enviado un heraldo para que hable con nosotros. Todo al tiempo que atacaba nuestra aldea, con intención de crear discordia e inhabilitar a nuestros ejércitos —dijo Damen, que hizo una marca en la arena—. Hemos enviado jinetes a Karthas para ofrecerle que se rinda o luche.

Era algo que había hecho antes de que tuviese lugar el okton. Karthas era una fortaleza típica de Akielos que estaba diseñada para anticipar los ataques, ya que los alrededores estaban protegidos por una serie de torres de vigilancia, como antaño. Confiaba en el éxito de la contienda. Cada vez que cayese una de las torres, las defensas de la fortaleza sufrirían un duro revés. Era el punto débil y el punto fuerte de las fortalezas de Akielos: repartían demasiado los recursos en lugar de consolidarlos detrás de una única muralla.

—¿Has enviado jinetes para anunciar tus planes? —preguntó Laurent.

—Es lo que se hace en Akielos —respondió Makedon, como si hablase con un sobrino corto de entendederas—. Una victoria honorable impresionará a los kyroi y nos granjeará el favor que necesitamos en el Salón de los Reyes.

—Entiendo. Gracias —dijo Laurent.

—Atacaremos por el norte —explicó Laurent—. Por aquí y por aquí. —Hizo marcas en la arena—. Y nos haremos con la primera de las torres de vigilancia antes de asaltar la fortaleza.

Las tácticas eran muy directas, y la discusión no tardó en terminar. Laurent no dijo gran cosa. Las pocas preguntas que tenían los verecianos sobre maniobras akielenses las formuló Vannes, quien quedó satisfecha con las respuestas. Después de haber recibido órdenes para la marcha, todos se pusieron en pie para irse.

Makedon se había puesto a explicar los beneficios del té de hierro a Laurent y, cuando este se masajeó una sien con los dedos esbeltos, Makedon comentó:

—Deberíais pedirle a vuestro esclavo que os trajese un poco.

—Tráeme un poco —dijo Laurent.

Damen se puso en pie. Se detuvo.

Laurent se había quedado muy quieto. Damen se quedó allí paralizado e incómodo. No se le ocurría ninguna otra excusa que justificase el haberse puesto en pie.

Echó un vistazo alrededor y cruzó miradas con Nikandros, quien no había dejado de mirarlo. Estaba con un pequeño grupo a un lado de la mesa, los últimos hombres que quedaban en la estancia. Él era el único que había visto y oído lo que acababa de pasar. Damen no se movió.

—Se acabó la reunión —anunció Nikandros a los que lo rodeaban, con voz demasiado estruendosa—. El rey está listo para cabalgar.

El salón se quedó vacío. Estaba a solas con Laurent. La mesa de arena se encontraba entre ellos, con la marcha de Karthas expuesta con precisión granular. El azul cáustico de la mirada de Laurent lo atravesó, y supo que no tenía relación alguna con lo que se había comentado en la reunión.

—No ha pasado nada —aseguró Damen.

—Sí que ha pasado algo —dijo Laurent.

—Estabas borracho —explicó Damen—. Te llevé a tus aposentos. Me pediste que te sirviera.

—¿Y qué más? —insistió Laurent.

—No te hice caso —aseguró Damen.

—¿Y qué más?

Había pensado que tener ventaja sobre él debido a una resaca sería una experiencia disfrutable, pero Laurent empezaba a dar la impresión de estar a punto de vomitar. Y no por culpa de dicha resaca.

—Bueno, cálmate. Estabas demasiado borracho como para recordar tu nombre siquiera, ya no digamos con quién estabas y lo que hacías. ¿De verdad crees que me aproveché de ti estando así?

Laurent se lo había quedado mirando.

—No —dijo con tono incómodo, como si al dedicarle toda su atención a la pregunta hubiese sido capaz de adivinar la respuesta—. No te veo capaz.

Aún tenía el gesto pálido y el cuerpo en tensión. Damen esperó.

—¿Y dije…? —preguntó el príncipe de Vere. Tardó un buen rato en formular la pregunta completa—. ¿Y dije algo?

Laurent se quedó tenso, como si estuviese a punto de huir. Alzó la mirada para centrar la vista en Damen.

—Dijiste que me echabas de menos —respondió este.

Laurent se ruborizó mucho, un cambio de color que resultó sorprendente.

—Ya veo. Gracias por… —Vio a Laurent paladear lo sarcástico de sus palabras—. Gracias por resistirte a mis insinuaciones.

En el silencio posterior, Damen oyó voces detrás de la puerta que no tenían nada que ver con ellos dos, ni con la sinceridad casi dolorosa de aquel momento. Era como si volviesen a estar en los aposentos de Laurent, junto a la cama.

—Yo también te echo de menos —dijo Damen—. Estoy celoso de Isander.

—Isander es un esclavo.

—Yo también era un esclavo.

El instante le sentó como una punzada en el vientre. Laurent lo miró con ojos cristalinos.

—Nunca fuiste esclavo, Damianos. Naciste para gobernar, como yo.

Se encontraba en la antigua zona residencial de la fortaleza.

El lugar estaba mucho más silencioso. El ruido de la ocupación akielense sonaba mucho más amortiguado. Las gruesas paredes de piedra ahogaban todos los sonidos, lo que le permitió quedarse a solas con el edificio mismo, los huesos de Marlas, sus tapices y las celosías desperdigados por el suelo frente a él.

La fortaleza era muy bonita. Era consciente del fantasma de su elegancia vereciana, de lo que había sido en el pasado, de lo que podía volver a ser, quizá. Por su parte, aquello era una despedida. No volvería a aquel lugar o, si lo hacía, sería como un rey de visita, lo que sería muy diferente. Pensaba devolverla a manos verecianas. Entregaría Marlas, aquel lugar que tanto les había costado conquistar.

Le resultaba extraño pensar al respecto. La fortaleza había sido el símbolo de la victoria akielense en el pasado, pero ahora no era más que uno de que todo había cambiado en su interior, de cómo veía las cosas en la actualidad, con otros ojos.

Se acercó a una puerta antigua y se detuvo. Un soldado estaba apostado junto a ella, una mera formalidad. Damen hizo un ademán para que se apartase.

Eran cómodos. Unos aposentos de varias habitaciones bien iluminadas con una chimenea encendida y varios muebles, entre los que se encontraban esos divanes akielenses, un baúl de madera con cojines y una mesa baja frente a la chimenea, con un juego y las piezas preparadas.

La niña de la aldea estaba sentada, rechoncha y pálida, frente a una mujer mayor de falda gris, con unas monedas reluciente desperdigadas por la mesa que las separaba, monedas que se usaban en aquel juego infantil. Cuando Damen entró, la niña se agitó y las monedas cayeron al suelo con un tintineo.

La mujer mayor también se puso en pie. La última vez que Damen la había visto, lo había alejado de una cama con el extremo roto de una lanza.

—Sobre lo que ocurrió en vuestra aldea… Os juro que encontraré al responsable y le haré pagar por ello. De verdad —comentó Damen en vereciano—. Ambas podéis quedaros aquí si lo necesitáis. Estáis entre amigos. Marlas volverá a formar parte de Vere. Os lo prometo.

—Nos han dicho quién eres —comentó la mujer.

—Entonces sabréis que tengo poder para cumplir con esa promesa.

—¿De verdad crees que si nos das…? —La mujer se quedó en silencio.

Se colocó junto a la niña, dos personas que conformaron un muro de contención de rostro pálido. Se dio cuenta de que sobraba.

—Deberías marcharte —dijo la niña tras una pausa silenciosa—. Estás asustando a Genevot.

Damen miró a Genevot. Había empezado a temblar. No estaba asustada. Era rabia. La presencia de Damen la había llenado de ira.

—Lo que le ocurrió a tu aldea no es justo —le dijo Damen—. Ninguna guerra es justa. Siempre hay alguien más fuerte. Pero haré justicia. Os lo prometo.

—Ojalá los akielenses nunca hubiesen llegado a Delfeur —dijo la niña—. Ojalá hubiese alguien más fuerte que vosotros.

Le dio la espalda después de pronunciar las palabras. Era un acto de valentía, una niña que se enfrentaba al rey. Luego agarró una de las monedas del suelo.

—Tranquila, Genevot —dijo la niña—. Mira, voy a enseñarte un truco. No dejes de mirarme la mano.

Damen sintió cómo se le erizaba la piel al percatarse del eco de otra presencia, un aplomo dolorosamente familiar que la niña imitó a medida que cerraba la mano alrededor de la moneda para luego extender el brazo frente a ella.

Sabía quién había estado allí antes que él, quién se había sentado con ella para enseñarla. Damen había visto antes aquel truco.

Y aunque su prestidigitación de niña de ocho años era algo torpe, consiguió meterse la moneda en la manga para que no hubiese nada en la mano cuando la volvió a abrir.

Los ejércitos de ambos países se habían reunido en la explanada que se extendía frente a Marlas, así como todos los que los acompañaban: exploradores, heraldos, carros con suministros, ganado, galenos y aristócratas, como Vannes, Guion y su esposa Loyse; tendrían que apartarlos en caso de que diese comienzo una batalla: les levantarían un campamento y se pondrían cómodos mientras los soldados se jugaban la vida.

Brotes estelares y leones se extendían hasta donde alcanzaba la vista, tantos estandartes que aquello parecía más una flota de barcos que unas filas de infantería. Damen contempló aquel paisaje marcial a lomos de su montura y se preparó para ocupar su lugar en la vanguardia.

Vio a Laurent, también a caballo, poco más que una espícula rubia y ceñuda. Estaba envarado en la silla, entre el brillo de su armadura bruñida y con una mirada impersonal propia de un líder. Tal y como tenía la cabeza a causa de la griva, era probable que fuese mejor que no tardase en ponerse a matar gente.

Cuando Damen miró hacia atrás, se percató de que Nikandros no dejaba de mirarlo.

Los ojos de su amigo tenían una expresión diferente a la de aquella misma mañana, y no era porque hubiese visto cómo Damen se ponía en pie al oír la orden de Laurent al final de la reunión. Damen tiró de las riendas.

—Te has enterado de los cotilleos de los esclavos.

—Pasaste la noche en los aposentos del príncipe de Vere.

—Pasé diez minutos allí. Me infravaloras si crees que me metí entre sus sábanas.

Nikandros no apartó el caballo.

—Engañó a Makedon en aquella aldea. Lo engañó muy bien, igual que a ti.

—Nikandros…

—No. Escúchame, Damianos. Cabalgamos hacia Akielos porque el príncipe de Vere ha decidido luchar en tu país. Akielos será el único perjudicado por este conflicto. Y, cuando terminen las batallas y la nación esté en las últimas debido a los enfrentamientos, alguien tendrá que tomar las riendas. Asegúrate de ser tú quien lo haga. Al príncipe de Vere se le da muy bien dar órdenes y manipular a los que lo rodean para salirse con la suya.

—Entiendo. ¿Me estás advirtiendo que no me acueste con él?

—No —espetó Nikandros—. Sé que te vas a acostar con él. Lo que digo es que, cuando te lo permita, pienses en cuáles son sus intenciones.

Damen se quedó solo y espoleó al caballo para colocarlo junto al de Laurent mientras tomaban posición uno al lado del otro. Laurent iba bien recto junto a él, una figura de metal pulido. No había ni rastro del joven titubeante de esa mañana, solo un perfil implacable.

Resonaron los cuernos. Soplaron las trompetas. Toda la extensión de ejércitos empezó a avanzar, rivales que cabalgaban unidos, rojo y azul.

Las torres de vigilancia estaban vacías.

Era lo que gritaban los exploradores cuando llegaron con noticias inquietantes entre el estruendo de los cascos sobre monturas empapadas de sudor. Damen repitió la noticia a gritos. Todos empezaron a levantar la voz para que se oyese entre la cacofonía de sonidos: ruedas, caballos, el tintineo metálico de las armaduras, el temblor de la tierra, los cuernos atronadores que anunciaban el avance de sus filas. La columna de hombres se extendía por todo el horizonte sobre la cima de una colina, una hilera de cuadrados divididos que avanzaban a través de la campiña. Todos estaban preparados para atacar las torres de vigilancia de Karthas.

Pero las torres de vigilancia estaban vacías.

—Es una trampa —gritó Nikandros.

Damen ordenó a un pequeño grupo que se separase del ejército principal y tomase la primera de las torres. Vio cómo lo hacían desde la ladera de una colina. Se dirigieron hacia ella a medio galope, para luego desmontar, hacerse con un ariete de madera y destrozar la puerta. La torre tenía el aspecto de un bloque de piedra misterioso que se recortaba contra el horizonte, uno en el que no había actividad alguna; piedra inerte que debería albergar vida y no lo hacía. A diferencia de las ruinas, a las que la naturaleza siempre reclamaba para convertirlas en parte del paisaje, la torre de vigilancia vacía era incongruente, una señal de que algo no iba bien.

Contempló cómo sus hombres, pequeños como hormigas, entraban en la torre de vigilancia sin problema. Había un silencio extraño e inquietante en el ambiente, uno que duró minutos en los que no ocurrió nada. Después los soldados salieron de la construcción a caballo y trotaron de vuelta al grupo para informar.

No había trampas. No había defensas. Tampoco suelos en malas condiciones que los hubiesen hecho caer ni cubas de aceite hirviendo, ni arqueros ocultos, ni hombres con espadas que surgiesen de detrás de las puertas. Estaba vacía sin más.

La segunda torre también lo estaba. Y la tercera. Y la cuarta.

Damen empezó a darse cuenta de lo que ocurría mientras miraba la fortaleza, las murallas bajas y gruesas de piedra caliza gris, las fortificaciones superiores de barro cocido. La torre baja de dos pisos tenía techo de tejas y se había levantado para albergar arqueros, pero las aspilleras no estaban iluminadas y nadie les disparó. No había estandarte alguno. Tampoco se oía nada.

—No es una trampa. Se han retirado —aseguró Damen.

—En ese caso, tienen que haber huido de algo —comentó Nikandros—. Algo que los dejó aterrorizados.

Escudriñó la fortaleza desde lo alto de la colina y luego al ejército que se extendía detrás de él, más de un kilómetro de prendas rojas entremezcladas con ese azul peligroso y resplandeciente.

—De nosotros —dijo Damen.

Pasaron a caballo junto a las rocas dentadas y ascendieron por la loma empinada que llegaba hasta la fortaleza. No tuvieron impedimento alguno a la hora de cruzar la entrada abierta del patio delantero, que contaba con cuatro torres pequeñas que se alzaron a su alrededor para encerrarlos en un peligroso callejón sin salida. Las torres bajas estaban diseñadas para disparar andanadas que dejasen atrapado a todo ejército que se acercase a la entrada. Permanecieron inertes y en silencio mientras los hombres de Damen usaban el ariete de madera y rompían los portones del edificio principal de la fortaleza.

En el interior, el silencio se volvió aún más antinatural. El claustro, atravesado por columnatas, estaba vacío, adornado por las aguas inertes de una fuente sencilla pero elegante que había dejado de manar. Damen vio un cesto volcado en el mármol. Un gato desnutrido se abalanzó hacia la pared.

No era imbécil y advirtió a sus hombres que tuviesen cuidado con las trampas, suministros contaminados y pozos envenenados. Se internaron sistemáticamente en el edificio, a través de espacios públicos vacíos hasta llegar a los aposentos privados de la fortaleza.

En aquel lugar, las señales de una retirada eran aún más evidentes. Los muebles estaban desorganizados, como si se hubiesen hecho a toda prisa con lo que había en el interior, y alguien había arrancado uno de sus tapices favoritos de la pared y dejado otro al lado. Vio en los caóticos habitáculos lo que había ocurrido en los últimos momentos, el concilio de guerra a la desesperada, el momento en el que se había tomado la decisión de huir.

Quienquiera que hubiese ordenado el ataque a la aldea, no había conseguido su objetivo. En lugar de hacer que Damianos se enfrentase a su general, había ayudado a crear un ejército unido y poderoso que provocaba pavor en todos los lugares donde se pronunciaba su nombre.

—¡Aquí! —gritó una voz.

Habían encontrado una puerta cerrada en la parte más recóndita de la fortaleza.

Hizo una señal para indicar a sus hombres que tuviesen cuidado. Era la primera muestra de resistencia, el primer indicio de peligro. Dos docenas de soldados se reunieron en el lugar, momento en el que Damen asintió para indicarles que podían proceder. Agarraron el ariete de madera y destrozaron las puertas.

Al otro lado encontraron unos aposentos espaciosos e iluminados que aún estaban adornado con muebles exquisitos. Todo estaba intacto, desde el elegante diván con la base tallada y móvil hasta las pequeñas mesas de bronce.

Y Damen vio lo que lo estaba esperando en la fortaleza vacía de Karthas.

La mujer estaba sentada en el diván. A su alrededor había otras siete mujeres que la atendían: dos esclavas, una sirvienta mayor y el resto de alta cuna, parte de dicha casa. Tenía las cejas arqueadas, como si alguien hubiese infringido una regla de protocolo menor y desagradable.

No había llegado a tiempo al Triptolme para dar a luz. Seguro que había planeado el ataque a la aldea para detenerlo o retrasarlo y, al no salir como esperaba, la habían dejado atrás, abandonada. El nacimiento había tenido lugar mucho antes de lo previsto. Y hacía muy poco, a juzgar por las tenues ojeras color sepia de debajo de sus ojos. Eso también serviría para explicar por qué la habían dejado atrás: estaba demasiado débil como para viajar cuando había hecho falta y solo aquellas mujeres eran las que habían querido quedarse allí con ella.

Damen se sorprendió al ver que había tantas. Quizás las había forzado: quedaos u os rebanaré el pescuezo. Pero no. La mujer siempre había sido capaz de inspirar lealtad.

Su cabello rubio caía en un bucle sobre uno de sus hombros, tenía los ojos cerrados y el cuello elegante como una columna. Estaba un poco pálida, con alguna que otra arruga en la frente, algo que no hacía de menos la perfección clásica y eminente de la que hacía gala, sino que realzaba su aspecto, como si del acabado de un florero se tratara.

Era guapa. Como ocurría siempre con ella, esto era algo de lo que te dabas cuenta desde un primer momento y que terminabas por ignorar a la fuerza porque era el menos peligroso de sus rasgos. Su mente, deliberada y calculadora, era la verdadera amenaza, esa que lo miraba desde detrás de un par de fríos ojos azules.

—Hola, Damen —dijo Jokaste.

Se obligó a mirarla. Se obligó a recordar todas las partes de su cuerpo, la manera en la que había sonreído, la manera lenta en la que se había acercado con esos pies cubiertos por sandalias mientras él colgaba de unas cadenas, el roce de sus dedos elegantes contra su rostro magullado.

Después Damen se giró hacia el soldado raso que tenía a la derecha y delegó en él una tarea trivial que no estaba a su altura y no significaba nada.

—Llévatela —dijo—. Hemos conquistado la fortaleza.

ONCE

Se encontraba en los aposentos de Jokaste, con esa luz, las estancias espaciosas y el diván, tallado con un diseño sencillo y ahora vacío. La ventana daba al camino que conducía a la primera torre.

Sin duda Jokaste había visto a su ejército acercarse desde allí, ascendiendo por la colina lejana para luego aproximarse más y más. Seguro que había contemplado todos y cada uno de los pasos que lo habían acercado a la fortaleza. También había visto a los suyos marcharse, hacerse con la comida, los carros y los soldados, escapar hasta dejar vacíos los caminos, hasta que la quietud se había apoderado del lugar, hasta que el segundo ejército había aparecido, lo bastante lejos como para que todo continuase en silencio pero acercándose poco a poco.

Nikandros se encontraba a su lado.

—Jokaste está confinada en una celda del ala oriental. ¿Tienes más órdenes?

—¿Desnudarla y enviarla a Vere como esclava? —Damen no se apartó del alfeizar de la ventana.

—Sabes que en realidad no quieres hacer eso —comentó Nikandros.

—No —respondió él—. Lo que quiero es mucho peor.

Lo dijo sin apartar la vista del horizonte. Damen sabía que no permitiría que fuesen irrespetuosos con ella. La recordó abriéndose paso por el suelo de mármol de los baños de esclavos. Se dio cuenta de que era muy probable que estuviese relacionada con los ataques a la aldea, con el plan para inculpar a Makedon.

—Nadie hablará con ella. Nadie entrará en la celda. Dale todas las comodidades posibles, pero no dejes que se le acerque ningún hombre. —Damen ya no era imbécil. Sabía de lo que Jokaste era capaz—. Aposta a tus mejores soldados en la puerta, a los más leales, y elígelos entre aquellos a los que no les gusten las mujeres.

—Apostaré allí a Pallas y a Lydos —convino Nikandros, que luego se marchó a cumplir las órdenes.

Damen estaba familiarizado con la guerra y sabía qué ocurriría a continuación, pero sintió un sombrío regocijo cuando empezó a sonar la primera de las alarmas en las torres de vigilancia, antes de que el sistema hiciese lo propio: cuernos en las torres interiores, soldados que gritaban órdenes, que tomaban posiciones en las almenas y salían para cubrir las puertas. Justo a tiempo.

Meniados había escapado. Damen tenía la fortaleza en su poder, así como a una prisionera política muy importante. Además, él y sus ejércitos iban de camino al sur.

Los heraldos del regente habían llegado a Karthas.

Sabía lo que veían los ojos verecianos al mirarlo: un bárbaro de una gloria indómita.

Damen no hizo nada para rebajar dicha impresión. Se quedó sentado en el trono ataviado con la armadura, con los brazos y los muslos desnudos y musculados. Vio cómo el heraldo del regente entraba en la estancia.

Laurent estaba sentado junto a él, en un trono gemelo idéntico. Damen dejó que el mensajero los viese bien: realeza flanqueada por soldados akielenses en armadura de guerra hecha para la batalla. Dejó que echase un vistazo por aquel diáfano salón de piedra de una fortaleza provinciana, lleno de las lanzas de los soldados, donde el asesino de príncipes akielenses se sentaba junto al príncipe vereciano en el estrado, ataviado con los mismos cueros vulgares que sus soldados.

También dejó que mirase a Laurent, que viese el aspecto que tenían en aquel lugar, la realeza unida. Laurent era el único vereciano en un salón lleno de akielenses. A Damen le gustaba, le gustaba que estuviese a su lado, le gustaba que el heraldo viese que Laurent tenía a Akielos de su parte, que tenía a Damianos de Akielos en la arena de guerra que había escogido.

El heraldo del regente iba acompañado por un grupo de seis personas, cuatro guardias ceremoniales y dos dignatarios de Vere. Atravesar el salón lleno de akielenses armados los puso muy nerviosos, aunque se acercaron a los tronos con gesto insolente, sin hincar la rodilla. El heraldo se detuvo en los escalones del estrado y miró a Damen a los ojos con arrogancia.

Damen apoyó todo su peso en el trono y se repantigó para ponerse cómodo y ver lo que ocurría. En Ios, los soldados de su padre habrían agarrado al heraldo por el brazo para obligarlo a arrodillarse, para luego pisarle la cabeza y pegarle la frente contra el suelo.

Levantó un poco los dedos. Aquel gesto imperceptible evitó que sus hombres hiciesen lo mismo en aquel momento. Damen recordó claramente que la última vez habían recibido al heraldo del regente con prisas en un patio, Laurent pálido y a lomos de un caballo, girándolo para encarar al heraldo de su tío. Recordó la arrogancia del mensajero, sus palabras y el saco de arpillera que llevaba colgado de la silla de montar.

Era el mismo heraldo. Damen reconoció el cabello oscuro y su complexión, las cejas pobladas y el patrón bordado de su chaqueta vereciana de encaje. El grupo de cuatro guardias y dos oficiales que lo acompañaba se había detenido detrás de él.

—Aceptamos la rendición del regente en Charcy —dijo Damen.

El heraldo se ruborizó.

—El rey de Vere envía un mensaje.

—El rey de Vere está sentado a mi lado —aseguró Damen—. No aceptamos que el impostor de su tío reclame el trono.

El heraldo se vio obligado a fingir que no había oído esas palabras. Apartó la vista de Damen para mirar a Laurent.

—Laurent de Vere, vuestro tío también os ofrece a vos su amistad de buena fe. Os ofrece una oportunidad de limpiar vuestro nombre.

—¿No traes una cabeza en un saco esta vez? —preguntó Laurent.

La voz había sonado muy tranquila. Él estaba relajado en el trono, con una pierna extendida frente al cuerpo y la muñeca apoyada con elegancia en el reposabrazos de madera. El cambio de actitud era más que evidente. Ya no era el sobrino granuja que luchaba solo en la frontera. Ahora tenía un poder significativo y recién establecido, con tierras y un ejército propio.

—Vuestro tío es un buen hombre. El Consejo ha pedido vuestra muerte, pero él no piensa hacerles caso. No aceptará los rumores que dicen que os habéis puesto en contra de vuestro pueblo. Quiere daros la oportunidad de demostrarlo.

—Demostrarlo —repitió Laurent.

—Un juicio justo. Id a Ios. Presentaros ante el Consejo y defendeos. Y si os declaran inocente, recuperaréis lo que es vuestro.

—¿Lo que es mío? —Laurent volvió a repetir las palabras del heraldo.

—Alteza —dijo uno de los dignatarios, y Damen se estremeció al reconocer a Estienne, un aristócrata menor de la facción de Laurent.

Estienne tuvo la deferencia de quitarse el sombrero.

—Vuestro tío ha sido justo con todos los que han declarado que os apoyan. Solo quiere que regreséis. Puedo aseguraros que este juicio no es más que una formalidad para aplacar la ira del Consejo. —Estienne hablaba mientras sostenía el sombrero entre las manos con gesto serio—. Aunque haya habido algunas... indiscreciones sin importancia, solo tenéis que mostrar arrepentimiento y él os abrirá su corazón. Al igual que vuestros simpatizantes, sabe que lo que se dice en Ios sobre vos no... puede ser cierto. No habéis traicionado a Vere.

Laurent se limitó a mirar a Estienne durante unos instantes, antes de volver a centrar su atención en el heraldo.

—¿«Recuperaré todo lo que es mío»? ¿Esas fueron sus palabras exactas? Decidme cuáles fueron sus palabras exactas.

—Si os presentáis en Ios y acudís al juicio —dijo el heraldo—, recuperareis todo lo que es vuestro.

—¿Y si me niego?

—Si os negáis, seréis ejecutado —respondió el mensajero—. Vuestra muerte será pública como la de cualquier traidor, y se exhibirá vuestro cuerpo en las puertas de la ciudad para que todos lo vean. Los restos no se enterrarán. No ocuparéis vuestro lugar en la tumba con vuestro padre y vuestro hermano. Eliminará vuestro nombre de todos los registros familiares. Vere no os recordará y se deshará de todo lo que os pertenecía. Es la promesa del rey y así os transmito su mensaje.

Laurent no dijo nada, un silencio que no era propio de él, y Damen vio las señales sutiles: la tensión en los hombros, la manera en la que apretaba la mandíbula. Fulminó con la mirada al heraldo.

—Vuelve con el regente —dijo—. Y dile lo siguiente: Laurent recuperará todo lo que le pertenece cuando se convierta en el legítimo rey. Las falsas promesas de su tío no conseguirán tentarnos. Somos los reyes de Akielos y de Vere. Mantendremos nuestra posición e iremos a verlo a Ios al frente de nuestros respectivos ejércitos. Se tendrá que enfrentar a las dos naciones unidas y conseguiremos doblegarlo.

—Alteza —dijo Estienne, que ahora agarraba el sombrero con gesto ansioso—. Por favor, no os pongáis de parte de este akielense, no después de todo lo que se dice sobre él. ¡De todo lo que ha hecho! Los crímenes de los que se le acusan en Ios son peores que los vuestros.

—¿Y de qué se me acusa? —preguntó Damen, con todo el desdén que fue capaz.

El heraldo fue quien respondió, en un perfecto akielense y una voz que se extendió por todos los rincones de la estancia.

—Sois un parricida. Matasteis a vuestro padre, el rey Theomedes de Akielos.

El caos se apoderó del salón cuando los akielenses empezaron a gritar con rabia y los testigos se levantaron de sus asientos. Damen miró al heraldo y dijo en voz baja:

—Sacadlo de mi vista.

Se levantó del trono de un brinco y se dirigió a una de las ventanas. Era demasiado pequeña y con un cristal demasiado grueso como para ver algo que no fuese una imagen borrosa del patio. Tras él, el salón había quedado despejado después de dar la orden. Intentó calmarse. Los gritos de los akielenses en los pasillos sonaban rabiosos. Se intentó convencer de que nadie, ni por un momento, iba a pensar que fuese capaz de…

Le iba a estallar la cabeza. Una gran impotencia se apoderó de él al pensar que Kastor había podido matar a su padre para luego mentir así, emponzoñar la verdad de esa manera y salir indemne…

La injusticia de la situación le formó un nudo en la garganta. Se convirtió en un desgarrador punto y final para dicha relación, como si antes de que ocurriese aún quedase la esperanza de recuperar a su hermanastro, pero ahora los separaba una distancia insalvable. Como si aquello fuese peor que hacerlo prisionero, peor que convertirlo en un esclavo. Kastor lo había convertido en el asesino de su padre. Recordó la influencia de la sonrisa del regente, su voz suave y razonable. Pensó en cómo las mentiras del tío de Laurent se extendían hasta establecerse y lo convertían en un asesino a ojos de los habitantes de Ios, en cómo había deshonrado la muerte de su padre para usarla contra él.

En cómo había hecho que su pueblo dejase de confiar en él, que sus amigos le diesen la espalda, que una de las cosas más preciadas y buenas de su vida terminase por ser un arma con la que hacerle daño...

Se dio la vuelta. Laurent estaba solo y en pie, apoyado en la pared del extremo contrario del salón.

Por unos instantes, lo vio tal cual era y se percató de lo solo que estaba. El regente lo había dejado así, le había despojado de todo apoyo y hecho que su pueblo también se pusiese en su contra. Recordó intentar convencer a Laurent de la benevolencia del regente en Arlas, con la misma ingenuidad que había mostrado Estienne. Pero Laurent conocía muy bien a su tío.

Dijo, con voz calculada y firme:

—Cree que puede provocarme, pero se equivoca. No voy a dejarme guiar por la rabia y por las prisas. Voy a recuperar las provincias de Akielos una a una, para luego marchar hacia Ios y hacer que pague por lo que ha hecho.

Laurent se limitó a contemplarlo con gesto calculador.

—No me puedo creer que te estés planteando aceptar su oferta —dijo Damen.

Laurent no respondió al momento.

—No puedes ir a Ios. Laurent, no habrá juicio alguno. Va a matarte —insistió.

—Habrá juicio —aseguró Laurent—. Es lo que quiere. Quiere que todos vean que no soy apto para gobernar, que el Consejo lo nombre rey para así hacerse con el control legítimo de Vere.

—Pero…

—Habrá juicio —repitió Laurent con tono firme—. Tendrá una hilera de testigos y cada uno de ellos asegurará que soy un traidor. Laurent, el gandul depravado que vendió su país a Akielos y abrió las piernas ante el mataprincipes akielense. Y, cuando haya destruido mi reputación, me llevará a la plaza pública y me matará frente a una multitud. No me planteo aceptar su oferta.

Damen lo miró desde la distancia que los separaba y se dio cuenta por primera vez de que un juicio podía llegar a tener cierto atractivo para Laurent, quien seguro deseaba limpiar su nombre en lo más profundo de su ser. Pero el príncipe tenía razón: algo así sería una sentencia de muerte, un espectáculo diseñado para humillarlo y luego acabar con él, todo supervisado por la aterradora orden del regente para convertirlo en algo público.

—¿Entonces?

—Hay que tener en cuenta algo así —dijo Laurent.

—¿A qué te refieres?

—A que mi tío nunca le tendería la mano a alguien para que se la rechazase. Ha enviado ese heraldo por una razón. Tiene que haber algo más. —Laurent añadió casi sin ganas—: Siempre hay algo más.

Se oyó un ruido que venía desde la puerta. Damen se dio la vuelta y vio a Pallas vestido de uniforme.

—Es la dama Jokaste —dijo—. Quiere veros.

Kastor y ella continuaron con su aventura durante todo el tiempo que su padre pasó moribundo.

Era lo único en lo que Damen podía pensar mientras miraba a Pallas, con el corazón desbocado a causa de la acusación, de la traición de Kastor. Su padre, que se debilitaba a cada segundo que pasaba. Damen nunca había hablado del tema con ella, nunca había sido capaz de comentárselo a nadie, pero a veces se había alejado del lecho de su padre enfermo para ir a verla y consolarse con su cuerpo, sin pronunciar palabra.

Damen sabía que no estaba en sus cabales. Quería ir y arrancarle la verdad a golpes. «¿Qué hiciste? ¿Qué planeasteis Kastor y tú?». Sabía que en ese estado era vulnerable, y que al igual que Laurent ella era toda una experta en descubrir debilidades y aprovecharlas. Damen miró a Laurent y dijo, con tono neutro:

—Encárgate tú.

Laurent lo miró durante un rato, como si buscase alguna pista en su expresión, y luego asintió sin pronunciar palabra y se dirigió hacia las celdas.

Pasaron cinco minutos. Diez. Soltó un improperio y se apartó de la ventana, para luego hacer lo único que sabía que se le daba bien. Se marchó del salón y descendió por los desgastados escalones de piedra hasta las celdas. Cuando llegó a la reja de la última de las puertas, se detuvo al oír una voz que venía del otro lado.

En Karthas, las celdas eran húmedas, estrechas y subterráneas, como si Meniados de Sicyon nunca hubiese pretendido tener prisioneros políticos, que seguro era el caso. Damen sintió una bajada de temperatura. Hacía más frío en aquel lugar, entre la piedra labrada de debajo de la fortaleza. Franqueó la primera puerta, los guardias se pusieron firmes a su paso y luego atravesó un pasillo con un suelo de piedra irregular. La segunda de las puertas contaba con una reja estrecha a través de la cual consiguió atisbar el interior de la celda.

La vio en un asiento tallado de factura exquisita. El lugar estaba limpio y bien amueblado, con tapices y cojines que habían traído hasta allí desde sus aposentos por orden de Damen.

Laurent estaba de pie frente a ella.

Damen se detuvo, oculto en las sombras que había detrás de la reja de la puerta. Ver a los dos juntos hizo que el estómago le diese un vuelco. Oyó una voz insensible y familiar.

—No va a venir —aseguró Laurent.

La mujer tenía el aspecto de una reina. Se había recogido el cabello en un moño que sostenía gracias a un único broche perlado, como si de una corona dorada de bucles refinados se tratara, sobre su cuello largo y armonioso. Estaba sentada en aquel diván, y había algo en su postura que a Damen le recordaba a su padre el rey Theomedes cuando estaba en el trono. Sobre el sencillo vestido blanco recogido en los hombros tenía un chal de seda bordado con el bermellón real, que alguien le había permitido conservar. Debajo de las cejas doradas y arqueadas, tenía los ojos de color añil.

A Damen le resultaba extraordinario e inquietante el gran parecido que tenía con Laurent, en la carencia fría e intelectual de emociones, en la indiferencia con la que se miraban entre sí.

La mujer habló en un vereciano puro y sin acento alguno.

—Damianos me ha enviado a un esclavo de alcoba. Rubio, de ojos azules y vestido como un virgen al que nunca han tocado. Sí, eres su tipo.

—Sé quién eres —aseguró Laurent.

—El principito de moda —dijo Jokaste.

Se hizo el silencio.

Damen tenía que dar un paso al frente para anunciar su presencia y acabar con aquello. Vio que Laurent se acomodaba contra la pared.

—Si te estás preguntando si me he acostado con él, la respuesta es que sí —aseguró Laurent.

—Creo que ambos sabemos que la iniciativa no ha sido tuya. Seguro que fuiste tú el que estaba boca arriba con las piernas levantadas. No creo que haya cambiado mucho en ese aspecto.

La voz de Jokaste sonaba tan refinada como su postura, como si las palabras de Laurent o las suyas no le impidiesen poner en práctica sus exquisitos modales.

—Lo que deberías preguntarte es cuánto te gustó —aseguró la mujer.

Damen se dio cuenta de que había apoyado la mano en la madera junto a la reja. Escuchaba la conversación muy atento, a la espera de la respuesta de Laurent. Se movió un poco para intentar atisbar el rostro del príncipe.

—Ya veo. ¿Quieres que intercambiemos historias? ¿Quieres saber cuál es mi posición preferida?

—Supongo que será parecida a la mía.

—¿Encerrada? —preguntó Laurent.

Ahora fue ella la que se quedó en silencio. Aprovechó ese tiempo para contemplar con atención los rasgos del príncipe, como si estuviese comprobando la calidad de una prenda de seda. Tanto ella como Laurent daban la impresión de estar muy tranquilos. Damen era quien tenía el corazón desbocado.

—¿Quieres que te cuente cómo fue?

Damen no se movió. No respiró. Conocía a Jokaste y sabía que era peligrosa. Se quedó allí paralizado, mientras ella seguía escrutando el rostro de Laurent.

—Laurent de Vere, dicen que eres un frígido. Que rechazas a todos tus pretendientes y que no ha habido hombre lo bastante bueno para que le abras las piernas. Apuesto lo que sea a que creías que iba a ser una experiencia tosca y con mucho contacto físico, y puede que una parte de ti quisiese que así fuera. Pero ambos sabemos que Damen no hace el amor así. Seguro que te lo hizo muy despacio, que te besó hasta que no pudiste resistirte.

—Por mí puedes seguir —aseguró Laurent.

—Dejaste que te quitara la ropa. Dejaste que te pusiese las manos encima. Dicen que odias a los akielenses, pero dejaste que uno de ellos se metiera entre tus sábanas. No esperabas sentir lo que sentiste cuando te tocó. No esperabas notar el peso de su cuerpo ni cuánto te gustó que te agasajara, que te deseara.

—No te olvides de ese momento cerca del final, cuando me gustó tanto que me obligué a olvidar lo que me había hecho.

—Vaya, vaya —dijo Jokaste—. Cierto. Casi me olvido.

Otro silencio.

—Qué emocionante, ¿verdad? —continuó Jokaste—. Nació para ser rey. No es un suplente ni un segundón, como podrías ser tú. Impone su dominio a los demás con solo respirar. Cuando entra en una estancia, todos se rinden a sus pies. La gente lo adora. Igual que adoraba a tu hermano.

—Mi difunto hermano —apostilló Laurent—. ¿No quieres hablar ahora de la parte en la que me abrí de piernas para el asesino de mi hermano? Podrías volver a describirlo.

Damen no vio el rostro de Laurent mientras pronunciaba las palabras, pero lo había dicho con tranquilidad, con la misma con la que se apoyaba con elegancia en la pared de piedra de la celda.

—¿No te cuesta cabalgar junto a un hombre que es más rey que tú? —preguntó la mujer.

—Si fuese tú, no permitiría que Kastor te oyese llamarlo rey.

—Quizá eso es lo que te gusta de él, que Damen es lo que tú nunca serás. Que es una persona que tiene seguridad y confía en sí mismo, con carácter y convicción. Así es como te gustaría ser. Y, cuando proyecta todo eso en ti, te hace sentir que podrías ser capaz de cualquier cosa.

—Ahora ambos estamos diciendo la verdad.

El silencio posterior fue diferente. Jokaste fijó la mirada en Laurent.

—Meniados no va a abandonar a Kastor por Damianos —aseguró la mujer.

—¿Por qué no? —preguntó Laurent.

—Porque cuando Meniados escapó de Karthas, lo animé a que fuese directo a reunirse con Kastor. Y este lo matará cuando se entere de que me abandonó aquí.

Damen notó un escalofrío.

—Bueno, ya nos hemos dedicado suficientes cumplidos. Tengo información. Y vas a ofrecerme tu clemencia a cambio de lo que sé. Negociaremos y, cuando hayamos llegado a un acuerdo que nos beneficie a ambos, volveré a Ios con Kastor —aseguró

Jokaste—. Al fin y al cabo, esa es la razón por la que Damianos te ha enviado a hablar conmigo.

Laurent la examinó de arriba abajo. Cuando respondió, lo hizo sin ningún tipo de urgencia en el tono de voz.

—No. Me ha enviado para decirte que no eres importante. Que te quedarás aquí hasta que sea coronado en Ios, y luego te ejecutará por traición. No volverá a verte jamás.

Laurent se apartó de la pared.

—Pero gracias por la información sobre Meniados. Será muy útil —zanjó Laurent.

Cuando el príncipe estaba a punto de llegar a la puerta, Jokaste volvió a hablar:

—No me has preguntado por mi hijo.

Laurent se detuvo y luego se dio la vuelta.

La mujer tenía una pose majestuosa en aquel diván, como una reina tallada en un friso de mármol que presidiese la estancia.

—Llegó antes de lo esperado. Fue un parto muy largo, uno que duró de la noche a la mañana. Al final, ha sido niño. Lo estaba mirando a los ojos cuando nos llegaron las noticias de que los soldados de Damen se dirigían hacia la fortaleza. Tuve que separarme de él, por su seguridad. Separar a una madre de su hijo es algo horrible.

—¿Eso es todo? ¿En serio? —preguntó Laurent—. ¿Unos cuantos comentarios jocosos y dar pena por acabar de ser madre? Creía que eras una oponente digna. ¿De verdad crees que un príncipe de Vere va a dejarse conmover por el destino de un bastardo?

—Deberías —aseguró Jokaste—. Es el hijo del rey.

El hijo del rey.

Damen notó un mareo, como si el suelo hubiese empezado a moverse bajo sus pies. Jokaste había pronunciado las palabras con tranquilidad, como todo lo que había dicho antes, pero en ese caso dichas palabras lo cambiaban todo. Cabía la posibilidad de que… de que aquel fuese su…

Su hijo.

Todo seguía un patrón: que hubiese salido de cuentas antes de lo previsto; que hubiese viajado lejos hacia el norte para tenerlo, hasta un lugar donde podía ocultar la fecha exacta de nacimiento; que hubiese ocultado a toda costa los primeros meses de embarazado, tanto a ojos de él como de Kastor.

Las facciones de Laurent habían quedado presa de la conmoción y la palidez. Miraba a Jokaste como si esta le acabase de dar un golpe.

A pesar de la conmoción en la que también había caído preso, Damen se percató de que el pavor que se había apoderado de Laurent era excesivo. No lo comprendía. No era capaz de entender la mirada de sus ojos ni de los de Jokaste. El príncipe habló, con un tono de voz horrible:

—Le has entregado el hijo de Damianos a mi tío.

—¿Ves? Soy una oponente digna, ¿no? —aseguró ella—. No pienso quedarme pudriéndome en una celda. Le dirás a Damen que quiero hablar con él y seguro que en esta ocasión no envía a su esclavo de alcoba.

DOCE

Le resultaba extraño que lo único en lo que era capaz de pensar fuese en su padre.

Estaba sentado al borde de la cama en sus aposentos, con los codos apoyados en las rodillas y el canto de las manos clavado en los ojos.

Lo último de lo que se acordaba era de Laurent dándose la vuelta y del momento en el que lo había descubierto al otro lado de la verja. Damen había dado un paso atrás, luego otro, y después se había girado para subir las escaleras hasta sus habitaciones, un viaje que no recordaba demasiado bien. Nadie lo había molestado desde entonces.

Necesitaba el silencio y la soledad, ese momento a solas para pensar, pero no era capaz de razonar. El latido que sentía en la cabeza era demasiado intenso y las emociones que sentía se habían enredado hasta formarle un nudo en el pecho.

Acababa de descubrir que quizá tenía un hijo, pero en lo único que podía pensar era en su padre.

Era como si una especie de membrana protectora se hubiese rajado y todo lo que no se permitía sentir se hubiese desparramado a través de la abertura. No le quedaba nada más que contener, solo la sensación cruda y horrible de que se le negase una familia.

El último día que había pasado en Ios se había arrodillado, con la pesada mano de su padre en el cabello, demasiado ingenuo e imbécil como para darse cuenta de que el rey no estaba enfermo, sino que lo estaban asesinando. El olor a sebo y a incienso se entremezclaba con el ruido de la respiración trabajosa del rey. Las palabras de su padre habían sido poco más que un jadeo, ya que no quedaba ni rastro de su voz grave.

«Dile a los galenos que me pondré bien —había comentado el rey—. Me gustaría ver todos los logros de mi hijo una vez ascienda al trono».

Damen solo había conocido a uno de sus progenitores a lo largo de su vida. Para él, su padre había sido un conjunto de ideales, alguien a quien admirar, a quien se esforzaba por complacer, un modelo al que aspirar. Desde la muerte de su padre, Damen no se había permitido sentir ni pensar en algo que no fuese volver, ver de nuevo su hogar y recuperar el trono.

Ahora se sentía como si se encontrase frente a su padre, notó la mano del difunto rey en el cabello, una sensación que jamás volvería a experimentar. Quería que estuviese orgulloso de él, pero había terminado por fallarle.

Oyó algo junto a la puerta. Alzó la vista y vio a Laurent.

Damen tomó aire de manera entrecortada mientras Laurent cerraba la puerta tras él al entrar. También tenía que lidiar con aquello. Intentó recuperar la compostura.

—No. No he venido para… —dijo el príncipe de Vere—. Solo quería acompañarte.

Fue consciente de repente de que la habitación había quedado en la penumbra, que había anochecido y nadie se había acercado para encender las velas. Seguro que llevaba horas en aquel lugar. Alguien había evitado que entrasen los sirvientes. Alguien no había permitido que entrase nadie. No habían dejado pasar a generales, nobles ni a toda persona que tuviese asuntos que gestionar con el rey. Se dio cuenta de que Laurent había protegido su soledad. Y su pueblo, que temía a ese príncipe extraño, fiero y extranjero, lo había obedecido y se había mantenido al margen. Sintió una gratitud total y absoluta por el gesto.

Miró a Laurent con intención de hacerle saber lo mucho que significaba algo así para él, pero estaba en una situación en la que sabía que iba a costarle mucho murmurar siquiera las palabras.

Antes de que fuese capaz de hacerlo, sintió que los dedos del príncipe de Vere se le posaban en la nuca, un roce impactante que le provocó un estallido de confusión cuando notó que se limitaba a tirar de él para acercarlo. Viniendo de Laurent, aquel gesto era incómodo, adorable, poco habitual y rígido debido a una más que obvia falta de experiencia.

No recordaba que le hubiesen ofrecido algo así durante su vida adulta. Tampoco recordaba haberlo necesitado, aunque quizá lo necesitaba desde que había oído las campanas de Akielos y no se había permitido pedírselo a nadie. Apoyó su cuerpo en el de Laurent y cerró los ojos.

Pasó el tiempo. Sintió el latir lento y estruendoso, la complexión esbelta, la calidez de sus brazos… Todo le resultaba agradable por otros motivos.

—Ahora te estás aprovechando de mi amabilidad —le murmuró Laurent al oído.

Damen se apartó, pero no llegó a separarse del todo de él, ni Laurent parecía esperar que lo hiciera. Las sábanas se arrugaron cuando el príncipe se sentó a su lado, como si fuese lo más normal para ellos sentarse con los hombros rozándose.

Le dedicó una sonrisa asimétrica.

—¿No vas a ofrecerme uno de esos llamativos pañuelos verecianos tuyos?

—Podrías usar la prenda que llevas puesta. Es más o menos del mismo tamaño.

—Qué susceptibles sois los verecianos cuando veis muñecas y tobillos de más.

—Y brazos. Y muslos. Y muchas otras partes del cuerpo.

—Mi padre está muerto.

Las palabras sonaron concluyentes. Habían enterrado a su padre en Akielos, debajo de los pasillos silenciosos y llenos de columnas, donde el dolor y la confusión de sus últimos días nunca volvería a atribularlo. Damen alzó la vista para mirar a Laurent.

—Creías que era un belicista, un rey agresivo y sediento de sangre que invadió tu país con el más endeble de los pretextos, ansioso por conquistar territorios y traer la gloria a Akielos.

—No —aseguró Laurent—. No tenemos por qué hablar del tema ahora.

—Un bárbaro —continuó Damen—, con ambiciones propias de bárbaros y capaz de gobernar únicamente bajo el filo de su espada. Lo odiabas.

—Te odiaba a ti —lo corrigió Laurent—. Te odiaba tanto que creía que no iba a ser capaz de soportarlo. Si mi tío no me hubiese parado los pies, te habría matado. Pero luego me salvaste la vida y estabas ahí siempre que te necesitaba. Y también te odié por ello.

—Maté a tu hermano.

El silencio se volvió tenso y doloroso entre ellos. Damen se obligó a mirar a Laurent, esa presencia deslumbrante y afilada a su lado.

—¿A qué has venido? —preguntó Damen.

Se veía pálido a la luz de la luna, recortado contra las sombras tenues de la estancia que los rodeaban a ambos.

—Sé lo que es perder a alguien de tu familia —respondió Laurent.

El silencio se apoderó del lugar. No había rastro alguno de lo que podía estar ocurriendo detrás de las paredes, ni siquiera en la tranquilidad propia de aquellas horas. Una fortaleza nunca se quedaba en silencio, ya que siempre la rondaban soldados, sirvientes o esclavos. En el exterior, los guardias seguro que habían empezado con las patrullas nocturnas. Los centinelas de las murallas vigilaban y contemplaban la inmensidad de la noche.

—¿No hay nada que podamos hacer por lo nuestro? —preguntó Damen. Le salió sin más. Junto a él, sintió que Laurent se quedaba muy quieto.

—¿Te refieres a que quieres que vuelva a meterme entre tus sábanas el poco tiempo que nos queda?

—Me refiero a que tenemos el centro. Nos hemos apoderado de todo desde Acquitart hasta Sicyon. ¿No podríamos crear aquí un reino y gobernarlo juntos? ¿Acaso soy peor opción que una princesa patrense o una hija del imperio?

Damen se obligó a quedarse en silencio, aunque las palabras no dejaban de bullirle en el pecho. Esperó. Le sorprendió sentir tanto dolor por hacerlo y que cuanto más esperaba menos capaz iba a ser de soportar una respuesta. No podía con ello.

Cuando se obligó a mirar a Laurent, los ojos del príncipe de Vere se habían vuelto muy oscuros. Habló con tono muy tranquilo:

—¿Cómo puedes confiar en mí después de lo que te hizo tu hermano?

—Porque él era falso —aseguró Damen—, y tú eres verdadero. Nunca he conocido a un hombre más auténtico —dijo en la quietud que los rodeaba—. Creo que si te diese mi corazón, lo tratarías con mucho cuidado.

Laurent giró la cabeza y se negó a mirar el rostro de Damen. Este lo vio respirar con dificultad. Un instante después, dijo con voz grave:

—Cuando me haces el amor así, no soy capaz de pensar.

—Pues no lo hagas —espetó Damen.

Damen notó un cambio, una tensión, como si las palabras hubiesen provocado una batalla en su interior.

—No pienses —repitió Damen.

—No juegues conmigo —advirtió Laurent—. No soy… No soy capaz… de defenderme de algo así.

—No estoy jugando contigo.

—Yo…

—No pienses —insistió Damen.

—Bésame —dijo Laurent. Y luego se ruborizó, con un color intenso que le tiñó la piel. «No pienses», había insistido Damen, pero Laurent no era capaz de algo así. Libraba una batalla imparable en su mente, incluso para permanecer allí sentado después de lo que había dicho.

Un silencio incómodo siguió a las palabras. Las había pronunciado sin pensar, pero Laurent no las retiró y se limitó a esperar, mientras el cuerpo casi le vibraba a causa de la tensión.

En lugar de inclinarse hacia él, Damen le agarró la mano y se la acercó para luego besarle la palma. Una vez.

La noche que habían pasado juntos había aprendido a distinguir los momentos en los que pillaba desprevenido al príncipe, esos actos que lo sorprendían. No era fácil saber cómo iba a reaccionar, ya que su falta de experiencia no se parecía a nada que Damen conociese. Y eso era justo lo que le demostraba en ese momento, con esos ojos oscuros que lo miraban sin tener muy claro qué hacer.

—No quería…

—¿No te dejo pensar?

Laurent no respondió. Damen esperó en aquel silencio.

—Yo no… —dijo el príncipe. Tardó en hablar, pero continuó—: No soy un niño inocente que necesite que lo tomen de la mano con todo lo que hace.

—¿Seguro que no lo eres?

Damen se dio cuenta en ese momento de que el recelo de Laurent no era como las altas murallas de la ciudadela protegida, sino el propio de un hombre al que habían obligado a bajar la guardia, desesperado por la falta de costumbre.

Un momento después siguió hablando:

—En Ravenel, yo… Había pasado mucho tiempo desde que… con alguien. Estaba nervioso.

—Lo sé —lo tranquilizó Damen.

—Solo… —dijo Laurent. Se quedó en silencio antes de seguir—: Solo he estado con una persona más.

—Yo tengo algo más de experiencia —le aseguró Damen en voz baja.

—Sí, eso me quedó más que claro.

—¿Ah, sí? —preguntó con orgullo manifiesto.

—Sí.

Miró a Laurent, que estaba sentado con la espalda recta al borde de la cama, con el rostro ligeramente apartado a un lado. A su alrededor solo se apreciaban las siluetas tenuemente iluminadas de los arcos de la estancia, los muebles, la base de mármol inamovible de la cama sobre la que se encontraban, mullida y llena de cojines desde la base hasta la curva del cabezal. Damen habló en voz baja:

—Laurent, nunca te haría daño.

Oyó el resoplido incrédulo y extraño del príncipe, momento en el que se dio cuenta de lo que acababa de decir.

—Lo sé —aseguró Damen—. Sé que te lo hice en una ocasión.

Laurent se había quedado quieto, fruto de su cautela, y hasta su respiración se había vuelto reservada. No se giró para mirar a Damen.

—Te hice daño, Laurent.

—Basta. Para —dijo el príncipe de Vere.

—No fue justo. Solo eras un niño. No te merecías nada de lo que te ocurrió.

—He dicho que basta.

—¿Tanto te cuesta hablar del tema?

Damen pensó en Auguste, en que ningún niño merecía perder a su hermano. Un silencio sepulcral se había apoderado de la estancia, y Laurent seguía sin mirarlo a la cara. Damen se reclinó en un gesto deliberado, con el cuerpo relajado y apoyando el peso en las manos que enterraba en el colchón de la cama. No entendía los sentimientos que se agitaban dentro de Laurent, pero el instinto le hizo hablar:

—Cuando yo lo hice por primera vez, no dejé de moverme. Estaba muy ansioso y no tenía ni idea de qué hacer. No es como en Vere, nosotros no vemos a gente haciéndolo en público —explicó—. Todavía me pasa cuando estoy a punto de acabar. Me concentro tanto que pierdo el sentido.

Silencio. Uno que se alargó demasiado. Damen no lo interrumpió y se dedicó a contemplar la silueta tensa del cuerpo del príncipe.

—Cuando me besaste —empezó a decir Laurent, como si le costase pronunciar las palabras—, me gustó. Cuando usaste la boca, fue la primera vez que me habían hecho… algo así —continuó—. Me gustó mucho cuando…

Laurent empezó a jadear cuando Damen se incorporó.

Había besado al príncipe como esclavo, pero nunca siendo él mismo. Ambos sintieron la diferencia, con una expectación tan real que era como si ya hubiesen empezado a besarse.

Los centímetros que los separaban no eran nada, pero lo eran todo al mismo tiempo. Las reacciones de Laurent a los besos siempre habían sido complejas: se ponía tenso, vulnerable o cachondo. La tensión era lo que más lo afectaba, como si aquel acto aislado fuese demasiado para él, algo demasiado extremo. Aun así, se lo había pedido. «Bésame».

Damen alzó la mano y deslizó los dedos por el vello corto y suave de la nuca de Laurent antes de agarrarle la cabeza. Nunca habían estado así de cerca tras haber confesado su verdadera identidad.

Sintió cómo esa tensión se apoderaba de Laurent, cómo la proximidad disparaba su inquietud.

—No soy tu esclavo —aseguró Damen—. Soy un hombre libre.

«No pienses», se dijo. Era más fácil decirse eso que «Tómame tal y como soy».

No fue capaz de soportarlo. Lo ansiaba sin ambages, sin excusas. Cerró los dedos alrededor del cabello de Laurent.

—Soy yo —dijo Damen—. Soy yo y estoy aquí contigo. Di mi nombre.

—Damianos.

Sintió cómo la palabra desgarraba al príncipe, como si el nombre fuese una confesión, una afirmación sincera que acababa de pronunciar. «Mataprícipes», consiguió distinguir también en el tono de voz de Laurent.

Laurent se estremeció contra él mientras se besaban, como si se hubiese rendido a ello, como si al aceptar el doloroso intercambio de hermano por amante, se encontrara en una especie de realidad alternativa donde se confundían hombre y mito. Aunque se tratase de algún impulso autodestructivo de Laurent, Damen no era lo bastante noble como para evitarlo. Lo ansiaba y sintió un impulso egoísta de deseo al pensar en lo que acababa de ocurrir, al darse cuenta de que ahora el príncipe sabía quién era, de que ahora también quería hacer aquello con él.

Lo empujó hacia la cama y se colocó encima, mientras los dedos de Laurent le aferraban el pelo. Estaban vestidos, así que lo único que podían hacer era besarse. Dicha cercanía no le pareció suficiente a pesar de la maraña que conformaban sus brazos y sus piernas. Deslizó las manos con impotencia por las ropas anudadas de Laurent. Bajo él, el príncipe lo besaba con la boca abierta. Lo consumía el deseo, doloroso y refulgente.

Se rindió al beso, como tenía que ser. Sintió el peso de su cuerpo y fue muy consciente de aquella forma alternativa de penetración; de los temblores de Laurent, indicativos de que no era solo una barrera la que acababa de derrumbarse, sino varias y una tras otra con cada estremecimiento, lugares inexplorados a cada cual más profundo que el anterior.

«Matapríncipes».

Un empujón y un deslizamiento para que Laurent se colocase sobre él y lo mirase desde arriba. La respiración del príncipe se había acelerado y tenía las pupilas dilatadas a causa de la luz tenue. Se limitaron a mirarse durante unos instantes. Los ojos de Laurent lo recorrieron de arriba abajo, mientras mantenía una rodilla a cada lado de sus muslos. Aquella era la única oportunidad de dejarlo, de parar.

En lugar de eso, Laurent agarró el broche con forma de león del hombro de Damen y se lo arrancó con un tirón brusco. Repiqueteó en el suelo de mármol muy lejos de la cama.

La ropa cayó sin esfuerzo ahora que nada la sostenía. Damen quedó desnudo ante la mirada de Laurent.

—Yo... —empezó a decir Damen, que se incorporó por instinto sobre un brazo. Laurent lo miró de una manera que lo obligó a detenerse.

Era muy consciente de que estaba medio echado, desnudo y con Laurent sobre él con la ropa puesta, aún con esas botas pulidas y el cuello alto y bien anudado de la chaqueta. En un instante vulnerable, se le ocurrió pensar que Laurent bien podía levantarse e irse, deambular por las estancias o sentarse en la silla que tenía enfrente para dar sorbos a una copa de vino tras cruzar las piernas, todo mientras Damen quedaba allí expuesto en la cama.

Pero el príncipe no lo hizo. Laurent se llevó las manos al cuello. Sin dejar de mirar a Damen, agarró uno de los cordeles ajustados de la parte superior de la chaqueta.

El calor que sintió al verlo le resultó insoportable ahora que se imponía la cruda realidad de sus verdaderas identidades. Aquel era el hombre que había ordenado que le dieran latigazos, el príncipe de Vere, el enemigo de su país.

Damen se percató de que Laurent había empezado a jadear. Vio las intenciones de su mirada sombría. Había empezado a desvestirse para él, un cordel tras otro. La chaqueta empezaba a abrirse y a dejar al descubierto la exquisita camisa blanca de debajo.

El calor empezó a brotar de la piel de Damen. La chaqueta, que cayó como si de una armadura se tratara, fue lo primero que se quitó. Parecía más joven ahora que solo llevaba la camisa. Damen vio el atisbo de una cicatriz en el hombro del príncipe, la herida de un arma blanca que acababa de sanar. El pecho de Laurent no dejaba de agitarse. Los latidos desbocados del corazón de Damen resonaban en su cuello justo cuando el príncipe se llevó las manos a la espalda y empezó a quitarse la prenda.

Sintió un escalofrío al ver la piel de Laurent. Le dieron ganas de tocarla, de deslizar las manos por ella, pero se sentía atrapado, controlado por la intensidad del momento. El cuerpo del príncipe sin duda había quedado preso por la tensión, algo que se evidenciaba en los pezones duros y rosados y en los músculos rígidos de su vientre. Se miraron durante unos instantes, perdidos en los ojos de la persona que tenían delante. No era solo piel lo que había quedado expuesto aquella noche.

—Sé quién eres. Sé quién eres, Damianos —aseguró Laurent.

—Laurent —dijo Damen, que se incorporó y no fue capaz de evitarlo por más tiempo. Deslizó las manos por la tela que cubría los muslos de Laurent y luego lo agarró por la cintura desnuda, piel contra piel. Se le estremeció todo el cuerpo.

Laurent se movió un poco para sentarse a horcajadas sobre el regazo de Damen, con los muslos separados. Colocó la mano sobre sus pectorales, justo en la cicatriz que le había hecho Auguste. El roce fue doloroso para Damen, y a la luz tenue de la estancia era como si Auguste estuviese allí entre ellos, afilado como una daga. La cicatriz de su hombro había sido el último acto del hermano de Laurent antes de que Damen lo asesinase.

El beso fue un acto doloroso, como si al dárselo Laurent se estuviese clavando una daga. También notó cierta desesperación en el ambiente, como si lo necesitase, agarrándolo con fuerza y con el cuerpo tembloroso.

Damen gruñó. Lo quería todo para él y presionó con fuerza la carne de Laurent con los pulgares. Le devolvió el gesto a sabiendas de que iba a dolerle, de que iba a hacerle daño a ambos. Los dos estaban desesperados y sentía una necesidad quejumbrosa que no iban a ser capaces de satisfacer. Damen sintió que Laurent también se enfrentaba a ella en silencio.

Tenía en mente hacerlo despacio, pero fue como si hubiesen llegado al límite y no les quedase más remedio que acelerar. Los ligeros estremecimientos de la respiración de Laurent, los besos ansiosos que anhelaban más intimidad. Laurent se quitó las botas y se despojó de la seda fina de cortesano.

—Hazlo. —Laurent había empezado a retorcerse en sus brazos, tal y como había hecho la primera noche que pasaron juntos, ofreciéndole su cuerpo desde la curva de su espalda hasta la cabeza gacha—. Hazlo. Quiero que lo hagas. Hazlo ya...

Damen fue incapaz de contenerse y se impulsó hacia delante mientras deslizaba una mano por la espalda de Laurent y se frotaba contra él, cerca de su objetivo, en un trasunto de dulce penetración. Laurent arqueó la espalda, y Damen se quedó sin aliento.

—No podemos. No tenemos por qué...

—Me da igual —aseguró Laurent.

El príncipe se estremeció y se sacudió con fuerza, lo que solo podía significar que quería que le diese por detrás. Por unos instantes, sus cuerpos parecieron funcionar por instinto, cada vez más cerca.

No iba a salir bien. El cuerpo no era más que un obstáculo para el deseo, y Damen gruñó en el cuello de Laurent para luego deslizar las manos por su cuerpo. De repente, le vino a la mente la imagen fantasiosa de que Laurent no era más que una mascota, o un esclavo, y deseó que tuviese un cuerpo que no requiriese una preparación exhaustiva y persuasiva antes de estar preparado para penetrarlo. Sintió que estaba a punto de perder el control, que llevaba así días, meses.

Quería estar dentro de él. Quería sentir que la redención de Laurent era total, que cedía y no podía evitar estremecerse. Quería que quedase claro que Laurent lo había dejado entrar, que lo había dejado entrar a él. «Soy yo». Se preparó, como si no fuese necesario más que un gesto para conseguir su objetivo.

Deslizó las manos por los muslos del príncipe hacia arriba mientras los separaba un poco. Lo vio, rosado, pequeño y estrecho, el cáliz arrugado de una flor. Impenetrable.

—Hazlo. Ya te lo he dicho. Me da igual.

Un golpe, el farol apagado al golpear el mármol del suelo y hacerse añicos en la estancia a oscuras. Los dedos torpes de Damen. Primero probó a metérselos embadurnados. No fue nada elegante. Agarrado a la espalda de Laurent y guiándose con una mano. No entraba del todo.

—Déjame entrar —dijo, y Laurent emitió un ruido diferente, con la cabeza gacha entre los omoplatos y la respiración entrecortada—. Déjame entrar dentro de ti.

Cedió un poco, y Damen empujó despacio. Notó cada uno de los centímetros mientras la estancia se desdibujaba a su alrededor. Solo hubo sensaciones: el deslizar de su pecho contra la espalda de Laurent, la manera en la que agachaba la cabeza y el cabello mojado de sudor en su nuca.

Damen empezó a jadear. Era muy consciente del peso inflexible de su cuerpo y de Laurent bajo él. Se impulsó hacia delante con los codos. Damen hundió la frente en el cuello de Laurent y se limitó a rendirse a la sensación.

Había entrado en él. Sintió la brusquedad del acto, la desprotección. Nunca se había sentido más seguro de su identidad: Laurent lo había dejado entrar en él a sabiendas de quién era en realidad. Empezó a mover el cuerpo mientras el príncipe emitía un quejido desamparado contra las sábanas, uno que conformaba la palabra «Sí» en vereciano.

Damen lo agarró con fuerza en un puro acto reflejo, con la frente apoyada en la espalda, y el calor le recorrió el cuerpo tras escuchar el placer de Laurent. Lo quería muy pegado, quería sentir sus músculos moviéndose en consonancia, hasta el más mínimo gesto alentador, para que cada vez que volviese a mirarlo recordara que lo había tenido así frente a él.

Deslizó el brazo por el pecho de Laurent, muslo contra muslo bien apretados. La mano de Damen, que seguía embadurnada de aceite, agarró la parte más caliente y sincera del príncipe, cuyo cuerpo respondió moviéndose para darse placer a sí mismo. Siguieron moviéndose al unísono.

Le gustaba. Le gustaba mucho y quería más, quería llegar al clímax pero también que nunca acabase. No era del todo consciente de que había empezado a soltar palabras sueltas, desenfrenadas y en su idioma.

—Te deseo —dijo Damen—. Te he deseado desde hace mucho tiempo. Nunca me había sentido así con nadie…

—Damen —dijo Laurent, incapaz de contenerse—. Damen…

Notó la agitación de su cuerpo, a punto de culminar el acto. Apenas recordaba el momento en el que le había dado la vuelta a Laurent, el breve desgarro, la necesidad de volver a estar dentro de él, la boca del príncipe abriéndose bajo la suya, el tirón en su cuello cuando Laurent lo había agarrado para que volviese a enterrarse en él. Lo aplastó con su cuerpo y volvió a penetrarlo con un embate lento y recio mientras se estremecía a causa del calor.

Y Laurent le permitió entrar, en un gesto único y perfecto. Damen volvió a seguir el ritmo que necesitaba, y sus cuerpos se entrelazaron en un acto continuado y más brusco. No podían separarse el uno del otro, y cuando sus miradas se cruzaron Laurent repitió:

—Damen…

Lo pronunció como si fuese la respuesta a todo, como si su misma identidad fuese suficiente para hacerlo sentir así, para hacerlo estremecer y agitarse frente a él.

Y la prueba fue el grito estridente que dio cuando eyaculó con Damen dentro de él, tras haber pronunciado su nombre, lo que hizo que este perdiese el sentido y se dejase llevar. El orgasmo llegó entonces, una sensación intensa y asfixiante que se apoderó de él, sobrecogedora y fulgurante hasta sumirlo en la inconsciencia.

TRECE

Damen se despertó con la impresión de tener a Laurent junto a él, una presencia cálida y maravillosa en la cama. La alegría lo desbordó, y se permitió echar un vistazo en un gesto indulgente de su consciencia aletargada. Laurent yacía con la sábana enroscada alrededor de la cintura, y el sol matutino lo cubría con una pátina dorada. Había creído que no lo encontraría allí por la mañana, como había ocurrido anteriormente, que se habría esfumado como los zarcillos con los que lo atenazaban los sueños. La intimidad de la noche anterior bien podría haber sido demasiado para ambos.

Alzó una mano para acariciar la mejilla de Laurent, con una sonrisa en el gesto. Empezaba a abrir los ojos.

—Damen —dijo Laurent.

El corazón le dio un vuelco en el pecho, ya que la manera en la que había pronunciado su nombre era apacible, feliz y un tanto tímida. Laurent solo lo había dicho una vez, la noche anterior.

—Laurent —saludó Damen.

Se miraban el uno al otro. Para regocijo de Damen, el príncipe extendió la mano para recorrer con ella su cuerpo. Lo miraba como si no fuese capaz de creer su existencia, como si ni siquiera tocándolo llegase a confirmarlo.

—¿Qué? —Damen no había dejado de sonreír.

—Eres muy… —dijo Laurent, y luego añadió ruborizado— atractivo.

—¿En serio? —preguntó este, con tono cálido e intenso.

—Sí —aseguró el príncipe.

La sonrisa de Damen se ensanchó y luego se tumbó entre las sábanas, se deleitó con el momento y se sintió profundamente satisfecho.

—Bien —dijo, al tiempo que giraba la cabeza para volver a mirar a Laurent poco a poco—. Tú también lo eres.

Laurent agachó un poco la mirada y estuvo a punto de reír. Luego dijo, con un afecto irracional:

—La mayoría de la gente me lo dice nada más conocerme.

¿Era la primera vez que Damen se lo había dicho? Miró a Laurent, quien ahora estaba medio de costado, con el cabello rubio algo revuelto y una mirada provocadora en el gesto. Una imagen dulce y sencilla que iluminaba aquella mañana. La belleza del príncipe era arrebatadora.

—Lo habría hecho —aseguró Damen— si me hubieses dejado cortejarte como es debido. Si me hubiese presentado ante tu padre como mandan los cánones. Si nuestros países tuviesen la oportunidad de ser… —Amigos. Sintió cómo le cambiaba el humor al pensar en el pasado. Laurent no pareció darse cuenta.

—Gracias, sé exactamente cómo podrían haber sido las cosas. Auguste y tú os hubieseis dado unas buenas palmaditas en la espalda para luego poneros a ver torneos, y yo habría estado por ahí tirándote de la manga para intentar que me mirases de soslayo.

Damen se quedó muy quieto. La naturalidad con la que acababa de hablar de Auguste era algo nuevo para él y no quiso interrumpirlo.

Un momento después, Laurent añadió:

—Le habrías caído bien.

—¿Aunque me hubiese puesto a cortejar a su hermano pequeño? —preguntó Damen, con cautela.

Vio que Laurent se quedaba paralizado, tal y como hacía cuando algo lo tomaba por sorpresa. Después alzó la vista para mirar a Damen a los ojos.

—Sí —dijo en voz baja, con algo de rubor en las mejillas.

El beso llegó porque fue incapaz de evitarlo, uno tan dulce y tan adecuado que Damen sintió que hasta le dolía. Se apartó. Las realidades del mundo exterior no dejaban de asfixiarlo.

—Yo… —Fue incapaz de decir nada más.

—No. Escúchame. —Sintió la mano de Laurent con firmeza en su cuello—. No voy a permitir que mi tío te haga daño. —La mirada azul del príncipe estaba calmada y firme, como si hubiese tomado una decisión y quisiese contársela a Damen—. Es lo que venía a decirte anoche. Yo me encargaré de todo.

—Prométemelo —se oyó decir Damen—. Prométeme que no dejaremos que él…

—Te lo prometo.

Laurent lo dijo con voz muy seria, con sinceridad. No había doble sentido alguno en sus palabras, solo la verdad. Damen asintió y notó cómo el príncipe lo aferraba con más fuerza. En esta ocasión, el beso tuvo cierto regusto a la desesperación de la noche anterior, la necesidad de aislarse del mundo exterior y permanecer durante más tiempo dentro de aquella protección que le conferían los brazos de Laurent alrededor del cuello. Damen se colocó sobre él, cuerpo contra cuerpo. La sábana se deslizó por su piel hasta caer. Despacio y entre balanceos empezaron los besos, que luego dieron paso a algo más.

Alguien tocó en la puerta.

—Entra —dijo Laurent, que giró la cabeza hacia allí.

—Laurent —espetó Damen, aturdido y del todo expuesto cuando se abrió la puerta. Pallas fue quien entró, momento en el que Laurent lo saludó con una total naturalidad.

—¿Sí? —preguntó el príncipe sin vergüenza alguna.

Pallas abrió la boca. Damen vio lo mismo que el soldado: a Laurent como si fuese la figura onírica de una persona virgen que acabase de dejar de serlo, ahora que tenía a alguien muy excitado encima sin lugar a dudas. Se ruborizó mucho. En Ios, bien podría haber coqueteado con un amante mientras un esclavo llevaba a cabo alguna de sus tareas en la estancia, pero solo porque había tanta diferencia de estatus social entre dicho esclavo y él que no lo afectaba para nada. La idea de que un soldado lo viese hacerle el amor a Laurent le resultaba inconcebible. Laurent nunca había aceptado a un amante a ojos de los demás, y mucho menos...

Pallas se obligó a mirar el suelo.

—Mil perdones, eminencia. He venido a que me deis vuestras órdenes para esta mañana.

—Pues ahora mismo estamos ocupados. Haz que un sirviente prepare los baños y nos traiga algo de comer a media mañana. —Laurent hablaba como un administrador que acabase de alzar la mirada de su escritorio.

—Sí, eminencia.

Pallas se dio la vuelta al momento y se dirigió hacia la puerta.

—¿Qué ocurre? —Laurent miró a Damen, quien se había separado de él para luego sentarse y cubrirse con las sábanas. No tardó en sentir el placer cada vez mayor del descubrimiento que acababa de hacer—. ¿Te da vergüenza?

—En Akielos no hacemos esto delante de otras personas —dijo Damen.

—¿Ni siquiera el rey?

—Mucho menos el rey —aseguró Damen, para quien «el rey» en parte significaba «su padre».

—Pero ¿entonces cómo sabe la corte que se ha consumado el matrimonio real?

—¡El rey sabe si se ha consumado o no! —espetó horrorizado.

Laurent se lo quedó mirando. Damen estaba muy sorprendido cuando Laurent agachó la cabeza y más aún cuando los hombros del príncipe empezaron a temblar.

—¡Pero si luchaste desnudo contra él! —consiguió entender entre las risotadas de Laurent.

—Pero eso es un deporte —aseguró Damen. Cruzó los brazos mientras pensaba que los verecianos carecían de toda dignidad, todo ello mientras Laurent se incorporaba y le daba un beso con delicadeza en los labios, uno que consiguió apaciguarlo un poco.

—¿De verdad el rey de Vere consuma su matrimonio delante de la corte? —preguntó Damen algo después.

—Delante de la corte no —respondió Laurent, como si la pregunta hubiese sido muy absurda—. Delante del Consejo.

—¡Guion forma parte del Consejo! —dijo Damen.

Luego, mientras yacían el uno junto al otro, Damen se descubrió recorriendo la cicatriz del hombro de Laurent con los dedos, el único lugar donde tenía la piel deteriorada. Ahora lo sabía de primera mano.

—Siento que Govart esté muerto. Sé que intentabas mantenerlo con vida.

—Creía que sabía algo que podría usar contra mi tío. Pero da igual. Lo detendremos de otra manera.

—Nunca me dijiste qué fue lo que ocurrió.

—Da igual. Nos enfrentamos con armas blancas. Me liberé y llegué a un acuerdo con Guion.

Damen lo miró.

—¿Qué?

—Nikandros no se lo va a creer —aseguró Damen.

—No veo por qué no.

—¿Te tomaron prisionero, escapaste tú solo de las celdas de Fortaine y, de alguna manera, conseguiste que Guion cambiase de bando antes de salir?

—Bueno, no a todo el mundo se le da tan mal escapar como a ti —dijo Laurent.

Damen resopló y se dio cuenta de que había empezado a reír como nunca hubiese esperado hacer, sobre todo teniendo en cuenta quién le esperaba fuera. Recordó a Laurent combatiendo a su lado en las montañas, protegiendo su costado herido.

—Cuando perdiste a tu hermano, ¿tuviste a alguien que te consolara?

—Sí —respondió Laurent—. Podría decirse que sí.

—Pues me alegro —dijo Damen—. Me alegro de que no estuvieses solo.

Laurent se apartó y se incorporó hasta quedar sentado. Se quedó así unos instantes, sin decir nada. Después se llevó las palmas de las manos a los ojos.

—¿Qué pasa?

—Nada —respondió.

Damen se sentó a su lado y volvió a sentir la presencia indiscreta del mundo exterior.

—Deberíamos...

—Y eso haremos. —Laurent se giró hacia él mientras le deslizaba los dedos por el cabello—. Pero primero tenemos la mañana por delante.

Luego, hablaron.

Los sirvientes les llevaron el desayuno: fruta, queso suave, miel y pan en platos redondos. Y se sentaron a la mesa en una de las habitaciones que daba a la alcoba. Damen tomó el asiento que estaba más cerca de la pared, tras volver a colocarse el broche dorado en la prenda que le colgaba del hombro. Laurent tenía una pose relajada sobre la silla, ataviado con unos pantalones y una camisa holgada, con el cuello y las mangas aún sin anudar. Llevaba el peso de la conversación.

En voz baja y con mucha tranquilidad, resumió la situación actual según la entendía él, para luego pasar a describir sus planes y las contingencias. Damen se percató de que Laurent le estaba mostrado una parte de él que nunca había compartido hasta entonces, y se vio sumido en aquellas complejidades políticas aunque la experiencia le resultase nueva y un tanto reveladora. Laurent nunca compartía así su forma de pensar, sino que lo tramaba todo de manera muy íntima antes de tomar decisiones en solitario.

Cuando los sirvientes entraron para recoger los platos de la mesa, Laurent se dedicó a mirarlos ir y venir antes de fijar la vista en Damen. Había una pregunta tácita en sus palabras.

—No tienes esclavos en tus aposentos.

—Por qué será —dijo Damen.

—Si te has olvidado de todo lo que puedes hacer con un esclavo, podría recordártelo —aseguró Laurent.

—Odias la misma idea de la esclavitud. Te revuelve las tripas —dijo Damen. Una verdad sin ambages—. De haber sido otra persona, me habrías liberado la primera noche. —Miró el rostro del príncipe—. Cuando discutí contigo por los esclavos en Arles no intentaste hacerme cambiar de opinión.

—No es un tema que se preste a un intercambio de ideas. No hay mucho que decir.

—Verás esclavos en Akielos. Forman parte de nuestra cultura.

—Lo sé.

—¿Las mascotas y sus contratos son tan diferentes? —preguntó Damen—. ¿Nicaise tuvo elección?

—Tuvo la elección de un pobre que no tenía otra forma de sobrevivir, la de un niño indefenso frente a sus mayores, la de un hombre cuando su rey le da una orden. O sea, que no tuvo elección. Aun así, es más de lo que se le permite a un esclavo.

Damen volvió a sorprenderse al oír a Laurent compartir sus opiniones más íntimas. Lo recordó ayudando a Erasmus. Lo recordó visitando a la chica de la aldea y enseñándole aquel truco. Por primera vez, atisbó cómo se comportaría en caso de llegar a ser rey. No lo vio como el sobrino sin preparación del regente ni como el hermano pequeño de Auguste, sino como él mismo: un joven con muchos talentos que se había visto obligado a ser líder y a aceptarlo demasiado pronto, porque no le habían dado opción. «Me pondría a su servicio», pensó Damen, una frase que ya de por sí era muy reveladora.

—Sé lo que piensas de mi tío, pero no es... —dijo Laurent después de una pausa.

—¿No?

—No le haría daño al niño —aseguró el príncipe—. Sea tu hijo o el de Kastor, para él no es más que una ventaja táctica. Una contra ti, contra tus ejércitos y contra tus hombres.

—¿Quieres decir que sería peor para mí que mi hijo esté vivo y de una pieza en lugar de tullido o muerto?

—Así es —aseguró Laurent.

Lo dijo muy serio y sin dejar de mirar a Damen a los ojos. Este sintió que le dolían todos los músculos del cuerpo a causa del esfuerzo de no pensar más en el tema. De no pensar en esa otra idea, más siniestra aún, que tenía que evitar a toda costa. En lugar de eso, intentó pensar en una forma de salir adelante, aunque se le antojó imposible.

Había reunido todo un ejército, verecianos y akielenses unidos, listos para marchar en dirección al sur. Había pasado meses con Laurent reuniendo sus fuerzas, estableciendo un poder conjunto, preparando líneas de suministro y consiguiendo que más soldados se uniesen a su causa.

El regente había conseguido de un plumazo que todos aquellos hombres no sirviesen para nada, que no pudiesen moverse, atacar siquiera, porque si lo hacían...

—Mi tío sabe que no lo atacarás mientras tenga al niño —aseguró Laurent. Luego añadió, con calma y firmeza—: Así que tenemos que recuperarlo.

Intentó descubrir si la mujer había cambiado, pero esa sensación de frialdad intocable seguía estando allí, así como la manera tan particular en la que lo miraba. Tenía el mismo color de piel que Laurent. También la misma mente calculadora. Eran iguales, a excepción de que la impresión que daban era muy diferente. Había una parte de Laurent que siempre estaba en tensión, incluso cuando se obligaba a estar tranquilo. La compostura inexpugnable de Jokaste se parecía mucho a la serenidad, hasta que descubrías que era muy peligrosa. Quizá ambos sí que compartían el mismo corazón de acero.

La mujer lo esperaba en sus aposentos, donde había permitido que se quedara, bajo la vigilancia de un nutrido grupo de guardias. Estaba sentada con elegancia, con sus damas alrededor como flores en un jardín. No parecía molesta por estar encerrada. No parecía haberse dado cuenta siquiera.

Después de echar un largo vistazo por la estancia, Damen se sentó en la silla que la mujer tenía delante, como si los soldados que lo habían acompañado no existiesen.

—¿De verdad existe ese niño? —preguntó.

—Ya te he dicho que sí —aseguró Jokaste.

—No hablaba contigo —dijo Damen.

Las sirvientas que se sentaban alrededor de Jokaste eran de edades diferentes: desde la mayor de quizá unos sesenta a la más joven que tendría la edad de ella, unos veinticuatro. Damen supuso que las siete llevarían mucho tiempo sirviéndola. La del pelo negro y trenzado era una a la que prácticamente no conocía (¿Kyrina?). Las dos esclavas también le resultaban ligeramente familiares. No reconoció a la doncella de mayor edad ni a las damas de alta cuna restantes. Las contempló con paciencia y sin pronunciar palabra. Todas se quedaron en silencio. Luego Damen volvió a mirar a Jokaste.

—Deja que te explique lo que va a pasar. Te van a ejecutar. Te van a ejecutar independientemente de lo que digas o de lo que hagas. Pero perdonaré a tus mujeres si aceptan responder a mis preguntas.

Silencio. Ninguna de ellas habló ni dio un paso al frente.

—Si haces eso, el niño morirá —aseguró Jokaste.

—Aún no se me ha confirmado que ese niño exista —dijo Damen.

Ella sonrió, como quien ve a una mascota haciendo bien un truco.

—Nunca se te han dado bien los juegos. No creo que tengas lo que hay que tener para enfrentarte a mí en uno de ellos.

—He cambiado —explicó Damen.

Los soldados se habían detenido, pero había cierto alboroto en las mujeres ahora que estaban presentes. Damen se sentó en la silla.

—Kastor lo matará —insistió Jokaste—. Le diré que el niño es tuyo y lo matará. No se ha planteado siquiera plan alguno para aprovechar su existencia contra ti.

—Sé que Kastor mataría a cualquier niño si descubriese que es mío —dijo Damen—, pero no tienes manera de enviarle un mensaje.

—La nodriza —dijo ella—. La nodriza le dirá a Kastor la verdad si me matas.

—Si te mato.

—Así es.

—Si te mato a ti —dijo Damen—. Pero no a tus mujeres.

Se hizo el silencio.

—Eres la única que tiene protección en ese trato. Estas mujeres van a morir. A menos que hablen conmigo.

—Sí que has cambiado —dijo Jokaste—. ¿O quizá sea ese nuevo poder que hay ahora detrás del trono? Me pregunto con quién estoy negociando aquí en realidad.

Damen ya había empezado a cabecear en dirección al soldado más cercano.

—Empieza con ella.

No fue agradable. Las mujeres se resistieron y gritaron. Damen miró con gesto impasible cómo los soldados las agarraban y empezaban a arrastrarlas para sacarlas de la estancia. Kyrina se retorció hasta zafarse del agarre de dos soldados antes de postrarse con la frente tocando el suelo.

—Eminencia…

—No —dijo Jokaste

—Eminencia… Sois piadoso. Tengo un hijo. Perdonadme la vida, eminencia…

—No —repitió Jokaste—. No matará a un grupo de mujeres por lealtad a su amante, Kyrina.

—Perdonadme la vida. Juro que os contaré todo lo que sé…

—No —insistió Jokaste.

—Habla conmigo —dijo Damen.

Kyrina habló sin levantar la cabeza del suelo. El pelo largo, que se le había escapado del moño durante el forcejeo, se extendía por las baldosas.

—Es cierto que hay un niño y que lo han llevado a Ios.

—Basta —dijo Jokaste.

—Ninguna de nosotras sabe si el niño es vuestro. Ella lo afirma.

—He dicho que basta, Kyrina —espetó Jokaste.

—Hay algo más… —dijo Damen.

—Eminencia… —dijo Kyrina.

Mientras Jokaste decía, al mismo tiempo:

—¡No!

—Mi dama no confiaba en que el regente de Vere fuese a velar por sus intereses. En caso de que no hubiese otra manera de salvar su vida, la nodriza traería al niño… a cambio de la libertad de mi dama.

Damen se reclinó en la silla y arqueó las cejas mientras miraba a Jokaste.

Esta se aferraba la falda con las manos cerradas en sendos puños, pero habló con voz tranquila:

—¿De verdad crees que has puesto mis planes patas arriba? No hay manera de evitar mis condiciones. La nodriza no se marchará de Ios. Si vas a hacer el intercambio, necesitarás llevarme allí y entregarme personalmente.

Damen miró a Kyrina, quien levantó al fin la cabeza y asintió.

Damen pensó que Jokaste creía que era imposible para él viajar hasta Ios y que no había un lugar seguro desde el que fuese a poder intentar hacer dicho intercambio.

Pero sí que había un lugar en el que dos enemigos podían reunirse sin temor a que hubiese una emboscada. Un lugar vetusto y ceremonial en el que se respetaban unas leyes estrictas desde la antigüedad, donde los kyroi podían reunirse sin temor y protegidos por la paz, y por el orden impuesto por los soldados que lo defendían. Los reyes viajaban allí para ser coronados y los nobles para resolver sus disputas. Sus restricciones eran sagradas y permitían negociar sin las lanzas afiladas ni la sangre derramada propia de los primeros y belicosos tiempos de Akielos.

Parecía un lugar tocado por el destino, y eso le resultaba atractivo.

—Haremos el intercambio en un lugar al que ningún hombre puede llevar un ejército ni desenvainar una espada, ya que significaría su muerte —aseguró Damen—. Lo haremos en el Salón de los Reyes.

No había mucho más que hacer después de eso. Llevaron a Kyrina a una antesala para preparar la comunicación con la nodriza. Escoltaron a las mujeres a la salida. Y luego Jokaste y él se quedaron solos.

—Dale mis felicitaciones al príncipe de Vere —comentó ella—. Pero eres un imbécil al confiar en él. Tiene sus propios planes.

—Siempre ha sido muy claro al respecto —aseguró Damen.

La miró, sola en aquel sillón. No pudo evitar recordar el día en que se habían conocido. Se la habían presentado a su padre como la hija de un noble menor de Aegina, y él no había podido dejar de mirarla. Pasó tres meses cortejándola antes de que cayese rendida en sus brazos.

—Elegiste un hombre empeñado en destruir su país. Elegiste a mi hermano y mira cómo has acabado. Ahora no eres nadie ni tienes amigos. Hasta tus mujeres te han dado la espalda. ¿No crees que es una pena que todo tenga que terminar así entre nosotros?

—Sí —respondió ella—. Kastor tendría que haberte matado.

CATORCE

No podía meter a Jokaste en un saco y arrastrarla por la frontera hasta el territorio de Kastor, por lo que el viaje presentaba ciertos desafíos logísticos.

Para justificar los dos carros y el séquito, tendrían que fingir que eran mercaderes de telas. El disfraz no iba a ser capaz de resistir un escrutinio concienzudo. Llevarían rollos de tela en los carros, pero también Jokaste estaría allí. Cuando salió al patio, contempló los preparativos con una calma que parecía afirmar que cooperaría con los planes de Damen, hasta que tuviese la primera oportunidad de desbaratarlos con una sonrisa en el gesto.

El verdadero problema no era el disfraz, sino cruzar las patrullas fronterizas. Ser «mercaderes de telas» quizá los ayudase a viajar sin problema por el interior de Akielos, pero no los ayudaría a cruzar los puestos de centinelas fronterizos. Y mucho menos aquellos a los que Jokaste ya hubiese advertido de su posible llegada, tal y como sospechaba Damen. Pasó dos horas infructuosas con Nikandros, intentando trazar una ruta por la que colar los dos carros a través de la frontera sin alertar a las patrullas, y otra infructuosa mirando el mapa en solitario, hasta que Laurent entró y trazó un plan tan extravagante que Damen había tenido que aceptarlo antes de que le estallase la cabeza.

Iban a usar a sus mejores soldados, los pocos de la élite que habían destacado en los juegos: Jord, que había ganado con la espada corta; Lydos, que había hecho lo propio con el tridente; Aktis, experto en arrojar lanzas; el joven y triple vencedor Pallas; Lazar, que le había silbado con tono seductor, y un puñado de los mejores lanceros y espadachines. Laurent decidió añadir a Paschal a la comitiva, y Damen intentó no darle demasiadas vueltas a las razones por las que el príncipe creía necesario que los acompañase un galeno.

Y también los acompañaría Guion, por muy ridículo que pareciese. Guion sabía usar una espada, y la culpabilidad lo haría dar su vida por Damen con más ímpetu que cualquiera. Y si ocurría lo peor, el testimonio de Guion podía llegar a derrocar al regente. Laurent lo explicó de forma resumida y le había dicho a Guion, con voz agradable:

—Tu esposa puede hacer las veces de carabina de Jokaste durante el viaje.

Guion lo había entendido más rápido que Damen.

—Ya veo. Pensáis usar la vida de mi esposa para amenazarme y que me comporte.

—Así es —aseguró Laurent.

Damen vio desde la ventana de un segundo piso cómo se reunían en el patio: dos carros, dos mujeres nobles y doce soldados, entre los que había diez militares propiamente dichos y luego Guion y Paschal con yelmos metálicos.

Él iba ataviado con las prendas blancas y humildes de un viajero, con un guantelete de cuero hasta la muñeca que le cubría el grillete dorado. Aguardaba la llegada de Laurent para hablar sobre los detalles de aquel plan ridículo. Damen se hizo con una jarra de vino helado para servirse en una de las copas chatas dispuestas por el lugar.

—¿Te has aprendido la rotación de las patrullas fronterizas? —preguntó Laurent.

—Sí, nuestros exploradores han descubierto que...

Laurent estaba de pie junto al umbral de la puerta y llevaba un quitón de algodón blanco sin adornos.

Damen dejó caer la jarra.

Se le resbaló de los dedos y chocó contra el suelo de piedra, donde se hizo añicos antes de que las esquirlas saliesen despedidas por los aires.

Laurent llevaba los brazos al descubierto. También el cuello. La clavícula y gran parte de los muslos, las piernas largas y el hombro izquierdo al completo. Damen se lo quedó mirando.

—Llevas ropas akielenses —dijo Damen.

—Todos llevan ropas akielenses —aseguró Laurent.

Damen reparó en que se le había roto la jarra y ya no iba a poder darle un buen sorbo al vino. Laurent se dirigió hacia él, a través de la cerámica rota, con esa prenda corta y las sandalias en los pies, hasta que llegó al asiento que había junto a Damen, donde el mapa estaba extendido sobre una mesa de madera.

—Cuando conozcamos la rotación de las patrullas, sabremos cuándo acercarnos —aseguró Laurent.

Después se sentó.

—Tenemos que hacerlo al principio de una rotación, para tener el mayor tiempo posible antes de que informen a la fortaleza.

El quitón era aún más corto cuando estaba sentado.

—Damen.

—Sí, perdón —se disculpó Damen. Luego añadió—: ¿Qué decías?

—Las patrullas —repitió Laurent.

El plan no era menos descabellado cuando se repasaba con todo lujo de detalles y se calculaban bien el tiempo de viaje y las distancias. El riesgo de fracasar era enorme. Iban a llevarse todos los soldados cuya presencia pudiesen justificar, pero si los descubrían y tenían que luchar iban a perder. Solo los acompañaban doce. Y ni eso, porque había que tener en cuenta a Paschal y a Guion, tal y como había indicado Damen.

Una vez en el patio, contempló el pequeño grupo que habían reunido allí. Iban a dejar atrás los ejércitos que tanto tiempo les había llevado crear. Vannes y Makedon se quedarían para defender juntos la red que habían establecido, partiendo de Ravenel y pasando por Fortaine, Marlas y Sicyon. Vannes mantendría a raya a Makedon, aseguró Laurent.

Damen tendría que haberse imaginado que no iban a ser capaces de abrirse paso hasta el regente con un ejército entero. Iban a tener que resolverlo todo así desde un primer momento, con un pequeño grupo, solo y vulnerable, viajando campo a través.

Nikandros se reunió con él en el patio. Los carros estaban preparados y el pequeño grupo listo para partir. Los soldados solo necesitaban saber cuál sería su cometido durante el viaje, y Damen les dio instrucciones escuetas. Pero Nikandros era su amigo y se merecía saber cómo iban a cruzar la frontera.

Por eso le contó los detalles del plan de Laurent.

—No es nada honorable —aseguró Nikandros.

Se acercaban a la guardia de la frontera en el camino meridional que cruzaba Sicyon y llegaba a la provincia de Mellos. Damen examinó la barricada y a la patrulla, que estaba formada por cuarenta hombres. Detrás de la barricada se encontraba la torre de vigilancia, en la que también habría soldados y que era capaz de enviar mensajes hasta la fortaleza principal a través de la red de torres. Vio a los soldados con las armas en ristre. Los habían observado desde hacía tiempo desde la torre, a medida que se acercaban rodando despacio con los carros.

—Me gustaría recalcar que me opongo a esto —dijo Nikandros.

—Gracias por comentarlo —aseguró Damen.

En ese momento, fue consciente de lo inconsistente del disfraz, de lo incongruente de los carros, del comportamiento torpe de los soldados, a los que había tenido que reprender en varias ocasiones para que no lo llamasen «eminencia», y también de la amenaza que suponía Jokaste, que aguardaba con gesto impertérrito dentro de uno de los vehículos.

El peligro era real. Si Jokaste conseguía librarse de las ataduras y de la mordaza para hacer el más mínimo ruido, o la descubrían dentro de los carros, era muy probable que los capturasen y acabasen con ellos. La torre de guardia albergaba al menos a cincuenta hombres, además de los cuarenta que formaban parte de la patrulla que vigilaba el camino. No había manera de enfrentarse a ellos y salir victoriosos.

Damen se sentó tras las riendas del carro y lo condujo con tranquilidad, sin ceder a la tentación de acelerar, sino acercándose a la barricada muy despacio.

—Alto —dijo uno de los guardias.

Damen tiró de las riendas. Nikandros hizo lo propio. Los doce soldados también. Los carros se detuvieron, entre crujidos interminables.

—Sooo —dijo Damen a los caballos.

El capitán dio un paso al frente para acercarse. Llevaba un yelmo e iba en un alazán, con una capa roja ondeando sobre su hombro derecho.

—¿Quién va?

—Escoltamos a la dama Jokaste, que regresa a Ios después de haber dado a luz —explicó Damen. No había nada que confirmase ni negase dicha afirmación, a excepción de un carro tapado y sin nada destacable que relucía a la luz del sol.

Notó la disconformidad de Nikandros detrás de él.

—Nuestros informes dicen que la dama Jokaste iría a Karthas como prisionera.

—Pues vuestros informes se equivocan. La dama Jokaste está dentro de ese carro.

Se hizo un silencio.

—En ese carro, dices.

—Así es.

Otro silencio.

Damen, que decía la verdad, miró al capitán con la mirada fija que había aprendido de Laurent. No funcionó.

—En ese caso, estoy seguro de que a la dama Jokaste no le importará responder unas preguntas.

—Yo creo que sí le importará —dijo Damen—. Ha pedido, dejándolo muy claro, que nadie la moleste.

—Tenemos órdenes de registrar todos los carros que pasen por aquí. La dama no será una excepción. —El tono de voz del capitán había cambiado. Le habían puesto demasiadas objeciones. Lo mejor sería no volver a contradecirlo.

Aun así, Damen se oyó decir:

—No puedes entrar ahí así porque sí...

—Abrid el carro —espetó el capitán, que lo ignoró.

Con el primer intento pareció más bien que llamaba con torpeza a la puerta de su señora, en lugar de dar la impresión de que estuviese buscando una mercancía ilícita. No hubo respuesta. Volvió a tocar en la puerta del carro. Nada. Lo hizo por tercera vez.

—¿Ves? Está durmiendo. ¿De verdad vas a...?

—¡Abrid la puerta! —gritó el capitán.

Se oyó como si algo se acabase de astillar, como el impacto de un mazo contra un cerrojo de madera. Damen se obligó a quedarse quieto. Nikandros acercó la mano a la empuñadura de la espada, con expresión tensa y preparado para actuar. La puerta del vehículo se abrió de repente.

El silencio se apoderó de la situación, interrumpido solo por el ruido ahogado y ocasional de una conversación. Siguió así durante un buen rato.

—Mis disculpas, señor —dijo el capitán al volver al salir del carro con la cabeza gacha—. La dama Jokaste puede deambular por donde desee. —Se había ruborizado y empezado a sudar un poco—. La dama me ha pedido que os acompañe durante el último de los puntos de control, para asegurarme así de que no os vuelven a retrasar.

—Gracias, capitán —dijo Damen con tono digno.

—¡Dejadlos pasar! —gritó.

—Los rumores sobre la belleza de la dama no exageraban —comentó el capitán, hombre a hombre, mientras se abrían paso por las colinas.

—Espero que habléis de la dama con el debido respeto, capitán —dijo Damen.

—Claro. Mis disculpas —dijo este.

El capitán ordenó que todos los soldados se pusiesen firmes para despedirse de ellos cuando se separaron en el último punto de control. Continuaron el viaje durante unos tres kilómetros, hasta que dicho punto de control quedó detrás de una colina, momento en el que el carro se detuvo y se abrió la puerta. Laurent salió de él, con una camisa vereciana suelta y algo desaliñada sobre los pantalones. Nikandros lo miró, miró al carro y luego volvió a fijarse en el príncipe.

—¿Cómo has convencido a Jokaste de que les siguiese el juego a los guardias?

—No lo he hecho —aseguró Laurent.

Tiró el fardo de seda azul que tenía en las manos a uno de los soldados y luego se volvió a poner la chaqueta con un gesto muy varonil.

Nikandros no había dejado de mirarlo.

—No le des muchas vueltas —dijo Damen.

Les quedaban dos horas antes de que los centinelas regresasen a la fortaleza principal y viesen que la dama Jokaste no había llegado, momento en el que el capitán empezaría a darse cuenta de lo ocurrido. Poco después, los hombres de Kastor harían su aparición y se pondrían a seguirlos a toda velocidad.

Jokaste le dedicó una mirada impertérrita cuando le quitaron la mordaza y le aflojaron las ataduras. La piel se le quedó igual que a Laurent durante su confinamiento: marcas rojas en el lugar donde le habían atado las muñecas con la cuerda de seda. Laurent extendió la mano para que lo acompañase desde el carro de suministros al principal, con un ademán apático propio de los verecianos. Tenía el mismo gesto impertérrito en la mirada cuando le agarró la mano.

—Tienes suerte de que nos parezcamos —dijo la mujer mientras bajaba del carro. Se miraron el uno a la otra, como si fuesen dos reptiles.

Para evitar las patrullas de Kastor, se dirigieron a lo que para Damen era una especie de refugio de su juventud: la finca de Heston de Thoas. La finca de Heston tenía muchos árboles y lugares en los que ocultarse y allí podrían esperar a que pasasen las patrullas y estas perdiesen el interés. Pero lo importante era que Damen había pasado muchas horas de su infancia en los vergeles y los viñedos del lugar, mientras su padre se detenía y se daban un buen banquete con Heston durante sus viajes por las provincias septentrionales. Heston era leal hasta el tuétano y seguro que protegería a Damen de un ejército invasor.

El paisaje le resultaba familiar. Akielos durante el verano: colinas de roca cubiertas de matorrales y arbustos, así como extensiones de tierra de labranza impregnadas del aroma del azahar. Las arboledas donde ocultarse eran escasas, y ninguna le dio a Damen la seguridad de poder esconder bien un carro en ellas. A medida que se incrementaba el peligro de las patrullas, a Damen le convencía cada vez menos el plan de dejar los carros desprotegidos y marcharse a reconocer el terreno y avisar a Heston de su presencia. Pero no les quedaba elección.

—Mantened los carros en el camino —dijo Damen a Nikandros—. Seré rápido y me acompañará nuestro mejor jinete.

—¿Me llamabas? —dijo Laurent al tiempo que hacía girar a su caballo.

Avanzaron a toda velocidad, con Laurent ligero y seguro sobre la montura. Desmontaron a casi un kilómetro de la finca y ataron a los caballos lejos del camino. Continuaron a pie a través de matorrales que a veces tenían que desplazar con el cuerpo.

Damen se apartó una rama de la cara y dijo:

—Creía que cuando fuese rey podría dejar de hacer estas cosas.

—Está claro que has infravalorado lo que se le exige a un rey de Akielos.

Damen pisó un tronco podrido. Se levantó el dobladillo de la túnica que se le había enganchado en una zarza. Esquivó un saliente de granito afilado.

—La maleza era menos frondosa cuando era pequeño.

—O quizá ocupabas menos espacio.

Laurent lo dijo mientras apartaba la rama baja de un árbol para Damen, que pasó entre crujidos. Ascendieron juntos por la última de las pendientes y vieron al fin cómo su destino se extendía frente a ellos.

La finca de Heston de Thoas estaba conformada por una serie de edificios bajos, alargados e insulsos de mármol acanalado que daban a unos jardines privados, para luego abrirse a unos vergeles muy llamativos de nectarinas y albaricoques.

Al ver el paisaje, Damen solo fue capaz de pensar en lo mucho que le gustaría llegar, compartir la belleza de esa arquitectura con Laurent, descansar viendo la puesta de sol desde un balcón, disfrutar de la agradable hospitalidad de Heston, pedirle algunas exquisiteces y charlar con él sobre asuntos filosóficos de difícil comprensión.

La finca al completo estaba moteada de rocas de disposición caprichosa que sobresalían de la fina capa de barro. Damen las siguió con la mirada: trazaban una ruta discreta desde la arboleda poco frondosa donde se encontraban Laurent y él hasta la verja de la casa. Y desde allí sabía que continuaban hasta el estudio de Heston, cuyas puertas daban a los jardines, un lugar donde sabía que iba a encontrar a Heston a solas.

—Quieto —dijo Laurent.

Damen se detuvo. Miró hacia el mismo lugar que Laurent y vio a un perro atado con una cadena y holgazaneando cerca de un pequeño establo lleno de caballos en la parte occidental de la finca. Tenían el viento a favor, y el perro aún no se había puesto a ladrar.

—Hay demasiados caballos —indicó Laurent.

Damen volvió a mirar hacia el establo y el estómago le dio un vuelco. Habría al menos unos cincuenta, hacinados en una extensión de terreno demasiado pequeña que no estaba preparada para albergarlos. No tardarían en quedarse sin pasto.

Y no eran monturas ligeras propias de un aristócrata. Eran caballos de guerra, todos, de pecho amplio y musculado, lo suficiente para cargar con un jinete ataviado con armadura que iría desde Kesus a Thrace para servir en las guarniciones septentrionales.

—Jokaste —dijo.

Cerró las manos en sendos puños. Puede que Kastor recordase que habían cazado allí cuando eran niños, pero Jokaste era la única que habría adivinado que Damen se detendría en aquel lugar en caso de viajar hacia al sur. Razón por la que habría enviado una avanzadilla para negarle el placer de tener un lugar seguro.

—No puedo abandonar a Heston con los hombres de Kastor —aseguró Damen—. Se lo debo.

—Solo estará en peligro si te encuentran aquí, porque lo considerarían un traidor —aseguró Laurent.

Se miraron a los ojos y no tardaron en llegar a una conclusión, rápido y sin pronunciar palabra. Necesitaban otra manera de sacar los carros del camino, y tenían que hacerlo al tiempo que evitaban los centinelas que estarían apostados en la finca de Heston.

Hay un arroyo a unos pocos kilómetros al norte que atraviesa el bosque —explicó Damen—. Cubrirá nuestro rastro y nos mantendrá lejos del camino.

—Yo me encargo de los centinelas —aseguró Laurent.

—Pero has dejado el vestido en el carro —dijo Damen.

—Gracias. Tengo otras formas de evitar a un guardia.

Se entendían muy bien. La luz que atravesaba la copa de los árboles moteaba el cabello de Laurent, que ahora tenía más largo que en el palacio y empezaba a estar algo descuidado. También tenía una ramita colgando de él.

—El arroyo está al norte de esa segunda colina de allí. Te esperaremos tras el segundo meandro.

Laurent asintió y se marchó sin mediar palabra.

Esa cabeza rubia no dejó señal alguna mientras se alejaba, pero de alguna manera el perro se soltó y se dirigió a toda prisa hacia el lugar donde estaban atados los caballos desconocidos. Un perro ruidoso en un establo atestado de animales tendría un efecto muy predecible. Se agitaron, corcovearon e intentaron salir huyendo del recinto. El pasto del jardín privado de Heston era excelente y, cuando la valla cedió, los animales se acercaron para saborear tanto esa hierba como los cultivos adyacentes, y también la que estaba más alejada por la colina oriental. La emoción espasmódica del perro los había alentado. Y también ese fantasma que se había dedicado a desatar cuerdas y abrir vallas con la elegancia de una sílfide.

Al volver a su montura, Damen torció los labios en una sonrisa sombría al oír los gritos de los akielenses: «¡Los caballos! ¡Rodead a los caballos!». No tenían monturas con las que rodear a los otros caballos. Iban a sufrir muchas coces al intentar volver a capturarlos mientras no dejaban de maldecir la existencia de todos los perros pequeños.

Había llegado su momento. Cuando Damen llegó con su montura hasta donde se encontraban los carros, estos iban más lentos incluso de lo que recordaba. Avanzaban lo más rápido que se podía, pero aun así parecían arrastrarse por el paisaje. Damen deseó que fuesen más rápido, pero era como gritarle a un caracol para que empezase a correr. Sintió la opresión ardiente de las llanuras, que parecía extenderse durante kilómetros, con esos arbustos de forma extraña desperdigados por el paisaje.

Nikandros tenía mala cara. Guion y su esposa estaban nerviosos. Era muy probable que creyesen que eran los que más tenían que perder, pero de hecho todos podían llegar a perder lo mismo: la vida. Todos menos Jokaste. Ella se dedicó a decir, en voz baja:

—¿Problemas en la finca de Heston?

El arroyo brilló a través de los árboles cuando lo vieron desde la distancia. Uno de los carros estuvo a punto de volcar cuando consiguieron salir al fin del camino, a duras penas, para dirigirse hacia el riachuelo. El otro carro chirrió y se agitó de manera ominosa cuando llegó hasta el lecho del arroyo. Hubo un momento terrible en el que les dio la impresión de que se habían quedado atrapados en aquel lugar, expuestos y a la vista desde el camino. Doce soldados se bajaron de sus monturas para caer al agua, que les llegaba hasta media canilla cubierta por esas sandalias, y empezaron a empujarlos con todas sus fuerzas. Damen se acercó al carro más grande e hizo lo propio. Se le tensaron todos los músculos del cuerpo. Poco a poco, el vehículo empezó a moverse entre los remolinos de la corriente del agua, los guijarros y las piedras en dirección a los árboles.

El ruido de los cascos hizo que Damen levantase la cabeza.

—A cubierto. Ya.

Se afanaron por ponerse a cubierto en la arboleda que tenían delante. Llegaron justo un momento antes de que la patrulla apareciese desde detrás de la cuesta, hombres de Kastor que cabalgaban a toda velocidad. Damen se quedó muy quieto, paralizado. Jord y los verecianos permanecieron muy juntos, así como los akielenses, que formaban otro grupo. Damen tuvo la absurda necesidad de colocar la mano sobre el hocico de su montura y reprimir así cualquier posibilidad de que resoplase. Alzó la vista y vio que Nikandros le había tapado la boca a Jokaste y la retenía dentro del carro con firmeza y desde detrás con gesto serio.

Los hombres de Kastor se acercaron pisando fuerte, y Damen intentó no pensar en la manera tan poco profesional en la que habían ocultado el rastro de las ruedas de los carros, en las ramas de los árboles torcidas, en las hojas caídas de los matorrales y en todas las señales que indicaban que habían arrastrado dos vehículos desde el camino. Las capas rojas ondearon, y la patrulla galopó hacia ellos...

Pero pasó de largo. Los soldados continuaron por el camino en dirección a la finca de Heston.

El ruido de los cascos terminó por alejarse, y el silencio se apoderó del lugar y les permitió respirar tranquilos. Damen dejó que pasase un buen rato antes de asentir, momento en el que empezaron a moverse de nuevo y los cascos de las monturas chapotearon en las aguas al avanzar por el arroyo e internarse en el bosque, lejos del camino.

Hacía más frío a medida que avanzaban entre los árboles. La brisa que soplaba junto al riachuelo estaba fresca y las hojas los protegían del sol ardiente. No oyeron más que el ruido del agua y las salpicaduras al avanzar, ruidos que quedaban ahogados por los árboles.

Damen gritó para que se detuviesen al llegar al segundo meandro, y esperaron allí mientras él intentaba no pensar en las posibilidades que había de que Kastor recordase el día en el que habían encontrado aquel arroyo mientras cazaban de pequeños y si se lo habría comentado con tono cariñoso a Jokaste. De haber sido así, el meticuloso plan de la mujer a buen seguro habría apostado allí soldados, o ya estarían de camino hacia ellos.

El ruido de una ramita al romperse hizo que todos llevasen las manos a la empuñadura de las espadas; tanto akielenses como verecianos desenvainaron las armas sin hacer ruido alguno. Damen esperó en aquel silencio tan tenso. Otra rama que se partía.

Y luego vieron la cabeza rubia y la palidez de una camisa blanca, una figura esbelta que se abría paso entre los troncos de los árboles.

—Llegas tarde —dijo Damen.

—Te he traído un recuerdo.

Laurent le tiró un albaricoque. Damen sintió que un júbilo silencioso se apoderaba de los soldados del príncipe, mientras que los akielenses parecían un tanto aturdidos. Nikandros le pasó las riendas a Laurent.

—¿Así es como hacéis las cosas en Vere?

—¿Con eficacia, quieres decir?

Y luego el príncipe se subió a su caballo.

El riesgo de fracasar era muy alto y avanzaron poco a poco por el lecho del arroyo para proteger los carros. Los jinetes se adelantaron para asegurarse de que no aumentaba el caudal ni se aceleraba la corriente, y también de que el lecho seguía siendo de esa lutita que proporcionaba un buen agarre a las ruedas.

Damen dio el alto. Se acercaron a la orilla; allí había un afloramiento rocoso donde podrían disimular bien una hoguera. También había unas ruinas de granito por el lugar, que les servirían de cobertura. Reconoció las formas, ya que las había visto hacía poco en Acquitart y más recientemente en Marlas, aunque ahora no eran más que restos de una muralla, piedras resquebrajadas y cubiertas de maleza.

Pallas y Aktis hicieron buen uso de sus habilidades y pescaron varias piezas con unas lanzas, peces que desmenuzaron y envolvieron en hojas antes de comérselos con un vino fortificado. Supuso un cambio agradable para la dieta habitual de pan y queso curado que solían comer durante el camino. Los caballos, que permanecieron atados toda la noche, se agitaron un poco y olisquearon la tierra con suavidad. Jord y Lydos hicieron la primera de las guardias, mientras los demás se sentaban formando un semicírculo alrededor de una pequeña hoguera.

Cuando Damen se acercó para sentarse, todos se afanaron por ponerse en pie con torpeza. Un poco antes, Laurent le había tirado su saco de dormir y le había dicho que se lo preparase, y Pallas había estado a punto de desafiar al príncipe por tamaña afrenta contra el rey. Ahora, allí sentado mientras comían queso con naturalidad junto a su monarca, no tenían muy claro cómo comportarse. Damen sirvió una copa achatada de vino y se la pasó al soldado que estaba a su lado, que resultó ser Pallas, momento en el que se hizo un largo silencio en el que este hizo acopio de todo su valor para extender el brazo y tomarla de sus manos.

Laurent llegó en ese mismo momento, para dejarse caer en el tronco junto a Damen y empezar a contar con voz inexpresiva la aventura del burdel con la que había conseguido el traje azul, una tan desvergonzada que hizo sonrojar a Lazar, y tan divertida que Pallas empezó a enjugarse las lágrimas. Los verecianos formularon preguntas sinceras sobre la huida de Laurent del burdel, lo que dio lugar a respuestas también sinceras y más lágrimas, ya que todos tenían opiniones sobre burdeles, que se tradujeron bien y mal con resultados hilarantes. El vino no dejaba de fluir.

Los akielenses no se quedaron atrás y le contaron a Laurent cómo habían escapado de los soldados de Kastor para agacharse en el riachuelo, la carrera con esos carros tan lentos y la manera en la que se habían escondido entre la vegetación. Pallas imitó sorprendentemente bien la manera de montar de Paschal. Lazar lo contempló con evidente admiración. Pero lo que admiraba no era precisamente su imitación. Damen mordió el albaricoque.

Cuando se levantó un rato después, todos volvieron a recordar que era el rey, pero la rígida formalidad había desaparecido y regresó muy satisfecho al saco de dormir que había preparado con tanta eficiencia. Se tumbó sobre él mientras escuchaba el ruido del campamento, que se preparaba también para descansar.

Lo sorprendió oír pasos y el tenue sonido de un saco de dormir al caer en el suelo junto a él. Laurent se estiró y se tumbaron el uno junto al otro bajo las estrellas.

—Hueles a caballo —dijo Damen.

—Así es como conseguí despistar al perro.

Sintió que lo embargaba la felicidad, pero no dijo nada, sino que se limitó a quedarse tumbado bocarriba y alzar la vista a las estrellas.

—Es como en los viejos tiempos —aseguró Damen, aunque lo cierto era que nunca había vivido algo así.

—Mi primer viaje a Akielos —dijo Laurent.

—¿Te gusta?

—Es como Vere, pero con menos lugares en los que bañarse —explicó el príncipe.

Cuando Damen miró a un lado, vio que Laurent estaba tumbado sobre el costado en la misma postura que él y también lo miraba.

—El arroyo está ahí mismo.

—¿Quieres que pasee por la campiña akielense desnudo por la noche? —preguntó. Luego añadió—: Tú hueles a caballo tanto como yo.

—Más, de hecho —dijo Damen, con una sonrisa en el gesto.

Laurent era poco más que una silueta pálida recortada contra la luz de la luna. Tras él se encontraban el campamento que dormía, así como las ruinas de granito que terminarían por derrumbarse con el tiempo hasta perderse para siempre en las aguas.

—Son artesianas, ¿verdad? De ese antiguo imperio llamado Artes. Dicen que abarcaba nuestros países.

—Son las mismas ruinas que en Acquitart —aseguró Laurent. Pero no dijo: «Y las mismas que en Marlas»—. Mi hermano y yo jugábamos allí cuando éramos pequeños. Nos imaginábamos que matábamos a todos los akielenses para luego restaurar el antiguo imperio.

—Mi padre tenía la misma idea.

«Y mira cómo acabó». Laurent tampoco lo dijo. Respiraba con tranquilidad, como si estuviese relajado y soñoliento, allí tumbado a su lado. Damen habló sin pensar:

—Hay un palacio de verano en Ios, a las afueras de la capital. Mi madre diseñó los jardines del lugar. Dicen que está levantado sobre cimientos artesianos. —Pensó en los paseos serpenteantes, en las delicadas orquídeas meridionales en flor, en los ramilletes de azahar—. Hace fresco en verano y hay fuentes y pistas para cabalgar. —El pulso se le aceleró de una manera que no era propia de él y se avergonzó—. Cuando termine todo… podríamos ir allí a caballo y quedarnos una semana en el palacio. —No habían hablado de su futuro desde la noche que habían pasado en Karthas.

Notó la contención y la cautela de Laurent cuando se hizo un silencio un tanto extraño. Un momento después, el príncipe dijo:

—Me gustaría mucho.

Damen volvió a colocarse bocarriba y dejó que lo embargara la felicidad que le habían hecho sentir esas palabras, mientras levantaba la vista hacia el ancho mar de estrellas que se extendía sobre ellos.

QUINCE

Con la suerte que tenían no les extrañó nada que, tras cinco días avanzando por el lecho del río, el carro se rompiese tras reincorporarse al camino.

Se desplomó como un niño agresivo y bloqueó el segundo de los vehículos, cuyos pasajeros se apiñaron incómodos tras él. Lazar salió de debajo del carro con una mancha en la mejilla y anunció que se había roto el eje. Damen, que tenía sangre azul y no destacaba por sus conocimientos a la hora de reparar carros, asintió como si supiese a qué se había referido Lazar y ordenó a sus hombres que lo arreglasen. Todos desmontaron y se pusieron manos a la obra para volcar el carro y talar un árbol joven del que sacar madera.

Después apareció en el horizonte un escuadrón de soldados akielenses.

Damen alzó la mano para pedir silencio. Silencio sepulcral. Los cascos dejaron de retumbar y todo quedó inerte. La llanura les permitió ver a la perfección el escuadrón al trote y en formación: cincuenta soldados que viajaban en dirección noroeste.

—Como pasen por aquí… —dijo Nikandros en voz baja.

—¡Eh! —gritó Laurent. Había empezado a subirse encima del carro apoyándose en la rueda delantera. Tenía un jirón de tela amarilla en la mano y, una vez arriba, empezó a agitarlo con ahínco para que lo viese el escuadrón—. ¡Eh! ¡Akielenses!

Damen sintió que le daba un vuelco el estómago y dio un inútil paso al frente.

—¡Detenedlo! —Nikandros había empezado a hacer un movimiento igual de fútil. Demasiado tarde. En el horizonte, el escuadrón había empezado a virar como si de una bandada de estorninos se tratara.

Era demasiado tarde para evitarlo. Demasiado tarde para agarrar a Laurent por el tobillo. El escuadrón los había visto. No sirvió de nada imaginarse por unos instantes ahorcando al príncipe. Damen miró a Nikandros. Los superaban en número y no había lugar donde ocultarse en aquella llanura amplia. Los dos se pusieron en guardia con sutileza para encarar a los soldados que se acercaban. Damen calculó la distancia que los separaba de los soldados más cercanos, calculó las posibilidades que tenía de acabar con ellos, de acabar por su cuenta con el número suficiente de soldados para equilibrar un poco la contienda.

Laurent había empezado a descender del carro sin soltar la tela. Saludó al escuadrón con alivio y una versión muy exagerada de su acento vereciano.

—Gracias, oficial. No sé qué habríamos hecho si no hubieseis parado. Tenemos por aquí dieciocho rollos de tela para entregar a Milo de Argos y, como puedes ver, Christofle nos ha vendido un carro en mal estado.

El oficial en cuestión podía reconocerse gracias a las mejores condiciones en las que se encontraba su caballo. Tenía el pelo corto y negro debajo del casco y una de esas expresiones inflexibles que eran fruto de un entrenamiento continuado. Echó un vistazo alrededor en busca de un akielense y se topó con Damen.

Damen intentó mantener un gesto neutro y no mirar los carros. El primero estaba lleno de telas, pero hacinados en el segundo se encontraban Jokaste, Guion y su esposa. Los descubrirían en caso de que se abriesen las puertas. No habría vestido azul que los salvase de algo así.

—¿Sois mercaderes?

—Lo somos.

—¿Cómo te llamas? —preguntó el oficial.

—Charls —respondió Damen, ya que era el nombre del único mercader que conocía.

—¿Eres Charls, el famoso mercader vereciano de telas? —preguntó el oficial con escepticismo, como si fuese un nombre que conociese muy bien.

—No —dijo Laurent, como si el oficial acabase de decir una gran estupidez—. Yo soy Charls, el famoso mercader vereciano de telas. Él es mi ayudante, Lamen.

El oficial pasó a mirar a Laurent en el silencio posterior, luego volvió a fijarse en Damen. Después miró el carro y examinó cada grieta, cada mota de polvo y cada señal propia de un viaje muy largo, con todo lujo de detalles.

—Bueno, Charls —dijo al fin—. Parece que se os ha roto el eje.

—Tus hombres no podrían ayudarnos con las reparaciones, ¿verdad? —preguntó.

Damen se lo quedó mirando. Estaban rodeados por cincuenta soldados akielenses. Jokaste seguía dentro del carro.

—Patrullamos en busca de Damianos de Akielos —dijo el oficial.

—¿Quién es Damianos de Akielos? —preguntó Laurent.

Tenía una expresión del todo tranquila y miraba al militar a caballo con los ojos abiertos y sin parpadear.

—Es el hijo del rey —se oyó decir Damen—. El hermano de Kastor.

—No seas tonto, Lamen. El príncipe Damianos está muerto —aseguró Laurent—. No creo que el oficial se refiera a ese Damianos. —Después se giró hacia el militar—. Perdona a mi ayudante. No se le dan muy bien los asuntos akielenses.

—Al contrario. Corre el rumor de que Damianos de Akielos está vivo y llegó a esta provincia con sus hombres hace seis días—. El oficial hizo un ademán en dirección a su escuadrón para indicarles que se acercasen—. Damianos está en Akielos.

Para sorpresa de Damen, el gesto había sido para que se pusieran a arreglar el carro. Uno de los soldados pidió a Nikandros un pedazo de madera donde apoyar la rueda. Él se lo entregó sin mediar palabra. Tenía el gesto ligeramente estupefacto que Damen recordaba de varias de sus aventuras con Laurent.

—Cuando os hayan reparado el carro, os acompañaremos hasta la posada —afirmó el oficial—. Allí estaréis seguros. Es donde se hospeda el resto de la guarnición.

Acababa de usar el mismo tono de voz que había puesto Laurent cuando había preguntado: «¿Quién es Damianos?».

En ese momento, le quedó muy claro que el tipo tenía algunas sospechas. Puede que un oficial de provincias no llegase a sentirse del todo cómodo revisando los carros de un reconocido mercader en mitad del camino. Pero cuando llegasen a la posada, pediría a sus hombres que los investigasen sin tapujos. Además, ¿por qué arriesgarse a un enfrentamiento con una docena de guardias en el camino si podías escoltarlos sin más hasta los brazos abiertos de tu guarnición?

—Gracias, oficial —dijo Laurent sin titubear—. Iremos detrás.

Se llamaba Stavos y, cuando terminaron de arreglar el carro, cabalgó junto a Laurent mientras el resto cabalgó bien recto en la silla de montar en dirección a la posada. La confianza de Stavos parecía incrementarse a medida que avanzaban, lo que hizo que Damen empezase a temer por su vida. No obstante, mostrar la más mínima reticencia era como confirmar que ocultaban algo, así que se limitó a seguir cabalgando.

La posada era uno de esos grandes mesones de Mellos, equipado para invitados importantes, y la entrada la conformaban unas grandes rejas a través de las que los carros y los carruajes podían cruzar hasta un patio central, donde había pastos de sobra para las bestias de carga y establos para los caballos buenos.

La sensación de peligro de Damen se intensificó cuando atravesaron las verjas y llegaron al patio lleno de baches. Había unos barracones de buen tamaño, y le quedó claro que la posada era un lugar de paso para los militares de la región. Era algo bastante habitual en las provincias: los mercaderes y los viajeros de alta cuna apreciaban y hasta llegaban a subvencionar la presencia de militares, lo que hacía que el caché del establecimiento aumentase con respecto a las tabernas habituales, donde ni siquiera un esclavo con algo de honor se arriesgaba a comer. Damen calculó que habría unos cien soldados.

—Gracias, Stavos. Ya nos encargamos nosotros.

—Qué va. Dejad que os escolte al interior.

—Muy bien. —Laurent no titubeó en ningún momento—. Vamos, Lamen.

Damen lo siguió al interior, del todo conscientes de que los estaban separando del resto de los hombres. El príncipe se limitó a entrar en la posada.

El lugar era de arquitectura akielense, con techos altos y un asador enorme en la chimenea, que llenaba la estancia con aroma a carne asada. Solo había otro grupo de huéspedes, que se entreveía a través de un pasillo abierto, sentado alrededor de una mesa en mitad de una discusión muy animada. A la izquierda había una escalera de piedra que llegaba hasta los dormitorios del primer piso. Dos soldados akielenses se habían apostado en la entrada, mientras que otros dos se encontraba en la puerta del otro extremo y el propio Stavos llevaba una escolta de cuatro soldados.

A Damen se le ocurrió pensar que las escaleras sin barandilla podrían darle ventaja en una pelea, como si fueran a ser capaces de enfrentarse a una guarnición completa entre dos. Como mucho, conseguiría superar a Stavos. Quizá negociar con él algún tipo de acuerdo. Su vida a cambio de la libertad de ambos.

Stavos había empezado a presentar a Laurent al posadero.

—Este es Charls, el famoso mercader vereciano de telas.

—Ese no es Charls, el famoso mercader vereciano de telas.

El posadero miró a Laurent.

—Te aseguro que lo soy.

—Yo te aseguro a ti que no. Charls, el famoso mercader vereciano de telas, está aquí.

Se hizo un silencio.

Damen miró a Laurent como quien se dirige a la raya del suelo en una competición de lanzamiento de jabalina después de que el último contrincante haya hecho diana.

—Eso es imposible. Que venga aquí.

—Sí, que venga aquí —repitió Stavos, y todos esperaron mientras un sirviente se dirigía al grupo de huéspedes de la estancia contigua. Un momento después, Damen oyó una voz que le resultó familiar.

—¿Quién es ese impostor que dice ser…?

Se quedaron cara a cara con Charls, el famoso mercader vereciano de telas.

Había cambiado muy poco desde la última vez que se habían visto hacía ya meses, y tenía esa expresión seria propia de un mercader, al igual que sus prendas, que eran de un brocado pesado y de aspecto muy caro. Era un hombre de treinta y largos años, con una naturaleza ansiosa atemperada por la soltura que había desarrollado tras muchos años de oficio.

Charls miró los inconfundibles ojos azules y el cabello rubio de su príncipe, a quien había visto por última vez sobre el regazo de Damen y vestido de mascota en una taberna de Nesson. Abrió los ojos como platos. Luego, con esfuerzo heroico comentó:

—¡Charls! —dijo Charls.

—Si él es Charls, ¿quién eres tú? —preguntó a Charls el oficial.

—Yo soy… —empezó a decir Charls.

—Es Charls. Lo conozco desde hace ocho años —respondió el posadero.

—Así es. Este es Charls y yo soy Charls. Somos primos —comentó Charls, con tono jovial—. Tenemos el mismo nombre que nuestro abuelo Charls.

—Gracias, Charls. Este hombre cree que soy el rey de Akielos —aseguró Laurent.

—Solo sospechaba que podrías ser un espía del rey —comentó Stavos con tono irritado.

—¿Un espía del rey? ¿Cuando este ha subido los impuestos y amenazado con llevar a la bancarrota a toda la industria textil? —preguntó Laurent.

Damen apartó la vista para no mirar a Laurent directamente a los ojos, mientras que los demás no dejaban de contemplar su tez clara, las cejas rubias y arqueadas y las manos extendidas, un gesto vereciano que casaba muy bien con el acento.

—Creo que todos estaremos de acuerdo con que no es el rey de Akielos —comentó el posadero—. Si Charls dice que es su primo, no hay mucho más que hablar.

—Es mi primo, sin duda —aseguró Charls.

Un momento después, Stavos hizo una reverencia un tanto rígida.

—Mis disculpas, Charls. Intentamos tomar toda precaución posible en los caminos.

—No tienes por qué disculparte, Stavos. Tu cautela es motivo de orgullo —comentó Laurent, antes de dedicarle la misma reverencia rígida.

Después se quitó la capa de montar y se la pasó a Damen para que se la sostuviera.

—¡De incógnito otra vez! —comentó Charls en voz baja mientras llevaba a Laurent a su mesa junto al fuego—. ¿Qué ha pasado ahora? ¿Estáis en mitad de una misión para la corona? ¿Una reunión secreta? No temáis, alteza… Será todo un honor guardaros el secreto.

Charls presentó a Laurent a los seis hombres que se sentaban a la mesa y todos se mostraron sorprendidos y encantados de conocer al primo pequeño de Charls en Akielos.

—Este es mi ayudante, Guilliame.

—Este es el mío, Lamen —dijo Laurent.

Y fue así cómo Damen se encontró en una mesa llena de mercaderes verecianos dentro de una posada de Akielos, hablando sobre tela. El grupo de Charls estaba formado por seis hombres en total, todos comerciantes. Laurent se colocó junto a Charls y el mercader de seda Mathelin, mientras que Lamen quedó relegado a un pequeño taburete de tres patas que había en un extremo de la mesa.

Los criados les llevaron unos panes sin levadura mojados en aceite con aceitunas, así como carne que acababan de sacar del espetón. Vertieron vino tinto en unos cuencos para luego servirlo en copas achatadas. La bebida no estaba nada mal, pero no había bailarines ni flautistas, que Damen creía que era lo mejor que se podía esperar de una posada pública.

Guilliame se acercó para hablar con él, ya que tenían el mismo estatus social.

—Lamen. Es un nombre poco habitual.

—Es patrense —dijo Damen.

—Hablas muy bien el akielense —dijo, despacio y en voz alta.

—Gracias.

Al llegar, Nikandros se había colocado como buenamente había podido en uno de los extremos de la mesa. Frunció el ceño al darse cuenta de que tenía que informar a Laurent.

—Ya hemos descargado los carros, Charls.

—Gracias, soldado —dijo Laurent, quien luego alzó la voz para dirigirse al grupo—. Solemos trabajar en Delfeur, pero me he visto obligado a venir al sur. Nikandros es un kyros de lo más pésimo —comentó Laurent en voz lo bastante alta como para que Nikandros lo oyese—. No tiene ni idea de telas.

—Cuánta verdad —convino Mathelin.

—Vetó el comercio con seda kemptiana —explicó Charls—. ¡Y cuando intenté vender seda de Varenne la gravó con cinco soles por rollo!

El comentario recibió las exclamaciones de desaprobación que merecía, y la conversación pasó a versar sobre las dificultades del comercio en la frontera y la agitación que se había extendido entre los convoyes. De ser cierto que Damianos había regresado al norte, Charls esperaba que aquel fuese el último indicio antes de que cerrasen por completo los caminos. La guerra era inminente y venían vacas flacas.

Especularon sobre el precio de los cereales en tiempos de guerra, y cómo esto afectaría a los productores y a los agricultores. Nadie sabía mucho sobre Damianos ni por qué su príncipe se había aliado con él.

—Charls conoció al príncipe de Vere en una ocasión —comentó Guilliame a Damen, que bajó la voz hasta poner tono conspiratorio—. En una taberna de Nesson, disfrazado de... —La bajó aún más—. De prostituta.

Damen miró al príncipe, que estaba sumido en una conversación. Repasó las facciones que le resultaban tan familiares, la expresión insensible que relucía dorada a la luz de la chimenea.

—¿En serio?

—Me dijo que me imaginase a la mascota más cara que pudiese y luego lo exagerase aún más. Pues ese es el aspecto que tenía.

—¿De verdad? —preguntó Damen.

—Claro. Charls supo quién era desde un primer momento, porque no podía evitar sus gestos principescos y su nobleza de espíritu.

—Me imagino —convino Damen.

Al otro lado de la mesa, Laurent había empezado a formular preguntas sobre las diferencias culturales en el comercio. A los verecianos les gustaban las telas recargadas y los tintes, los tejidos y los adornos. Por el contrario, los akielenses se fijaban más en la calidad y lo cierto era que sus tejidos eran más sofisticados y su estilo, en principio sencillo, dejaba a la vista todos los detalles de la tela. Había razones para decir que era más complicado comerciar allí.

—Quizá podrías animar a los akielenses para ponerse mangas. Venderías más tela —dijo Laurent.

Todos rieron con educación al oír el chiste, y luego uno o dos de los comensales pusieron gesto reflexivo, como si al joven primo de Charls se le acabase de ocurrir por accidente una buena idea.

Sus hombres dormían en los edificios anexos. Damen, el ayudante, se dedicó a comprobar el estado de los soldados y de los carros, momento en el que vio que Jord y la mayoría ya se habían ido a dormir. Guion también estaba en uno de esos edificios, incómodo. Paschal roncaba. Lazar y Pallas compartían una manta. Nikandros estaba despierto con los dos soldados que vigilaban los carros, donde Jokaste pasaba la noche con Loyse, la esposa de Guion.

—Todo está tranquilo —informó Nikandros.

Uno de los trabajadores de la posada salió con un farol en la mano y atravesó el patio para informar a Lamen de que ya tenía la habitación preparada. La segunda puerta a la derecha.

Siguió el farol. Una vez en el interior, el lugar estaba a oscuras y en silencio. Charls y su grupo se habían retirado, y las últimas ascuas ardían en la chimenea. Las escaleras de piedra estaban pegadas a la pared y no contaban con barandilla, algo típico de la arquitectura akielense y cuya seguridad dependía en gran medida de que los parroquianos no se emborrachasen.

Subió por ellas. Sin el farol no veía muy bien, pero no tardó en encontrar la segunda puerta a la derecha y la abrió.

La estancia era acogedora y simple, con paredes de piedra cubiertas con una gruesa capa de yeso y un fuego para calentarla en la chimenea. Tenía una cama, una mesa de madera con una jarra de agua, dos ventanas pequeñas con grandes alféizares y cristales tintados. El lugar estaba bien iluminado; había tres velas encendidas, lo que de por sí era todo un despilfarro, con llamas tenues y que le daban a la habitación un resplandor cálido y cordial.

La silueta de Laurent se recortaba contra la luz de las velas, color crema y dorada. Se acababa de bañar y se secaba el pelo. Se había cambiado el algodón akielense por una bata vereciana, suelta y de la que colgaban unos cordeles. También había tirado al suelo toda la ropa de cama del pequeño catre estilo akielense, para amontonarlo frente a la chimenea. Hasta había colocado en el suelo el colchón limpio para juntarlo con el camastro que había allí.

Damen miró lo que había preparado y dijo, con cautela:

—El posadero me ha dicho que me quede aquí.

—Se lo he ordenado yo —aseguró Laurent.

Se estaba acercando a él. Damen sintió que el corazón le latía desbocado, a pesar de que se había quedado muy quieto e intentaba no hacer ninguna conjetura peligrosa.

—Es nuestra última oportunidad de acostarnos en una cama de verdad antes de llegar al Salón de los Reyes.

Damen no tuvo tiempo de decirle que aquello no era una cama de verdad, porque Laurent ya se le había echado encima. Alzó las manos automáticamente y lo agarró con fuerza por los costados, por encima de la tela fina de la bata. Empezaron a besarse, y Laurent le pasó los dedos por el pelo y le tiró hacia abajo de la cabeza. Damen sintió el sudor y la suciedad de tres días de viaje a caballo contra la piel limpia y fresca de Laurent.

Al príncipe no parecía importarle. De hecho, le dio la impresión de que hasta le gustaba. Damen lo empujó contra la pared y lo besó en los labios. Laurent olía a jabón y a algodón limpio. Le clavó los pulgares en la cintura.

—Tengo que bañarme —dijo a Laurent al oído. Dejó que los labios le rozasen la piel sensible de debajo.

Volvieron a besarse, con premura e intensidad.

—Pues venga. Báñate ya.

Notó cómo lo empujaba hacia atrás y se lo quedó mirando desde la distancia. Laurent, que seguía apoyado en la pared, cabeceó en dirección a una pequeña puerta de madera. Luego arqueó las cejas rubias.

—¿O creías que te iba a servir?

Una vez en la habitación contigua, Damen contempló los jabones y las toallas limpias, la enorme bañera de madera llena de agua humeante y el pequeño cubo que había junto a ella. Todo se había dispuesto con antelación: un sirviente había traído las toallas y llenado la bañera. De hecho, se trataba de algo muy propio de Laurent, aunque esa fuera la primera vez que Damen lo experimentaba en aquel contexto.

El príncipe no lo siguió al interior, sino que dejó que se lavase de manera utilitaria. Le sentó muy bien quitarse de encima todo el polvo y la tierra del camino. Y también había algo tentador en el hecho de separarse para pasar un tiempo acicalándose. Nunca antes habían tenido el lujo de prolongar el acto amoroso, de hacerlo de manera deliberada y sin prisas como si de una Primera Noche se tratara. Damen empezó a darle vueltas a todas las cosas que les quedaban por hacer juntos.

Se enjabonó el cuerpo a conciencia. Después se derramó agua sobre el pelo, se lo frotó, se secó con la toalla y salió de la bañera de madera.

Cuando volvió a la alcoba, tenía la piel roja debido al vapor y al agua, la toalla envuelta alrededor de la cintura y el torso y los hombros llenos de gotitas que le caían de las puntas del pelo.

También distinguió la mano y la preparación de Laurent en aquella situación, como si se acabara de dar cuenta en ese momento: las velas encendidas, la ropa de cama preparada y el propio príncipe, limpio y ataviado con la bata. Pensó en Laurent aguardándolo con expectación. Era una situación encantadora, porque estaba claro que el príncipe no sabía a ciencia cierta qué hacer, pero había actuado para intentar tenerlo todo bajo control.

—¿Es la primera vez que sirves a un amante?

Solo pronunciar la palabra hizo que se ruborizase, y vio que Laurent hacía lo propio.

—¿Te has bañado? —preguntó Laurent.

—Sí —respondió Damen.

El príncipe se encontraba en pie al otro lado de la estancia, cerca de la estructura vacía de la cama. Parecía tenso a la luz de las velas, como si el estrés lo hubiese paralizado.

—Da un paso atrás —dijo Laurent.

Damen tuvo que girar la cabeza para comprobarlo, porque dar ese paso significaba quedarse pegado a la pared. Tenía el catre improvisado y las sábanas a su izquierda en el suelo. La pared era una presencia más que firme detrás de él.

—Ahora apoya las manos en el yeso —indicó Laurent.

Las tres llamas de las velas se agitaron, y Damen percibió mejor el lugar donde se encontraban. El príncipe había dado un paso al frente y tenía un gesto sombrío en la mirada. Al verlo, Damen apoyó las palmas de las manos contra el yeso que tenía detrás.

Laurent no apartaba la vista de él. La estancia estaba en silencio, y las paredes gruesas aseguraban que solo se oyese el chisporrotear de la chimenea. No se apreciaba nada del exterior, ya que en los cristales tintados de las ventanas solo se veía el reflejo de la llama de las velas.

—Quítate la toalla —dijo Laurent.

Damen apartó una mano de la pared y se soltó la toalla. Cuando deshizo el nudo, esta le cayó desde la cintura hasta el suelo.

Vio la reacción de Laurent al contemplar su cuerpo. Las personas vírgenes a inexpertas solían ponerse nerviosas, algo que Damen disfrutaba como si de un desafío se tratara; el titubeo convertido en ansias y placer. El hecho de ver en Laurent el atisbo de una reacción similar lo satisfacía en las profundidades de su ser. El príncipe terminó por alzar la vista del lugar donde la había centrado por instinto.

Damen permitió que Laurent lo contemplase, que viese su desnudez expuesta, la obviedad de su erección. El ruido de las llamas de la chimenea chisporroteó con estruendo al devorar la madera recién cortada.

—No me toques —dijo Laurent.

Y se arrodilló en el suelo de la posada.

El simple hecho de verlo lo dejó sin palabras y estupefacto. Se le aceleró el pulso, aunque intentó por todos los medios no dar por hecho qué era lo que iba a ocurrir a continuación.

Laurent no había levantado la cabeza, sino que se limitaba a mirar la desnudez de Damen. Abrió un poco los labios, lo que hizo que la tensión se incrementase ahora que estaba más cerca de ocurrir. Poco después, sintió el aliento del príncipe contra su cuerpo.

Iba a hacerlo. «Uno no se saca la polla cuando ve a una pantera abrir la boca». Damen no se movió ni respiró. Laurent le había puesto una mano encima, y lo único que él podía hacer era quedarse allí en pie, con las palmas presionadas contra el yeso. La idea de ver cómo el frígido del príncipe de Vere se la chupaba era imposible de por sí. Laurent también apoyó la mano contra la pared.

Vio el rostro de Laurent desde un ángulo diferente. El rubio batir de sus pestañas ocultó el azul de debajo. El silencio que los rodeaba en la estancia se tornó en algo irreal, un lugar compuesto por muebles simples y la estructura de una cama vacía. Laurent se metió la punta en la boca.

Damen se golpeó la cabeza contra el yeso. El cuerpo al completo empezó a arderle y emitió un ruido, uno brusco y grave propio de las ansias, un momento de sensaciones puras al tiempo que cerraba los ojos.

Los volvió a abrir justo a tiempo para ver cómo la cabeza gacha de Laurent se echaba hacia atrás. Bien podría haber sido fruto de su imaginación, pero vio que la punta estaba húmeda.

Damen notó la aspereza del yeso en la palma de las manos, allí confinado contra la pared como estaba. Laurent tenía los ojos muy oscuros; el pecho le subía y bajaba al ritmo de sus jadeos. Le dio la impresión de que le daba vueltas a algo, pero no tardó en volver a inclinarse hacia delante.

—Laurent —dijo Damen en un gruñido. Había vuelto a separar los labios para acercarlos a su cuerpo. Empezó a jadear. Le dieron ganas de moverse, de empujar, pero no podía. Era demasiado, pero insuficiente al mismo tiempo. Intentó controlar su cuerpo y se resistió a todos sus instintos.

Clavó los dedos en el yeso. No sabía cuál era la batalla que el príncipe estaba librando en su mente, pero no le había impedido demostrar su habilidad con delicadeza, con una consideración muy sensual y ajena a todo ritmo o ansias por llegar al clímax. Era algo de una exquisitez insoportable. Laurent tenía que haberlo notado, tenía que haber paladeado las gotas saladas de su deseo, sus ansias. Pensar en ello fue superior a Damen y estuvo a punto de terminar con todo.

No se había imaginado que fuese a ser así. Conocía bien la boca de Laurent y sus capacidades feroces. Sabía que era su arma principal. El príncipe la mantenía cerrada en el día a día, apretándola para convertir esa forma lujuriosa en poco más que una línea estrecha. Damen había visto a Laurent destripar personas con esos labios.

Labios que ahora se afanaban por darle placer; palabras que había intercambiado por la polla de Damen.

Iba a correrse en la boca del príncipe. Se percató de aquel hecho único y sorprendente un momento antes de que Laurent empezase a deslizar la lengua hasta la base, en un gesto lento y bien practicado. El calor se apoderó de él, en un estallido, y Damen se dejó llevar antes de ser capaz de evitarlo, demasiado pronto, abrumado y superado. El cuerpo se le agitó a pesar de que hizo todo lo posible por no moverse. El estómago le dio un vuelco y hundió aún más los dedos en el yeso.

Terminó por abrir los ojos. Tenía la cabeza apoyada en la pared y vio cómo Laurent apartó la cabeza, aún con esa mirada sombría. Supuso que se iba a acercar al fuego para escupir, pero no lo hizo. Tragó. Se llevó el dorso de la mano a la boca, se puso en pie y se acercó a la ventana para luego mirar a Damen con algo de cautela.

Él se apartó de la pared.

Cuando llegó hasta donde se encontraba Laurent, volvió a apoyar la mano contra el yeso, pero en esta ocasión junto a la cabeza del príncipe. Vio cómo se le agitaba el pecho en el espacio que los separaba. Sin duda Laurent acababa de tener una erección provocada por lo que acababa de hacer.

A Damen le quedó claro que Laurent no sabía muy bien cómo procesar el hecho de haberse puesto a tono, y una parte de ello se debía a que no tenía muy claro qué hacer a continuación. Era de una de esas extrañas lagunas en su experiencia, una que Damen había sido incapaz de predecir.

—Un intercambio justo, ¿no? —dijo Laurent a la tenue luz de las velas.

—No sé. ¿Qué quieres tú?

Los ojos de Laurent se volvieron más sombríos aún. Damen casi vio en ellos la batalla que libraba en su interior y vio cómo el príncipe se tensaba aún más. Durante unos instantes, creyó que no iba a responder, ya que decir a viva voz lo que deseaba le resultaba demasiado doloroso.

—Muéstrame cómo sería —dijo Laurent.

Se ruborizó nada más pronunciar las palabras, palabras que lo dejaron expuesto; un joven inexperto arrinconado contra la pared de yeso de la posada.

En el exterior se apreciaba el paisaje hostil de Akielos, lleno de enemigos y personas que querían verlo muerto, un lugar peligroso que tendrían que atravesar antes de estar a salvo.

Allí dentro estaban solos. La luz de las velas hizo que los cabellos de Laurent adquiriesen un tono dorado, que brotasen algo parecido a llamas en las puntas de sus pestañas y en el cuello. Damen se imaginó que lo estaba cortejando en una tierra extranjera donde no había ocurrido nada entre ellos, haciéndole el amor con palabras en un balcón, quizá, rodeados por las flores perfumadas que se alzaban desde un jardín nocturno, con el resplandor de una fiesta tras ellos. Como si Laurent fuese un pretendiente que desafiaba los límites de su atención.

—Te cortejaría —dijo Damen—, con la elegancia y la cortesía que mereces.

Desanudó el primero de los cordeles de la camisa de Laurent y la tela empezó a separarse, lo que dejó a la vista un atisbo del hueco de la garganta. Laurent separó los labios y se le empezó a agitar la respiración.

—No habría mentiras entre nosotros —comentó Damen.

Desanudó el segundo de los cordeles y sintió el latido grave de su corazón, la calidez de la piel de Laurent mientras sus dedos pasaban al tercero.

—Tendríamos tiempo para estar juntos —le aseguró.

Sintió que el príncipe se estremecía, como si no esperase que lo besase después de lo que acababa de hacer. Un momento después, se lo devolvió. La manera en la que Laurent besaba no se parecía en nada a la manera en la que hacía todo lo demás. Era simple y sin artificio alguno, como si besar fuese algo muy serio. Y también había cierta expectación en el gesto, como si esperase a que Damen tomase las riendas.

Al ver que no lo hacía, Laurent ladeó la cabeza para colocarla en otra posición mientras entrelazaba los dedos en el pelo de Damen, que aún tenía húmedo del baño. Fue el príncipe quien hizo que aumentase la intensad del beso. Damen sintió el cuerpo de Laurent apretado contra él y empezó a deslizar la mano dentro de la camisa abierta; le gustó abrir la palma y notar el tacto de su cuerpo, un gesto de propiedad con el que no hubiese soñado jamás antes de aquella noche y por el que aún creía que Laurent podía llegar a matarlo. El príncipe hizo un leve sonido para animarlo a continuar. Separó los labios de Damen por un instante, cerró los ojos y centró toda su atención en el roce.

—Te gusta hacerlo despacio. —Hundió la cabeza junto a la oreja del príncipe.

—Sí.

Besó el cuello de Laurent con mucha suavidad, mientras seguía deslizando la mano muy lento por su piel dentro de la camisa. La piel tan fina del príncipe era mucho más sensible que la suya, aunque durante el día se anudaba con fuerza las prendas más rígidas. Se preguntó si este reprimía las sensaciones por el mismo motivo por el que ahora se afanaba por admitirlas, con los dientes apretados.

Damen notó que volvía a tener una erección y pensó en meterse despacio dentro del príncipe, en tomarlo poco a poco tal y como a él le gustaba y permanecer así durante un buen rato, hasta que no supiesen dónde empezaba uno y dónde acababa el otro.

Laurent se levantó la camisa, se la quitó y permaneció allí en pie, desnudo frente a él como había hecho hacía ya mucho tiempo en los baños. En ese momento, Damen no fue capaz de contenerse y dio un paso al frente para empezar a rozar la piel del príncipe con la punta de los dedos, mientras las seguía con la vista, desde el pecho hasta la cadera. El cuerpo de Laurent era del color de la crema dorada a la luz de las velas.

El príncipe también lo miraba, como si el cuerpo de Damen destacase aún más ahora que ambos estaban desnudos. Fue Laurent quien lo empujó contra las sábanas, quien le puso las manos encima, quien lo tocó como si pretendiese aprender de memoria el contorno y la sensación que le producía su cuerpo, como si catalogase cada parte de él para luego almacenarla a buen recaudo.

Damen sintió el calor del fuego contra la piel mientras se besaban. El príncipe se apartó y pareció tomar una decisión, con la respiración acelerada pero bajo su control.

—Haz que me corra —dijo, y se colocó la mano de Damen entre las piernas.

Damen cerró la mano. Puede que la respiración de Laurent sí que se descontrolase un poco en ese momento.

—¿Así?

—No. Más despacio.

No hubo ningún cambio perceptible en Laurent, solo la manera en la que separó los labios y en que cerró un poco los ojos. Las reacciones del príncipe siempre habían sido sutiles y sus preferencias nunca habían sido obvias. No se había corrido en Ravenel mientras tenía la polla de Damen en la boca, y Damen se dio cuenta de que aún no sabía si se iba a correr en aquel momento.

Redujo la velocidad, tanto que un momento dado se limitó a agarrar con fuerza mientras pasaba el pulgar por el glande. Sintió el rubor de Laurent y disfrutó del peso de su pene erecto en la mano. Tenía una forma magnífica y tenía una proporción adecuada para el tamaño de su propietario. Rozó con los nudillos la línea de vello dorado que descendía desde el ombligo del príncipe.

El interés renovado de su cuerpo había pasado de una erección relajada a una intensa y primaria; estaba listo para montarlo, pero prefirió mantenerse al margen para contemplar cómo Laurent intentaba mantener la guardia baja.

Notó la opresión, el férreo control que Laurent ejercía sobre su cuerpo, con el vientre tenso y un músculo moviéndosele en la mandíbula. Sabía lo que significaba algo así. Damen no dejó de mover mano.

—¿No te gusta correrte?

—¿Es un problema? —Laurent jadeó, pero no consiguió que su voz sonase como siempre.

—Para mí no. Ya te contaré cómo ha sido cuando termine.

Laurent maldijo en voz baja y el mundo se puso del revés; el príncipe se encontraba de repente sobre él, muy excitado. Damen, ahora bocarriba sobre el colchón de paja, alzó la vista para mirarlo a los ojos. Sintió cómo el deseo se intensificaba en su interior ahora que habían cambiado de posición. Agarró el miembro de Laurent y dijo:

—Venga, hazlo.

Le parecía muy atrevido decirle a Laurent qué hacer en cualquier situación.

El primer embate contra él fue deliberado, un estallido de calor en su mano. Laurent no dejaba de mirarlo a los ojos, y Damen sintió que aquello era nuevo para el príncipe, igual que era nuevo para él encontrarse en una posición pasiva. Se preguntó si Laurent alguna vez lo había hecho con alguien en serio, y se estremeció al llegar a la conclusión de que no. El calor que lo hizo sentir la idea no le resultó nada agradable. Y entonces, al igual que el príncipe, se encontró presa de una situación en la que no había estado antes.

—Yo nunca… —dijo Damen.

—Ni yo… —dijo Laurent—. Serás mi primera vez.

Todo se magnificó en ese momento: la sensación del miembro de Laurent deslizándose cerca del suyo, el leve agitar de caderas, la piel acalorada. Las llamas de la chimenea calentaban demasiado, y a través de la palma apoyada en el costado de Laurent notó la tensión rítmica del músculo. Alzó la vista para mirar a Laurent, con ojos que sabía que mostraban más de lo que pretendía, que entregaban todo su ser, y el príncipe le respondió con otro embate.

—Y tú serás la mía —se oyó decir.

—Creía que una Primera Noche era algo especial en Akielos —comentó Laurent.

—Lo es para un esclavo —dijo Damen—. Para un esclavo lo es todo.

El primer estremecimiento de Laurent llegó acompañado de su primer ruido, inconsciente a causa del esfuerzo tras empezar a dejarse llevar por su cuerpo. No habían dejado de mirarse con los ojos abiertos como platos, y Damen empezó a perder el control. Llegaron al clímax a pesar de que ninguno estaba dentro del otro, pero lo hicieron juntos, como si fuesen uno.

Laurent empezó a jadear encima de él, con el cuerpo aún estremeciéndosele, temblores que poco a poco eran más espaciados. Tenía la cabeza ladeada y ya no miraba a Damen, como si hubiesen compartido suficiente a esas alturas. Damen había apoyado la mano sobre la piel acalorada del príncipe y sentía el latido de su corazón contra ella. Notó que Laurent se movía, demasiado pronto.

—Voy a…

El príncipe se apartó mientras Damen se tumbaba de espaldas, con un brazo por encima de la cabeza; tardaba más en recuperarse. Cuando Laurent se separó de él, sintió otra vez la calidez del fuego contra su piel y oyó el repiqueteo de las llamas.

Vio cómo Laurent cruzaba la estancia para agarrar unas toallas y una jarra de agua, sin haber terminado de jadear siquiera. Sabía que el príncipe se ponía muy aprensivo después de hacer el amor y le gustó saberlo, le gustó aprender poco a poco sus idiosincrasias. Laurent hizo una pausa, apoyó los dedos en el borde de madera de la mesa y se quedó allí respirando en la luz tenue. Sus hábitos poscoitales también eran una excusa con la que disimulaba la necesidad de tener un momento a solas, y Damen también lo sabía.

Cuando regresó, dejó que el príncipe lo limpiase con la toalla, con una agradable amabilidad que no esperaba y que también formaba parte del comportamiento de Laurent en la cama. Le dio un sorbo a una copa achatada que este le tendió y luego la volvió a rellenar para el príncipe, algo que este tampoco esperaba. Laurent estaba sentado con la espalda recta e incómodo sobre las sábanas de la cama improvisada.

Damen se estiró con comodidad y luego esperó a que Laurent hiciese lo mismo. Tardó más que con cualquier otro amante. Laurent terminó por acostarse a su lado, tenso y torpe. Estaba más cerca de la chimenea, que era la única fuente de luz que quedaba en la estancia y creaba lagunas de luz y sombra por todo su cuerpo.

—Aún lo llevas.

Fue incapaz de no decirlo. La muñeca de Laurent pesaba a causa del oro, que tenía un color similar al de sus cabellos a la luz de las llamas.

—Y tú.

—Dime por qué.

—Ya lo sabes —dijo Laurent.

Estaban tumbados uno al lado del otro, entre las sábanas, el colchón y los cojines aplastados. Damen rodó para colocarse bocarriba y se quedó mirando el techo. Sentía los latidos de su corazón.

—Me voy a poner muy celoso cuando te cases con una princesa de Patras —se oyó decir Damen.

La habitación se quedó en silencio tras decirlo; volvió a oír el fuego y su respiración se convirtió en un estruendo. Laurent habló un momento después:

—No habrá princesa de Patras. Ni hija del imperio.

—Tienes la obligación de continuar con tu linaje.

Damen no sabía por qué lo había dicho. Había marcas en el techo, que estaba panelado y no cubierto de yeso. Vio las espirales oscuras y las vetas de la madera.

—No. Soy el último. Mi linaje terminará conmigo. —Damen se giró y vio que Laurent no lo estaba mirando, sino que tenía la vista puesta en algún punto de la estancia tenuemente iluminada. Hablaba en voz baja—. Es algo que nunca le he dicho a nadie.

No quiso romper el silencio posterior, ni el palmo de distancia que separaba sus cuerpos, esa distancia cautelosa que había entre ellos.

—Me alegro de que estés aquí —dijo Laurent—. Siempre he pensado que tendría que enfrentarme solo a mi tío.

Se giró para mirar a Damen, momento en el que sus miradas se cruzaron.

—No estás solo —aseguró este.

Laurent no respondió, sino que le dedicó una sonrisa y extendió la mano para tocarlo sin articular palabra.

Se separaron de Charls seis días después, tras alcanzar la provincia más meridional de Akielos.

Había sido un viaje sinuoso pero relajado, días que pasaban entre el zumbido de los insectos y los descansos por la tarde para evitar lo peor del calor. El convoy de carros de Charls los hacía parecer respetables, por lo que cruzaron entre las patrullas de Kastor sin problema alguno. Jord enseñó a Aktis a jugar a los dados, y este a su vez le enseñó algunas palabras muy bien escogidas en akielense. Lazar persiguió a Pallas con la confianza desganada que haría que el soldado se levantase la falda tan pronto tuviesen la más mínima privacidad. Paschal le dio algunos consejos gratuitos a Lydos, quien se marchó aliviado tras descubrir que sus dolencias tenían solución médica.

Cuando los días se volvían demasiado calurosos, se retiraban al cobijo de las posadas y los caserones. En una ocasión, llegaron a una granja enorme donde les dieron pan, queso curado e higos, así como dulces akielenses, miel y nueces, que atrajeron muchas avispas en aquel calor húmedo del ambiente.

Damen estaba sentado en una mesa por fuera de la granja frente a Paschal, quien cabeceó en dirección a Laurent, que se encontraba bajo las ramas frescas de un árbol en la distancia.

—No está acostumbrado al calor.

Era cierto. Laurent no estaba hecho para los veranos akielenses y, durante el día, se ponía a la sombra de los carros o, en los caserones, permanecía debajo de un toldo o a la sombra de los árboles frondosos. Pero no daba más señales de su incomodidad: no se quejaba ni se escabullía cuando había trabajo que hacer.

—Nunca me contaste cómo habías terminado en el bando de Laurent.

—Era el galeno del regente.

—Atendías a los suyos, entonces.

—Y a sus niños —añadió Paschal.

Damen no dijo nada.

Un momento después, el galeno continuó:

—Antes de morir, mi hermano formaba parte de la Guardia del Rey. A diferencia de él, yo nunca le juré lealtad al rey, pero me gusta pensar que es lo que estoy haciendo ahora.

Damen se abrió paso hasta el arroyo donde se encontraba Laurent, con la espalda apoyada en el tronco de un ciprés joven. Llevaba sandalias y el quitón de algodón blanco, holgado y maravilloso. Contemplaba el paisaje: Akielos bajo el cielo azul.

Las colinas se extendían hasta una costa lejana, donde el océano relucía y había casas apiñadas, blancas como velas y de una geometría similar. La arquitectura tenía la elegancia simple que los akielenses estimaban en aquel arte, en las matemáticas y también en la filosofía, esa misma elegancia a la que Laurent había reaccionado en silencio durante el viaje.

Damen se detuvo unos instantes, pero fue Laurent quien se dio la vuelta y dijo:

—Qué bonito.

—Pero hace calor —aseguró Damen. Después llegó hasta la orilla de guijarros, se inclinó y humedeció una tela en las aguas cristalinas del arroyo. Se le acercó.

—Acércate —dijo Damen en voz baja. Laurent agachó la cabeza tras un ligero titubeo y permitió que Damen le derramase agua fresca en la nuca, mientras él cerraba los ojos y soltaba unos leves gemidos de alivio. Había que estar muy cerca para percatarse del rubor que se apoderó de sus mejillas, y también del ligero sudor que le humedecía las raíces del pelo.

—Alteza, Charls y los mercaderes se preparan para partir. —Pallas los había pillado con las cabezas muy juntas, y una gota de agua se derramó poco a poco por el cuello de Laurent. Damen alzó la vista, con una mano apoyada en el tronco áspero del árbol.

—Veo que antes eras esclavo y que Charls te ha liberado —le dijo Guilliame mientras se preparaban para partir. Guilliame estaba muy serio—. Quiero que sepas que Charls y yo nunca hemos comerciado con esclavos.

Damen contempló la extraña belleza de aquel paisaje retorcido. Se oyó decir:

—Damianos abolirá la esclavitud cuando se convierta en rey.

—Gracias, Charls. No podemos seguir poniéndote en peligro. —Laurent se despedía de los mercaderes.

—Ha sido un honor viajar con vos —aseguró Charls. Laurent le estrechó la mano.

—Cuando Damianos de Akielos se haga con el trono, menciona mi nombre y dile que me has ayudado. Te comprará las telas a muy buen precio.

Nikandros no dejaba de mirar a Laurent.

—Es muy…

—Te acostumbrarás —aseguró Damen, que se alegraba en silencio porque lo que acababa de decir no era del todo cierto.

Acamparon por última vez en un bosquecillo que sirvió para ocultarlos a simple vista, en la linde de una llanura amplia donde el Salón de los Reyes coronaba la única de las pendientes.

Se apreciaba en la distancia: muros altos de piedra y columnas de mármol, un lugar propio de reyes. Al día siguiente, Laurent y él viajarían hasta allí y se reunirían con la nodriza, quien se entregaría a sí misma y a su pequeño y un valioso cargamento a cambio de la libertad de Jokaste. Miró el lugar y sintió que todo iba a salir bien, esperanzado.

No dejaba de pensar en la mañana siguiente cuando se tumbó en el saco de dormir junto a Laurent. El sueño se apoderó de él.

Laurent permaneció tumbado junto a Damen hasta que el campamento quedó en completo silencio, hasta que este se quedó dormido y no había allí nadie para detenerlo. Se puso en pie y se abrió paso a solas a través de los soldados dormidos, en dirección al carro con barrotes donde tenían prisionera a Jokaste.

Era muy tarde y las estrellas adornaban el cielo akielense. Le resultaba extraño. Extraño estar allí, tan cerca del último paso de su plan. Tan cerca del final de todo.

Tan cerca del lugar donde había soñado que estaría, a sabiendas de que la mañana siguiente todo habría terminado, o al menos su parte habría terminado. Laurent avanzó en silencio entre los dormidos hasta el lugar apartado donde se encontraban los carros, inertes y en silencio.

Después mandó marcharse a los guardias que estaban allí apostados, ya que no quería testigos. Todas las cosas repugnantes tenían que hacerse al amparo de la oscuridad. El carro estaba abierto a la noche, y los barrotes de metal de la puerta interior evitaban que la prisionera se escapase. Laurent se colocó frente a ellos. Jokaste lo vio llegar y no se estremeció, ni gritó ni suplicó ayuda, tal y como él sabía que ocurriría. La mujer se limitó a mirarlo a los ojos, tranquila tras los barrotes.

—Entonces, tenías tus propios planes.

—Sí —aseguró Laurent.

Y dio un paso al frente para abrir la puerta de los barrotes.

Luego se apartó. No llevaba arma alguna. Le estaba ofreciendo la libertad. No muy lejos de allí, había un caballo ensillado. Ios se encontraba a medio día de viaje en montura.

Jokaste no cruzó la puerta abierta, sino que se lo quedó mirando. El frío e inalterable azul de sus ojos reflejaba sus pensamientos, todas las maneras en las que aquella situación podía llegar a ser una trampa.

—Creo que es el hijo de Kastor —dijo Laurent.

Jokaste no respondió y luego se hizo un silencio en el que no le quitó ojo de encima al príncipe. Laurent también la miraba. El campamento estaba en silencio alrededor de ellos. No se oía nada a excepción de la brisa nocturna.

—Creo que lo viste claro durante aquellos días aciagos en Akielos. Sabías que el final estaba cerca y que Damianos no entraría en razón. Sabías que la única manera de salvar su vida era persuadir a Kastor para que lo enviase como esclavo a Vere, pero para hacer eso tenías que meterte entre sus sábanas.

La expresión de la mujer no cambió, pero Laurent sí que notó un cambio, notó la cautela con la que lo miraba ahora. La fría brisa nocturna le transmitió algo a Laurent, contra la voluntad de Jokaste. Desveló uno de sus secretos. Y la mujer se enfadó por ello y, por primera vez, tuvo miedo.

—Creo que es el hijo de Kastor, porque algo me dice que no usarías al hijo de Damen contra él —aseguró el príncipe.

—Pues me infravaloras.

—¿Segura? —Le sostuvo la mirada—. Ya lo veremos.

Laurent tiró la llave al suelo del carro frente a ella, que no se había movido lo más mínimo.

—Dijiste que éramos iguales. Pero ¿crees que me hubieses abierto la puerta a mí? No lo sé. Lo que sí sé es que le abriste una a él.

—¿Estás diciendo que la única diferencia entre nosotros es que elegí al hermano equivocado? —preguntó Jokaste; lo hizo con un tono del todo neutro, despiadado, para no expresar con él más que un rencor burlesco y contenido.

A medida que las estrellas se desplazaban por los cielos, Laurent pensó en Nicaise, de pie en el patio con un puñado de zafiros.

—No creo que hayas podido elegir.

DIECISÉIS

Laurent afirmó que era mejor no sacar a Jokaste del carro hasta que no hubiesen garantizado el intercambio, por lo que los dos cabalgaron solos hasta el Salón de los Reyes.

Y hacerlo se ajustó a los protocolos del lugar. Había unas normas muy estrictas que prohibían la violencia. Era un santuario, un lugar para negociar con leyes de siglos de antigüedad centradas en la paz. Los peregrinos podían entrar, pero no se permitían grupos de soldados entre sus muros.

El trayecto se dividió en tres tramos. Primero, cruzar las grandes llanuras. Después atravesar las verjas. Y finalmente entrar en el salón, para luego llegar hasta la cámara interior donde se encontraba la Roca del Rey. El Salón de los Reyes era como una corona de mármol blanco en el horizonte, que se alzaba en la única loma que se apreciaba en aquella llanura extensa y polvorienta. Todos los soldados con túnica blanca del lugar verían a Damen acercarse con Laurent: dos humildes peregrinos que se aproximaban a caballo para rendir tributo.

—Os acercáis al Salón de los Reyes. Manifestad qué os ha traído hasta aquí.

La voz del hombre sonaba muy lejana desde los quince metros de altura donde se encontraba. Damen se colocó la mano sobre los ojos para mirarlo y gritó:

—Somos viajeros y hemos venido a rendir tributo a la Roca del Rey.

—Prestad juramento, viajeros, y seréis bienvenidos.

La verja levadiza se alzó entre los chirridos de la cadena. Avanzaron por la pendiente con los caballos hasta el umbral de las puertas, tras cruzar la enorme y pesada verja y rodeados por cuatro torres de piedra inmensa, como en Karthas.

Una vez en el interior, desmontaron y se encontraron con un anciano que tenía la túnica blanca ceñida al hombro con un broche dorado. Cuando entregaron con ceremonia una gran cantidad de oro como tributo, el tipo se acercó y les puso una banda blanca alrededor del cuello. Damen se inclinó un poco para facilitarle las cosas.

—Habéis llegado a un lugar de paz. No se puede golpear nada ni desenvainar espada alguna. Aquel que infrinja las normas del Salón de los Reyes tendrá que enfrentarse a la justicia del rey. ¿Prestaréis juramento? —preguntó el anciano.

—Lo presto —dijo Damen.

Después el hombre se giró hacia Laurent, quien hizo lo propio:

—Lo presto.

Y pasaron al interior.

No esperaba la tranquilidad estival del lugar, las florecillas en las colinas cubiertas de hierba que llevaba hasta el antiguo salón, con enormes bloques de piedra que sobresalían, como vestigios de la estructura que habían conformado hacía mucho tiempo. Damen solo había estado en aquel lugar durante las ceremonias, con los kyroi y sus soldados repartidos por las colinas y su padre imponente en el salón.

La primera vez era muy pequeño, y su padre lo había sostenido en brazos para presentarlo a los kyroi. Damen había oído la historia muchas veces: cómo el rey lo había levantado, el regocijo de la nación tras la llegada de un heredero después de tantos años de abortos y de la aparente incapacidad de la reina.

En esas historias nadie hablaba del Kastor de nueve años que los miraba desde un lado mientras la ceremonia concedía a un niño todo lo que le habían prometido a él.

Habrían coronado a Kastor en aquel lugar. Habría hecho llamar a los kyroi, igual que con Theomedes, y luego habría tenido lugar una ceremonia chapada a la antigua en presencia de esos kyroi y de los rostros impasibles de los guardias del Salón de los Reyes.

Ahora eran esos mismos guardias los que los flanqueaban. Formaban parte de una guarnición independiente y permanente, los mejores de cada una de las provincias, elegidos con meticulosidad para servir durante dos años. Vivían en el complejo de edificios anexos, ocupando los barracones y los gimnasios, donde dormían, se despertaban y entrenaban con una disciplina intachable.

Competir en los juegos anuales y que los eligiesen para servir en aquel lugar y para respetar sus estrictas leyes era el mayor honor al que podía aspirar un soldado.

—Nikandros sirvió aquí durante dos años —explicó Damen.

Se había sentido muy orgulloso de los logros de Nikandros cuando tenía quince años, incluso tras abrazarlo y hacerse a la idea de lo que significaba que su mejor amigo lo iba a abandonar para servir junto a los mejores guerreros de Akielos. Puede que al pronunciar aquellas palabras su voz destilase algún sentimiento más, uno del que no se había percatado.

—Estabas celoso.

—Mi padre decía que tenía que aprender a liderar, no a seguir órdenes.

—Y tenía razón —aseguró Laurent—. Eres un rey en territorio de reyes.

Atravesaron las puertas. Empezaron a subir por los escalones, a través de la ladera de la colina cubierta de hierba y en dirección a los pilares de mármol que marcaban el principio del salón. En cada uno de los rellanos había centinelas de capa blanca apostados.

Cientos de reyes y reinas de Akielos habían sido coronados en aquel lugar. El cortejo había recorrido el mismo camino que ellos en aquel momento: por los escalones de mármol que llevaban desde las rejas hasta la entrada del salón. La piedra estaba erosionada por las décadas de pisadas.

Damen sintió la solemnidad del lugar, así como su majestuoso silencio. Se oyó decir:

—Aquí coronaron al primer rey de Akielos, y también al resto de reyes y reinas desde entonces.

Pasaron junto a más centinelas a medida que cruzaban los pilares para llegar a la estancia grande y cavernosa de mármol blanco. El camino estaba tallado con figuras, y Laurent hizo una pausa delante de una de ellas, una mujer a lomos de un caballo.

—Esa es Kydippe, fue reina antes de Euandros. Le arrebató el trono al rey Treus y evitó una guerra civil.

—¿Y ese?

—Ese es Thestos. Fue quien construyó el palacio de Ios.

—Se parece a ti. —Thestos estaba tallado de perfil y sostenía una enorme pieza de mampostería. Laurent le tocó el bíceps y luego tocó el de Damen, quien soltó un suspiro.

Sintió una emoción transgresora al caminar con Laurent por aquel lugar: había llevado a un príncipe vereciano al mismísimo corazón de Akielos. Su padre le hubiese prohibido la entrada, no le habría permitido llegar hasta allí; una figura esbelta del todo empequeñecida por la escala de la construcción que la rodeaba.

—Ese es Nekton, el que quebrantó las leyes del Salón de los Reyes.

Nekton había desenvainado la espada para proteger a su hermano, el rey Timon. Lo habían representado de rodillas, con un hacha en el cuello. El rey se había visto obligado a sentenciarlo a muerte por lo que había hecho. Así de estrictas eran las antiguas leyes de aquel lugar.

—Ese es Timon, su hermano.

Siguieron contemplándolas una a una: Eradne, la Reina de las Seis, la primera desde Agathon en gobernar seis provincias y liderar a seis kyroi; la reina Agar, quien había conseguido unificar el reino con Isthima; el rey Euandros, que había perdido Delpha. Sintió el peso de los reyes y las reinas como nunca antes, allí frente a ellos como mero hombre y no como rey.

Se detuvo frente a la talla más antigua, con un único nombre grabado con crudeza en la piedra.

—Ese es Agathon —explicó Damen—, el primer rey de Akielos. Mi padre desciende del rey Euandros, pero mi linaje llega hasta Agathon por parte de madre.

—Tiene la nariz rota —comentó Laurent.

—Unificó un reino. —«Mi padre tenía los mismos sueños». Damen continuó—: Todo lo que tengo es gracias a él.

Llegaron hasta el final del camino. Los centinelas estaban allí apostados, protegiendo aquel espacio infranqueable, la cámara interior de piedra irregular, el único lugar de Akielos en el que un príncipe podía arrodillarse para ser coronado antes de alzarse como rey.

—Igual que todo lo que tendrá mi hijo será gracias a mí. Supongo. —dijo Damen.

Entraron y vieron una figura esperándolos, ataviada de rojo y sentada cómodamente en un trono de madera pesado y tallado.

—Yo no estaría tan seguro —comentó el regente.

Cada uno de los centímetros de su cuerpo se puso alerta. Damen fue incapaz de no imaginarse que era una emboscada, que los habían traicionado. Empezó a mirar hacia las entradas en busca de siluetas, del grupo de hombres que seguro iba a rodearlos. Pero no oyó el tintineo de los metales ni el repiqueteo de los pies. Lo único que se apoderó del silencio fueron los latidos de su corazón, los rostros impasibles de los soldados del Salón de los Reyes y el regente, que se puso en pie y avanzó hacia ellos, solo.

Damen se obligó a apartar la mano de la empuñadura de la espada, que había agarrado por instinto. El deseo de atravesar al regente con la hoja bullía en su interior, un llamamiento que estaba obligado a ignorar. Las leyes del Salón de los Reyes eran sagradas. Si desenvainaba una espada en aquel lugar, su vida había terminado.

El regente se detuvo, esperándolos como un monarca ante la Roca del Rey, con una autoridad inherente en la pose y ataviado con un manto regio de rojo oscuro sobre los hombros. La escala de la habitación y el poder de mando del que hacía gala le sentaban muy bien. Miró a Laurent a los ojos.

—Laurent —saludó el regente en voz baja—. Me has causado muchos problemas.

El leve temblor de las venas en el cuello de Laurent traicionó la tranquilidad del resto de su cuerpo. Damen sintió la rabia que contenía, el control al que sometía su respiración.

—¿Ah, sí? —preguntó el príncipe—. Sí, tienes razón. Has tenido que buscarte a otro niño para compartir cama. Pero no me culpes tanto. Este año ya se habría hecho demasiado mayor para tus gustos.

El regente tanteó a Laurent, un escrutinio lento que le llevó unos instantes. Habló mientras lo hacía:

—Esos comentarios petulantes no te pegan. Los modales de un niño no casan bien en un hombre. —Hablaba con voz calmada, reflexivo, quizá con un atisbo de decepción—. ¿Sabes? Nicaise creía de verdad que ibas a ayudarlo. Desconocía tu verdadera naturaleza: que abandonarías a un niño, que lo traicionarías y lo dejarías morir por puro rencor. ¿O quizá había alguna otra razón para que acabases con él?

—¿Ese prostituto al que compraste? No creía que alguien fuese a echarlo de menos.

Damen tuvo que obligarse a no dar un paso atrás. Se había olvidado de la violencia incruenta de aquellas conversaciones.

—Lo he reemplazado —comentó el regente.

—Justo como pensaba. Le cortaste la cabeza, así que le pusiste las cosas muy difíciles para que te siguiese chupando la polla.

Un momento después, el regente se dirigió a Damen con tono reflexivo.

—Doy por hecho que los placeres chabacanos con los que te agasaja en el lecho hacen que te olvides de su naturaleza. Al fin y al cabo, eres akielense. Tiene que ser muy placentero estar encima del príncipe de Vere. Yo diría que él no tiene nada de placentero, pero seguro que es algo que ni se nota cuando estás en celo.

Damen dijo, con voz muy firme:

—Estás solo. No puedes usar tus armas. No tienes soldados. Puede que nos hayas sorprendido, pero no te servirá de nada. Tus palabras no tienen sentido.

—¿Por sorpresa? Hay que ver lo ingenuo que eres —aseguró el regente—. Laurent me estaba esperando. Está aquí para entregarse a cambio del niño.

—Laurent no ha venido para entregarse —dijo Damen, y en el instante de silencio que siguió a sus palabras, se giró hacia Laurent y lo miró a la cara.

Estaba pálido, con los hombros tensos. No había dicho nada, lo que equivalía a aceptar el trato tácito que había hecho con su tío desde hacía mucho tiempo. «Entrégate y recuperarás lo que es tuyo».

El Salón de los Reyes se volvió un lugar terrible de repente, con esos soldados de túnica blanca impasibles, apostados a intervalos frente a las inmensas piedras blancas.

—No —dijo Damen.

—Mi sobrino es muy predecible —aseguró el regente—. Ha liberado a Jokaste porque sabe que yo nunca intercambiaría una ventaja táctica por una puta. Y ha venido para entregarse a cambio del niño. Ni siquiera le importa de quién sea. Solo sabe que está en peligro y que nunca te enfrentarás a mí mientras esté en mi poder. Ha encontrado la manera de asegurarse de que termines por vencer: entregarse a cambio de la vida de tu hijo.

El silencio de Laurent era la prueba de que el regente tenía razón. No miró a Damen, sino que se limitó a quedarse allí en pie entre jadeos, con el cuerpo rígido como si se estuviese conteniendo.

—Pero ese intercambio no me interesa, sobrino —dijo el regente.

La expresión de Laurent cambió durante el silencio posterior. Damen casi no tuvo tiempo a fijarse en dicho cambio antes de que el príncipe dijese, con voz constreñida:

—Es una trampa. No le hagas caso. Tenemos que irnos.

El regente extendió las manos.

—Pero estoy solo.

—Damen, sal de aquí —dijo Laurent.

—No —dijo Damen—. Está solo.

—Damen —repitió Laurent.

—No.

Se obligó a mirar al regente de arriba abajo: la barba recortada, el pelo negro y los ojos azules, que era lo único que tenía en común con su sobrino.

—Yo soy quien ha venido aquí para hacer un trato —aseguró Damen.

El Salón de los Reyes, gracias a sus leyes estrictas que prohibían la violencia, era el único lugar donde dos enemigos podían reunirse para negociar. Damen sintió que aquel era el lugar adecuado para enfrentarse al regente, uno ceremonial preparado para el encuentro de dos adversarios.

—¿Cuáles son tus condiciones para entregarme al niño? —preguntó.

—Ah —dijo el regente—. No. El niño no forma parte del trato. Lo siento. ¿Creías que ibas a poder hacer un gran sacrificio? Pues prefiero quedármelo. No, he venido a buscar a mi sobrino. Se enfrentará a un juicio del Consejo. Y luego morirá por sus crímenes. No tengo que negociar ni que entregar al niño. Laurent va a arrodillarse y me suplicará que me lo lleve. ¿No es así, Laurent?

—Damen, te dije que te marcharas —dijo Laurent.

—Laurent nunca se arrodillará ante ti —aseguró Damen. Dio un paso al frente para colocarse entre Laurent y el regente.

—¿De verdad lo crees? —preguntó el regente.

—Damen —repitió Laurent.

—Quiere que te marches. ¿No tienes curiosidad por saber la razón?

—Damen —insistió Laurent con más ahínco.

—Ya se ha arrodillado otras veces.

El regente lo dijo con calma y naturalidad, por lo que no llamó la atención de Damen en un principio. Para él no eran más que una serie de palabras, incluso cuando se giró y vio las mejillas del príncipe manchadas de un tono carmesí. Y luego el significado de esas palabras empezó a cobrar sentido en su mente.

—Probablemente tendría que haberlo rechazado, pero ¿quién puede resistirse cuando un chico con esa carita te pide que te quedes con él? Estaba muy solo después de la muerte de su hermano. «Tío, no me dejes solo...».

Rabia. La rabia le proporcionó claridad e hizo que todo fuese mucho más simple al librarlo del resto de pensamientos. La expresión asustada de Laurent, el movimiento de los guardias de túnica blanca al oír el chirrido del metal..., eran elementos que no tenían importancia alguna, poco más que sensaciones. Damen había desenvainado la espada e iba a clavarla en el cuerpo desarmado del regente.

Un guardia se interpuso en su camino. Luego otro. El tintineo de la espada había desencadenado todo aquello. Más guardias de capas blancas del Salón de los Reyes seguían entrando en la estancia mientras gritaban órdenes. «¡Detenedlo!». Se interponían entre él y el regente. Habría acabado con ellos, con un crujir de huesos, con gritos de dolor. Eran los mejores guerreros de Akielos, muy bien escogidos, pero le daba igual. Lo único que tenía en mente era matar al regente.

Un buen golpe en la cabeza le nubló la vista por unos instantes. Se tambaleó, pero consiguió mantenerse en pie. Otro golpe. Estaba rodeado y eran ocho hombres los que se afanaban por contenerlo, mientras el resto llamaba a gritos a los refuerzos. Estuvo a punto de zafarse, pero no lo consiguió y se limitó a arrastrarlos hacia delante haciendo acopio de toda su fuerza bruta, como si vadease unas arenas movedizas o las aguas del mar.

Consiguió dar cuatro pasos antes de que lo tumbasen con otro golpe. Las rodillas le golpearon contra el mármol. Le doblaron el brazo para colocárselo a la espalda, y sintió la frialdad y la dureza del metal antes de comprender qué era lo que estaba pasando, de percatarse de las cadenas que le habían colocado en las muñecas y en las piernas. Habían conseguido detenerlo.

Entre jadeos y de rodillas, Damen empezó a recuperar la compostura. La espada ensangrentada estaba en el suelo a menos de dos metros, donde se la habían conseguido quitar de las manos. La estancia estaba a rebosar de túnicas blancas, pero no todas se encontraban en pie. Uno de los soldados se aferraba el vientre con una mano, y la sangre manchaba de rojo la prenda blanca. Había seis más en el suelo junto a él, tres de los cuales no habían empezado a ponerse en pie. El regente no se había movido y seguía a varios metros de él.

Uno de los guardias arrodillados se levantó y empezó a hablar en el silencio de la estancia, solo interrumpido por las respiraciones entrecortadas.

—Has desenvainado la espada en el Salón de los Reyes.

Damen no había apartado la vista del regente.

—Voy a matarte —dijo, una promesa que se convirtió en lo único que le importaba.

—Has quebrantado la paz del salón.

—Acabaré contigo en cuanto le pongas las manos encima —continuó Damen.

—Las leyes del Salón de los Reyes son sagradas.

—Seré lo último que veas. Te derrumbarás con mi acero atravesado —dijo Damen.

—Tu vida pertenece al rey —aseguró el guardia.

Damen oyó las palabras. La risa que brotó de su interior sonó vacía e irregular.

—¿El rey? —preguntó con todo el desprecio que fue capaz—. ¿Qué rey?

Laurent lo miraba con los ojos abiertos como platos. A diferencia de Damen, solo había hecho falta uno de los soldados del Salón de los Reyes para contenerlo. Jadeaba mientras este le aferraba los brazos detrás de la espalda.

—De hecho, aquí solo hay un rey —comentó el regente.

Y a Damen empezó a quedarle clara la importancia de las palabras que acababa de pronunciar el regente, poco a poco.

Miró la devastación que lo rodeaba en el Salón de los Reyes, el mármol salpicado de sangre y los guardias desperdigados por el lugar. La paz de aquel refugio había desaparecido.

—No —aseguró Damen—. Habéis oído lo que hizo —pronunció las palabras con brusquedad, ronco—. ¡Todos lo habéis oído! ¿Vais a dejar que se salga con la suya?

El guardia que se había puesto en pie lo ignoró y se acercó al regente. Damen volvió a forcejear y sintió que aquellos que los contenían le tiraban tanto de los brazos que estuvieron a punto de rompérselos.

El centinela inclinó la cabeza ante el regente y dijo:

—Sois el rey de Vere, no el de Akielos. Pero os han atacado, y el juicio de un rey es sagrado en el Salón de los Reyes. Dictad sentencia.

—Matadlo —dijo el regente.

Habló con una autoridad cargada de indiferencia. Empujaron la cabeza de Damen hasta dejársela pegada contra la roca fría, y entonces oyó el chirrido del metal cuando alguien recogió su espada, que había caído en el mármol. Un soldado de túnica blanca se acercó con ella aferrada con dos manos, postura propia de un verdugo.

—No —dijo Laurent. Se lo dijo a su tío, con tono neutro e insensible, uno que Damen nunca había oído antes—. Para. Es a mí a quien quieres.

—Laurent... —dijo Damen, al tiempo que comprendía al fin la terrible decisión que había tomado el príncipe.

—Es a mí a quien quieres, no a él —repitió Laurent.

—No te quiero a ti, Laurent —dijo el regente con tono templado—. Eres un incordio. Una pequeña molestia de la que me desharé sin pensármelo dos veces.

—Laurent —repitió Damen, que intentó detener lo que estaba a punto de ocurrir, arrodillado y encadenado.

—Iré contigo a Ios —aseguró Laurent, con el mismo tono distante—. Dejaré que celebres ese juicio. Pero permite que él... —No miró a Damen—. Perdónale la vida. No le hagas daño. Házmelo a mí.

El soldado que sostenía la espada se detuvo y miró al regente a la espera de una orden. El tío de Laurent no había dejado de mirarlo, con gesto reflexivo.

—Suplica —dijo el regente.

Un soldado lo tenía agarrado, con el brazo retorcido detrás de la espalda y el algodón blanco del quitón del todo desaliñado. Lo soltó y lo empujó hacia delante en el silencio de la estancia. Laurent no se tambaleó, sino que empezó a avanzar, un paso tras otro. «Laurent se va a poner de rodillas para suplicar». Avanzó hasta colocarse frente a su tío, como un hombre que se dirigiese hacia el borde de un precipicio. Después se arrodilló, despacio.

—Por favor —dijo—. Por favor, tío. Me equivoqué al desafiarte. Merezco que me castigues. Por favor.

La situación era terroríficamente irreal. Nadie se había planteado siquiera detener aquella parodia de la justicia. El regente miró a Laurent, con el gesto de un padre que viese al fin cómo su hijo entraba en razón.

—¿Os parece adecuado el intercambio, alteza? —preguntó el guardia.

—Creo que sí —comentó el regente, un momento después—. Como bien sabrás, Laurent, soy un hombre razonable. Me muestro misericordioso cuando te arrepientes como es debido.

—Sí, tío. Gracias, tío.

El guardia se inclinó.

—Nuestras leyes contemplan el intercambio de una vida por otra. Vuestro sobrino se someterá a juicio en Ios. Retendremos al otro hasta mañana y luego lo liberaremos. Es la voluntad del rey.

El resto de guardias repitieron las palabras:

—Es la voluntad del rey.

—No —dijo Damen, que había vuelto a forcejear.

Laurent no lo miró. Mantuvo la vista fija en un punto frente a él, con el azul de los ojos algo vidrioso. Debajo del fino algodón del quitón, había empezado a jadear, con el cuerpo tenso para intentar controlarse.

—Vamos, sobrino —dijo el regente.

Se marcharon.

DIECISIETE

Mantuvieron a Damen encerrado hasta el amanecer y luego lo llevaron al campamento, no sin antes atarle las manos de nuevo. Forcejeó de vez en cuando durante todo el camino, a pesar de un agotamiento que le nublaba la visión y del que no era capaz de librarse.

Cuando llegaron, lo tiraron al suelo y luego lo obligaron a arrodillarse con las manos detrás de la espalda. Jord se acercó con la espada desenvainada, pero Nikandros lo contuvo, con los ojos abiertos como platos a causa del miedo y el respeto por las túnicas blancas del Salón de los Reyes. Después Nikandros dio un paso al frente. Damen había empezado a ponerse en pie y notó cómo este le daba la vuelta y le cortaba las cuerdas con una daga.

—¿Y el príncipe?

—Está con el regente —dijo, pero luego se quedó en completo silencio.

Era un soldado. Conocía la brutalidad del campo de batalla y había visto las cosas que los hombres podían llegar a hacerles a los que son más débiles, pero nunca había pensado que…

Nunca había pensado ver la cabeza de Nicaise saliendo de una bolsa de arpillera, o el cuerpo frío de Aimeric tirado en el suelo junto a una carta, o…

—Sé que sentías algo por él. Si vas a vomitar, que sea rápido. Tenemos que marcharnos. Seguro que ya hay gente intentando encontrarnos.

Damen oyó la voz de Jord a pesar de la confusión:

—¿Lo habéis abandonado? ¿Habéis salvado vuestra vida y lo habéis abandonado con su tío?

Damen alzó la vista y vio que todos habían salido de los carros para mirar. Estaba rodeado por un pequeño grupo de rostros. Jord se había acercado para colocarse frente a él. Nikandros estaba detrás y no le había quitado la mano del hombro, con la que lo había afianzado al suelo antes de cortarle las cuerdas. Vio a Guion a unos pasos de distancia. También a Loyse. Y a Paschal.

—Cobarde. Lo habéis abandonado a su… —empezó a decir Jord.

Las palabras quedaron interrumpidas de repente cuando Nikandros lo agarró y lo empujó contra el carro.

—Esa no es forma de hablarle a nuestro rey.

—Déjalo. —Las palabras brotaron quebradas de la garganta de Damen—. Déjalo. Solo es leal. Tú hubieses reaccionado de la misma manera si Laurent hubiese regresado solo. —Se dio cuenta de que se había colocado entre ellos, de que había usado su cuerpo para detenerlos. Nikandros se encontraba a dos pasos de él. Damen lo había apartado.

Jord jadeó un poco ahora que nadie lo agarraba.

—Él jamás habría regresado solo. Si pensáis eso es que no lo conocéis.

Damen sintió la mano de Nikandros en el hombro, que lo ayudaba a mantenerse en pie mientras seguía hablando con Jord.

—Para. ¿Es que no ves que está…?

—¿Qué le va a pasar? —exigió saber Jord.

—Lo matarán —respondió Damen—. Habrá un juicio. Lo condenarán por traidor y acabarán con su reputación. Y cuando todo haya terminado, lo matarán.

Era toda la verdad. No ocurriría en aquel lugar ni sería público. En Ios, mostraban las cabezas cercenadas en picas de madera a lo largo del paseo de los traidores. Nikandros fue el siguiente en hablar:

—No podemos quedarnos aquí, Damianos. Tenemos que...

—No —espetó Damen.

Se había llevado la mano a la frente. La cabeza no dejaba de darle vueltas, sin llegar a conclusión alguna. Recordó a Laurent diciendo: «No puedo pensar».

¿Qué habría hecho él? Damen sabía lo que habría hecho Laurent. El estúpido e imbécil de Laurent se había sacrificado por él. Se había aprovechado de la ventaja definitiva: su vida. Pero la vida de Damen no tenía valor alguno para el regente.

Sintió los límites de su naturaleza, que pasaban con demasiada facilidad a la rabia y a las ansias de darle muerte al regente, ansias que se veían frustradas por las circunstancias. Lo único que quería era hacerse con la espada y abrirse paso a Ios tajo a tajo. Sentía el cuerpo pesado y aturdido mientras un único pensamiento se apoderaba de él e intentaba salir al exterior. Cerró los ojos y los apretó con fuerza.

—Cree que está solo —dijo.

Pensó que el juicio iba a ser lento, algo que le revolvió las tripas. Que llevaría su tiempo. El regente iba a alagarlo, seguro. Era lo que más le gustaba: la humillación pública y un castigo privado, que todos los que lo rodeaban validasen su realidad. La muerte de Laurent, ordenada por el Consejo, serviría para restablecer el orden que ansiaba el regente y solucionarlo todo.

Pero iba a ser lento. Quedaba tiempo. Tenía que quedar tiempo. Si solo hubiese podido pensar. Se sintió como un hombre frente a las puertas enormes de una ciudad y sin manera de llegar al interior.

—Damianos. Escúchame. Si se lo llevan a palacio, no habrá solución. No puedes abrirte paso luchando. Aunque entres en las murallas, nunca volverás a salir vivo de allí. Todos los soldados de Ios le son leales a Kastor o al regente.

Las palabras de Nikandros lo atravesaron, dolorosas y duras como solo podía llegar a ser la verdad.

—Tienes razón. No puedo abrirme paso al interior.

Damen había sido una herramienta desde el principio, un arma que usar contra Laurent. El regente lo había blandido para hacer daño, para incomodar, para desequilibrar la mente del príncipe. Y, finalmente, para destruirlo.

—Pero sé lo que tengo que hacer —zanjó.

Llegó con el frío de la mañana. Solo. Abandonó la montura y recorrió a pie el último tramo, primero por los caminos de cabras y luego por senderos llenos de albaricoques y almendros, y a la sombra moteada de los olivos. Poco después, el camino empezó a ascender y subió por una colina no muy inclinada de piedra caliza, la primera que lo llevaba hasta los acantilados blancos y a la ciudad.

Ios, la ciudad blanca, construida en esos acantilados de piedra caliza que daban a un mar donde caían al resquebrajarse. El paisaje le resultó tan familiar que hasta se mareó un poco. En el horizonte, el mar era de un azul cristalino, algo más oscuro que el tono estridente del cielo. Había echado de menos el océano. Aquel desorden espumoso de rocas y las agujas inesperadas de la espuma al caerle sobre la piel. Ese tipo de cosas eran las que lo hacían sentir como en casa.

Esperaba que lo desafiasen en las puertas exteriores, soldados a los que quizá les habían dado la orden de permanecer atentos por si llegaba. Pero quizá a quien buscasen fuera a Damianos, ese joven rey arrogante que lideraba un ejército. Damen no era más que un hombre con una vieja túnica ajada, una capucha sobre el rostro y mangas que le ocultaban los brazos. Nadie podía detenerlo.

Por lo que entró a pie y atravesó el primero de los umbrales. Avanzó por el camino septentrional, una persona que avanzaba a través de la multitud. Y cuando dobló la primera esquina, vio el palacio como lo veía todo el mundo: una imagen desorientadora desde el exterior. Había manchas oscuras en los lugares altos donde se abrían las ventanas y los grandes balcones de mármol, lugares por donde entraba la brisa marina durante la noche para enfriar la piedra caliente. Al este se encontraba el gran salón con columnas y los cuartos espaciosos del piso superior. Al norte, los aposentos del rey y los jardines protegidos por altos muros, con esos escalones de poca altura, los caminos serpenteantes y los mirtos que habían plantado para su madre.

Le sobrevino un recuerdo de repente: días muy largos entrenando sobre el serrín, las noches en el salón mientras su padre gobernaba desde el trono, él andando por los salones de mármol con seguridad y despreocupado; era una versión del pasado que ahora le parecía irreal, una que pasaba las noches en el gran salón riendo con sus amigos mientras los esclavos le servían todo lo que deseara.

Se le cruzó por delante un perro ladrando. Una mujer con un paquete debajo del brazo lo empujó para luego gritarle en un dialecto del sur que tuviese cuidado por dónde iba.

Siguió caminando. Atravesó las casas del exterior, con esas ventanas pequeñas que eran rectángulos y cuadrados de tamaños diferentes. Pasó por los almacenes exteriores, los graneros y una piedra que giraba sobre la base de un molino, empujada por varios bueyes. Cruzó junto a los gritos de muchos puestos en el mercado, todos vendiendo pescado que habían traído desde el océano antes del amanecer.

Atravesó el paseo de los traidores, lleno de moscas. Buscó en las puntas de las picas, pero todos los muertos eran morenos.

Oyó el estruendo de los cascos de unos caballos que se acercaban. Se hizo a un lado y pasaron de largo, con capas rojas y reglamentarias. No miraron atrás.

La ciudad entera estaba en una colina, ya que habían construido el palacio en la cima, con el mar detrás. Mientras caminaba, Damen se percató de que nunca había hecho aquel camino a pie. Cuando llegó a la plaza del palacio, volvió a desorientarse porque solo estaba acostumbrado a ver el lugar desde el otro extremo, desde el balcón blanco al que su padre salía a veces para alzar una mano y dirigirse a la multitud.

Ahora entró en la plaza como un visitante cualquiera, desde una de las entradas que venían de la ciudad. Desde aquel ángulo, el lugar se alzaba imponente, con guardias que parecían estatuas relucientes que tuviesen las bases de las lanzas clavadas al suelo.

Centró la vista en el que se encontraba más cerca de él y empezó a avanzar.

Al principio, nadie le prestó atención. Solo era uno más en aquella plaza con columnas llena de gente. Pero, cuando llegó hasta el primero de los guardias sí que se había granjeado más de una mirada. Era poco habitual acercarse directamente a los escalones de las grandes puertas.

Notó que la atención se centraba cada vez más en él y sintió las cabezas que se giraban para mirarlo, la atención de los guardias a pesar de sus posturas impasibles. Pisó el primero de los escalones con las sandalias.

Unas lanzas cruzadas le bloquearon el paso, y los hombres y mujeres de la plaza empezaron a darse la vuelta para formar un semicírculo de curiosos apiñados.

—Alto —dijo el guardia—. ¿Qué te trae por aquí, viajero?

Damen espero hasta que todos los que se encontraban junto a la puerta se hubiesen girado hacia él, después se quitó la capucha. Oyó los murmullos de sorpresa, el ruido a medida que pronunciaba las palabras nítidas e inconfundibles.

—Soy Damianos de Akielos y he venido a rendirme ante mi hermano.

Los soldados estaban nerviosos.

«Damianos». La multitud había crecido mucho justo antes de que lo hicieran atravesar la puerta. «Damianos». El nombre viajó de boca en boca, como una chispa que saltase desde unas llamas crepitantes. Lo pronunciaban con asombro, con miedo, con estupor. «Damianos de Akielos». El guardia que estaba a la derecha se limitó a mirarlo impertérrito, pero el de la izquierda fue cayendo en la cuenta de quién era poco a poco, hasta que terminó por decir fatídicamente:

—Es él.

«Es él». Fueron las palabras que hicieron que la chispa se convirtiese en un incendio que se extendió por la multitud. «Es él. Es él. Damianos». De repente, resonaban por todas partes. La multitud estaba inquieta y no dejaba de gritar. Una mujer se arrodilló. Un hombre intentó abrirse paso hacia delante. La situación estuvo a punto de superar a los guardias.

Lo empujaron al interior con brusquedad. La rendición pública había hecho que lo metiesen en el palacio de malas maneras.

Si lo había conseguido, si había llegado a tiempo, ¿cuánto iba a durar el juicio? ¿Cuánto tiempo podría ganar Laurent? Seguro que había empezado por la mañana. ¿Cuánto tiempo quedaba hasta que el Consejo diese su veredicto y llevasen a Laurent a la plaza pública, donde lo harían arrodillarse, agachar la cabeza y luego le pondrían una espada al cuello...?

Damen necesitaba que lo llevasen hasta el gran salón para enfrentarse a Kastor. Había entregado su libertad para conseguirlo. Lo había apostado todo a una carta. «Está vivo. Damianos está vivo». Ahora lo sabía toda la ciudad y no podían acabar con él en secreto. Tendrían que llevarlo al gran salón.

Pero lo llevaron a unos aposentos vacíos que había en el ala oriental del palacio, donde discutieron entre susurros qué hacer con él. Lo dejaron en unos asientos bajos vigilado por unos guardias, y Damen no gritó a causa de la frustración mientras pasaba el tiempo. Pasó más tiempo aún. Aquello ya era muy diferente a lo que había esperado. Había muchas cosas que podían llegar a salir mal.

—Espósalo —dijo el oficial.

El soldado que sostenía los grilletes no se movió. Miraba a Damen con los ojos abiertos como platos.

—Hazlo —volvieron a ordenarlo.

—Hazlo, soldado —dijo Damen.

—Sí, eminencia —respondió él, que luego se ruborizó como si hubiese hecho algo mal. Puede que fuese el caso. Puede que dar esa respuesta se considerase traición.

O puede que la traición fuese dar un paso al frente y ponerle los grilletes a Damen en las muñecas. Colocó los brazos a la espalda, pero el soldado no había dejado de titubear. Era una situación muy compleja políticamente para ellos. Estaban muy nerviosos.

Cuando el metal se cerró en las muñecas de Damen, manifestaron su nerviosismo de forma muy diferente. Los soldados habían hecho algo inapelable. Ahora tenían que pensar en Damen como un prisionero, y se volvieron más bruscos, empezaron a gritar y a empujarlo por la espalda para sacarlo de los aposentos mientras fanfarroneaban a voz en grito.

A Damen se le aceleró el pulso. ¿Sería suficiente? ¿Llegaría a tiempo? Los soldados lo empujaron hasta que dobló una esquina y vio el primer trecho de un pasillo. Lo había conseguido. Lo iban a llevar al gran salón.

Unos rostros eufóricos y estupefactos flanqueaban los pasillos mientras avanzaban. La primera persona que lo reconoció fue un oficial de su casa que llevaba un jarrón, que se rompió al caérsele al suelo por la sorpresa. «Damianos». Un esclavo, que no tenía muy claro cuál era el protocolo en aquel caso, se dejó caer de rodillas pero se detuvo, muy inseguro de si terminar o no el gesto. Un soldado se paró en seco y abrió mucho los ojos, presa del pavor. Les resultaba impensable que alguien se atreviese siquiera a ponerle las manos encima al hijo del rey. Pero llevaban a

Damianos con grilletes, y lo empujaban con el extremo de madera de una lanza cuando se quedaba atrás.

Cuando atravesaron la multitud del gran salón, Damen vio varias cosas al mismo tiempo.

Vio que había una ceremonia en marcha, ya que el salón lleno de columnas estaba a rebosar. La mitad de los presentes eran soldados. Había soldados protegiendo la entrada. Soldados alineados en las paredes. Pero todos formaban parte de las filas del regente. Solo había una escasa guardia de honor akielense cerca del estrado. Los cortesanos de Vere y de Akielos estaban hacinados en el lugar con ellos, reunidos para disfrutar del espectáculo.

Y no había un trono en el estrado, sino dos.

Kastor y el regente estaban sentados el uno junto al otro, presidiendo la estancia. El cuerpo de Damen reaccionó ante lo grotesco de la imagen: el regente sentado en el trono de su padre. Por si fuese poco, había un crío de unos once años en un taburete junto al tío de Laurent. Damen centró la vista en el rostro barbudo del tipo, en los anchos hombros cubiertos de terciopelo rojo, en las manos llenas de anillos.

Le resultaba extraño haber esperado tanto tiempo para enfrentarse a Kastor y toparse ahora con que había perdido toda importancia. El regente era el único intruso, la única amenaza.

Kastor parecía satisfecho. No veía peligro alguno. No comprendía en manos de quién había dejado Akielos. Los soldados del regente abarrotaban el lugar. El Consejo vereciano al completo estaba allí, reunido cerca del estrado, como si Akielos ya fuese su país. Una parte de la mente de Damen analizó toda esa información, mientras el resto seguía buscando, seguía comprobando las caras...

Y cuando la multitud se apartó un poco, vio al fin lo que buscaba: el primer atisbo de una cabeza rubia.

Vivo. Vivo. Laurent estaba vivo. A Damen le dio un vuelvo el estómago y, por unos instantes, se quedó allí de pie contemplándolo aliviado.

Laurent estaba solo, en un espacio despejado que se encontraba a la izquierda de los escalones del estrado y flanqueado por un grupo de guardias. Aún llevaba el mismo quitón corto que en el Salón de los Reyes, pero estaba sucio y ajado. Resultaba humillante para él presentarse ante el Consejo con un atuendo desgastado y tan corto. También tenía las manos encadenadas a la espalda, como Damen.

No tardó en darse cuenta de que aquel espectáculo era el juicio de Laurent y que llevaba en marcha desde hacía horas. La espalda erguida del príncipe ya solo se sostenía gracias a la pura fuerza de voluntad. El acto de permanecer de pie durante horas con los grilletes puestos seguro que le estaba pasando factura, igual que el dolor de los músculos, la brusquedad con la que lo habían tratado y el interrogatorio en sí, con las preguntas del regente y las respuestas firmes y determinadas de Laurent.

Pero llevaba la ropa y las cadenas con indiferencia, en postura fría e intachable como siempre. No había expresión alguna en su gesto, a excepción de esa tan reconocible si lo conocías: la valentía de la que hacía gala a pesar de estar solo, cansado, sin amigos y pensando seguro que le había llegado el final.

Y luego hicieron recorrer a Damen el gran salón a punta de espada, momento en el que Laurent se giró y lo vio.

La expresión de terror en el libro abierto de emociones en el que se convirtió su rostro dejó claro que no esperaba verlo allí, que no esperaba ver a nadie. En el estrado, Kastor hizo un leve gesto en dirección al regente, como si dijese: «¿Ves? Te lo he traído». El salón al completo pareció agitarse ante la interrupción.

—No —dijo Laurent, que volvió a mirar a su tío—. Me lo habías prometido.

Damen vio que Laurent se hacía con el control físico de su cuerpo y empezaba a forcejear.

—¿Qué fue lo que te prometí, sobrino?

El regente se encontraba sentado muy tranquilo en el trono. Dirigió sus próximas palabras al Consejo.

—Este es Damianos de Akielos. Lo hemos capturado en las puertas esta mañana. Es el responsable de la muerte del rey Theomedes, así como de la traición de mi sobrino. Es su amante.

Damen vio los rostros del Consejo de cerca: el anciano y leal Herode; el titubeante Audin; el razonable Chelaut, y Jeure, que tenía el ceño fruncido. Luego vio el resto de rostros de la multitud. Estaba por allí el soldado que había entrado en los aposentos de Laurent después del intento de asesinato en Arles. También un oficial del ejército de lord Touars. Había un hombre con el atuendo de los clanes vaskianos. Todos eran testigos. Todos.

No lo habían llevado a ese lugar para enfrentarse a Kastor ni para responder por la muerte de su padre. Lo habían hecho en virtud de prueba definitiva en el juicio de Laurent.

—Todos hemos oído las pruebas que confirman la traición del príncipe —dijo el consejero más reciente del regente, llamado Mathe—. Hemos oído lo que hizo en Arles para avivar una guerra con Akielos, que envió jinetes incursores a matar inocentes en la frontera.

Mathe hizo un gesto en dirección a Damen.

—Y aquí tenemos la prueba de todas esas afirmaciones. Damianos, el matapríncipes, está aquí para demostrar que todo lo que ha comentado el príncipe es mentira, para demostrar de una vez por todas que están conchabados. Nuestro príncipe se ha dejado agasajar por el abrazo envenenado del asesino de su hermano.

Empujaron a Damen al centro de la estancia y todas las miradas se centraron en él. Se convirtió de repente en un objeto, en la prueba que nadie había imaginado: Damianos de Akielos, capturado y maniatado.

La voz del regente se esforzó por comprenderlo.

—A pesar de todo lo que hemos oído hoy aquí, no me puedo creer que Laurent haya permitido que lo toquen las manos de aquel que mató a su hermano. No me puedo creer que yazca en el lecho sudoroso de un akielense y deje que un asesino disfrute de su cuerpo.

El regente se puso en pie y siguió hablando a medida que bajaba del estrado. Parecía un tío preocupado en busca de respuestas y se detuvo frente a Laurent. Damen vio que uno o dos de los consejeros reaccionaban a su proximidad, temiendo por la seguridad física del regente, aunque era Laurent quien estaba paralizado debido al agarre de un soldado y de las cadenas que le inmovilizaban las manos a la espalda.

El regente alzó los dedos en gesto cariñoso y apartó un mechón de cabello rubio del rostro de Laurent para verle mejor los ojos.

—Sobrino, hemos capturado a Damianos. Puedes hablar con sinceridad. No te va a hacer daño. —Laurent se estremeció con aquel roce lento y cariñoso, mientras el regente continuaba hablando—: ¿Tienes alguna explicación que darnos? ¿Quizá no querías? ¿Quizá te obligó a hacerlo?

Laurent miró a su tío a los ojos. El pecho no dejaba de movérsele al ritmo de los jadeos bajo la tela blanca del quitón.

—No me obligó —respondió el príncipe—. Me acosté con él por voluntad propia.

Los murmullos se extendieron por todo el salón. Damen lo notó: después de haber pasado todo un día haciéndole preguntas, aquella era la primera vez que admitía algo.

—No tienes por qué mentir por él, Laurent —continuó el regente—. Puedes decir la verdad.

—No es mentira. Nos acostamos —aseguró Laurent—. Deseaba hacerlo. Le ordené que fuese a mi cama. Damianos es inocente de todos los cargos contra mi persona. Tuvo que sufrir mi compañía, pero obligado a ello. Es un buen hombre que nunca ha hecho nada en contra de su país.

—Me temo que la culpabilidad o la inocencia de Damianos tendrá que decidirla Akielos y no Vere —comentó el regente.

Damen sabía qué era lo que intentaba hacer Laurent, y se le constriñó el corazón al darse cuenta. El príncipe intentaba protegerlo incluso en un momento así. Damen alzó la voz para que se oyese bien en todo el salón.

—¿Y de qué se me acusa? ¿De acostarme con Laurent de Vere? —Damen miró a los integrantes del Consejo de arriba abajo—. Pues lo he hecho. Es un hombre sincero y auténtico al que se le imputan unos delitos que no ha cometido. Y tendréis que oír mi versión si de verdad queréis que haya un juicio justo.

—¡Esto es insoportable! —dijo Mathe—. No vamos a oír el testimonio del matapríncipes de Akielos...

—Sí que me oiréis —aseguró Damen—. Me oiréis hablar y si cuando lo hayáis hecho, lo seguís encontrando culpable, aceptaré mi destino junto a él. ¿O acaso el Consejo teme oír la verdad?

Damen no dejaba de mirar al regente, que había vuelto a subir los cuatro escalones del estrado y se sentaba ahora en el trono junto a Kastor, muy cómodo. Él tampoco dejaba de mirar a Damen.

—Claro. No hay problema. Habla —dijo el regente.

Era un desafío. Tener entre sus garras al amante de Laurent lo satisfacía, era como la demostración de su gran poder. Damen lo tenía claro. El regente quería que Damen se involucrase en los acontecimientos, quería que la victoria sobre Laurent fuese definitiva.

Damen respiró hondo. Sabía lo que estaba en juego. Sabía que si fracasaba, moriría junto a Laurent y que el regente reinaría tanto en Vere como en Akielos, que perdería tanto su vida como su reino.

Echó un vistazo por el salón lleno de columnas. Aquel era su hogar, que le pertenecía por derecho, y también era su legado, uno con un valor incalculable para él. Y Laurent le había dado los medios para quedárselo. Podría haber abandonado al príncipe en el Salón de los Reyes y regresado a Karthas con su ejército. Nadie lo había derrotado en el campo de batalla, y ni siquiera el regente hubiese sido capaz de imponerse a él.

Lo único que tenía que hacer Damen en ese momento era delatar a Laurent para tener la oportunidad de enfrentarse a Kastor, para tener garantías de recuperar su trono.

Pero se había hecho la pregunta en Ravenel y ahora sabía la respuesta.

«Un reino o esto».

—Conocí al príncipe en Vere. Y, como vosotros, no tenía ni idea de sus verdaderos sentimientos.

—No —oyó decir a Laurent.

—Los descubrí poco a poco.

—Damen, no lo hagas.

—Descubrí poco a poco su sinceridad, su integridad, la implacabilidad de su mente.

—Damen...

Sabía que Laurent quería que todo se hiciese a su manera. Pero aquel día las cosas iban a ser diferentes.

—Fui un imbécil cegado por los prejuicios. No comprendí que luchaba solo, que llevaba mucho tiempo haciéndolo.

»Y luego vi a los hombres a los que daba órdenes, disciplinados y leales. Vi la manera en la que lo amaban, porque conocía bien sus preocupaciones, se preocupaba por sus vidas. Lo vi proteger a los esclavos.

»Y cuando lo abandoné, drogado y sin amigos después de un atentado contra su vida, lo vi imponerse frente a su tío y discutir para salvarme porque creía que me lo debía.

»Sabía que algo así podría llegar a costarle la vida. Sabía que lo enviarían a la frontera, que se metería de lleno en una conspiración para acabar con él. Y, aun así, me defendió. Lo hizo porque me lo debía, porque era lo correcto para ese código de conducta personal que sigue a rajatabla.

Miró a Laurent y comprendió en ese momento lo que no había entendido en el pasado: que esa noche el príncipe ya sabía quién era Damen. Laurent había sabido quién era él y aun así lo había protegido, por un sentido de la justicia que había sobrevivido de algún modo a todo lo que le había ocurrido.

—Ese es el hombre que tenéis delante. Es más honorable e íntegro que cualquiera que haya conocido jamás. Se deja la piel por los suyos y por su país. Y estoy orgulloso de haber sido su amante.

Lo dijo sin dejar de mirar a Laurent a los ojos, para que comprendiese lo mucho que significaba para él. Y, por un momento, Laurent se dedicó a devolverle la mirada, con ojos azules y abiertos como platos.

La voz del regente lo interrumpió:

—Una declaración muy conmovedora no es prueba de nada. Me temo que no has dicho nada que vaya a cambiar la decisión del Consejo. No has ofrecido prueba alguna, solo acusaciones y conspiraciones improbables contra Laurent, sin rastro alguno de quién podría haber hecho algo así.

—Tú. Todo es obra tuya —aseguró Damen, que alzó la vista para mirar al regente a los ojos—. Y sí que tengo pruebas.

DIECIOCHO

—Me gustaría llamar a declarar a Guion de Fortaine.

«¡Es indignante!», se oyó en el salón. «¡Cómo te atreves a acusar a nuestro rey!». Damen lo había dicho con firmeza a pesar de los gritos, con la vista fija en la del regente.

—Muy bien —dijo este, que se reclinó en el asiento e hizo un gesto en dirección al Consejo.

Después tuvieron que esperar, mientras se enviaban mensajeros al lugar de las afueras de la ciudad donde Damen había mandado acampar a sus hombres.

Los consejeros tuvieron que sentarse, y así hicieron también tanto el regente como Kastor. Qué suerte tenían. Junto al regente, el joven de pelo castaño que parecía tener once años había empezado a dar golpes con los pies en la base del taburete donde se sentaba. Estaba aburrido, sin duda. El regente se inclinó hacia él y le murmuró algo al oído, para luego hacer un gesto a uno de los esclavos, quien le trajo un plato lleno de confites. Eso mantuvo ocupado al niño.

Pero no a todos los demás. A su alrededor, la tensión se mascaba en el ambiente del salón. Los soldados y los curiosos conformaban una multitud hacinada y agitada. A Damen se le resentían la espalda y los hombros debido al peso de los grilletes y a estar de pie. Para Laurent, que llevaba horas así, seguro que era mucho peor: el dolor que empezaba en la espalda se extendía por los brazos, los muslos y por cada centímetro de su cuerpo, que seguro había empezado a arderle.

Guion entró en el gran salón.

No solo Guion, sino también todos los integrantes del grupo de Damen: Loyse, la esposa de Guion, con el rostro pálido; el galeno Paschal; Nikandros y sus hombres, y hasta Jord y Lazar. Damen se sintió muy conmovido por su lealtad, porque les había dado a todos la opción de marcharse, pero habían decidido quedarse con él. Sabía a lo que se arriesgaban.

Sabía que a Laurent no le gustaba la situación. Laurent quería hacer todo solo, pero las cosas iban a ser muy diferentes en esa ocasión.

Escoltaron a Guion al frente para colocarlo delante de los tronos.

—Guion de Fortaine —anunció Mathe, que continuó con su papel de interrogador mientras los espectadores alzaban el cuello, irritados con las columnas que les obstruían la vista—. Nos hemos reunido aquí para decidir si Laurent de Vere es inocente o no. Se enfrenta a cargos por traición. Ya hemos oído que vendió secretos a Akielos, que apoyó golpes de Estado y que atacó y asesinó a verecianos para apoyar dichas causas. ¿Tienes testimonio que arroje luz a dichas acusaciones?

—Sí lo tengo.

Guion se giró hacia el Consejo. Había sido consejero, un colega respetado y conocido por estar al tanto de los tratos privado del regente. Habló con tono claro e inequívoco.

—Laurent de Vere es culpable de todos los cargos de los que se le acusa —afirmó Guion.

Damen tardó un rato en asimilar las palabras, pero cuando lo hizo, sintió que el suelo se abría bajo sus pies.

—No —dijo, momento en el que salón estalló en murmullos por segunda vez.

Guion alzó la voz.

—He sido su prisionero durante meses. He visto de primera mano la depravación de lo que ha hecho, cómo se acostaba con el akielense todas las noches, cómo yacía en el obsceno abrazo de aquel que había asesinado a su hermano, poniendo sus deseos por delante de su país.

—Juraste decir la verdad —dijo Damen. Nadie lo estaba escuchando.

—Intentó obligarme a mentir por él. Amenazó con matarme. Amenazó con matar a mi esposa. Amenazó con matar a mis hijos. Asesinó a su pueblo en Ravenel. Yo mismo votaría por su culpabilidad si aún fuese integrante del Consejo.

—Creo que es suficiente —dijo Mathe.

—No —espetó Damen, a quien habían agarrado con fuerza para que dejara de moverse, mientras los partidarios del regente gritaban para apoyarlo—. Diles lo que sabes sobre el golpe de Estado del regente en Akielos.

Guion extendió los brazos.

—El regente es un hombre inocente cuyo único crimen ha sido confiar en el caprichoso de su sobrino.

Aquello fue más que suficiente para el Consejo. Al fin y al cabo, llevaban todo el día deliberando. Damen pasó a mirar al regente, quien contemplaba los acontecimientos con una calma fruto de la confianza. Lo sabía. Seguro que sabía lo que iba a decir Guion.

—Lo tenía planeado —comentó Damen a la desesperada—. Están conchabados. —Un golpe por la espalda lo obligó a caer de rodillas, momento en el que lo agarraron para que no se levantase. Guion cruzó la estancia con calma para ocupar su lugar en el Consejo. El regente se puso en pie y bajó del estrado, para luego colocar la mano sobre el hombro de Guion y decirle unas pocas palabras, demasiado bajo como para que Damen las oyese.

—Ahora, el Consejo dictará sentencia.

Se acercó un esclavo que llevaba un cetro dorado. Herode se hizo con él y lo sostuvo como si de un báculo se tratara, con uno de los extremos tocando el suelo. Y luego se acercó un segundo esclavo que llevaba un cuadrado de tela negro, símbolo de la inminente sentencia de muerte.

Damen sintió un vacío en su interior. Laurent también había visto la tela y se enfrentaba a ella sin titubear, aunque tenía el rostro muy pálido. Damen estaba de rodillas y no podía hacer nada para evitarlo. Forcejeó con todas sus fuerzas, pero lo contuvieron y empezó a jadear. Era una situación horrorosa, y lo único que fue capaz de hacer fue alzar la vista y mirar al príncipe con impotencia.

Empujaron a Laurent hacia delante para colocarlo al otro lado del salón, de pie frente al Consejo, encadenado y solo, a excepción de los dos soldados que le aferraban con fuerza cada uno de los brazos. Nadie lo sabía, pensó Damen. Nadie sabía lo que su tío le había hecho. Pasó a mirar al regente, que contemplaba a Laurent con decepción y tristeza. El Consejo se encontraba a su lado.

Era una imagen muy simbólica: en uno de los extremos del salón, los seis allí en pie; y en el otro, Laurent, con la ropa akielense escasa y ajada aferrada por los soldados de su tío. Fue Laurent quien habló:

—¿No me das un último consejo? ¿Ni el afectuoso beso de un tío?

—Eras muy prometedor, Laurent —comentó el regente—. Me arrepiento mucho más que tú de aquello en lo que te has convertido.

—¿Eso significa que la culpa pesa sobre tu conciencia? —preguntó Laurent.

—Me duele —aseguró el regente— que sientas por mí tal hostilidad, incluso ahora. Que intentes socavar mi autoridad con tus acusaciones, cuando yo siempre he querido lo mejor para ti. —Hablaba con tristeza en la voz—. Deberías haber tenido claro que Guion no iba a testificar en mi contra.

Laurent miró al regente a los ojos, solo frente al Consejo.

—Pero tío —dijo Laurent—, no es Guion a quien he elegido.

—Me ha elegido a mí —comentó Loyse, la esposa de Guion, que dio un paso al frente.

Damen se giró. Todos se giraron. Loyse era una mujer de mediana edad y pelo canoso, lacio tras un día y una noche en los caminos y muy poco descanso. No había hablado con ella durante el viaje en ningún momento. Pero la oyó en ese momento, mientras se acercaba para colocarse frente al Consejo.

—Tengo algo que decir. Es sobre mi marido y este hombre, el regente, que ha llevado a mi familia a la ruina y que acabó con la vida de mi hijo más joven, Aimeric.

—Loyse, ¿qué estás haciendo? —preguntó Guion, mientras su mujer se hacía con toda la atención del gran salón.

Ella no le hizo ni caso y continuó avanzando hasta que se colocó junto a Damen, momento en el que se dirigió al Consejo.

—El año siguiente a la batalla de Marlas, el regente visitó a mi familia en Fortaine —explicó Loyse—. Y mi marido, que es un hombre ambicioso, le permitió entrar en el dormitorio de nuestro hijo más joven.

—Loyse, para ahora mismo. —Pero ella no lo hizo.

—Era un pacto de palabra. El regente podía permitirse esa intimidad en la tranquilidad de nuestro hogar, mientras que mi marido sería recompensado con tierras y un puesto de mayor importancia en la corte. Se convirtió en el embajador de Akielos, y luego en el intermediario entre el regente y la persona que iba a conspirar con él: Kastor.

Guion pasó de mirar a Loyse al Consejo, momento en el que soltó una carcajada y rebuznó en voz demasiado alta:

—No le deis credibilidad alguna a sus palabras.

Nadie respondió y se hizo un silencio incómodo. La mirada del consejero Chelaut se posó durante unos instantes en el niño que se sentaba junto al regente, que tenía los dedos pegajosos a causa del azúcar de los confites.

—Sé que aquí no hay nadie al que le importe Aimeric —continuó Loyse—. A todos os da igual que se suicidase en Ravenel porque no podía soportar durante más tiempo lo que había hecho.

»Así que permitidme contaros en su lugar la razón por la que falleció, esa conspiración entre el regente y Kastor para matar al rey Theomedes y apoderarse después de su país.

—Eso es mentira —dijo Kastor en akielense. Luego lo repitió con un vereciano cargado de acento—: Arrestadla.

En el incómodo momento posterior, la pequeña guardia de honor akielense llevó las manos a la empuñadura de sus espadas, y los soldados verecianos avanzaron para colocarse en posición y detenerlo. El rostro de Kastor dejó bien claro que se había dado cuenta por primera vez de que no estaba en control de la situación del gran salón.

—Arrestadme, pero no antes de dejarme enseñaros las pruebas. —Loyse había empezado a sacar de su vestido un anillo del que colgaba una cadena. Era un sello, con un rubí o un granate engarzado, y el escudo de armas de Vere—. Mi marido fue quien negoció el acuerdo. Kastor asesinó a su padre a cambio de las tropas verecianas que hoy veis aquí. Dichas tropas vendrían para conquistar Ios.

Guion se giró para encarar al regente, con urgencia:

—No es una traidora. Solo está muy confundida. La han engañado y le han dicho qué hacer. Está enfadada desde la muerte de Aimeric. No sabe lo que está diciendo. Esta gente la ha manipulado.

Damen miró al Consejo. Herode y Chelaut intentaban contener una expresión de desagrado, de repugnancia incluso. Damen vio de repente que la obscena juventud de los amantes del regente siempre les había dado asco a esos hombres, y que la idea de que se hubiese utilizado al hijo de un consejero de esa manera les resultaba más que perturbadora.

Pero eran políticos, y el regente era su amo. Chelaut dijo, casi de mala gana:

—Aunque lo que digas sea cierto, no exculpa los crímenes de Laurent. La muerte de Theomedes es un asunto que concierne a Akielos.

Damen se dio cuenta de que tenía razón. Laurent no había llevado a Loyse hasta ese lugar para limpiar su nombre, sino el de Damen. No había prueba alguna con la que pudiese conseguir su absolución. El regente había sido muy meticuloso. Los asesinos de palacio estaban muertos. Los asesinos de los caminos, más de lo mismo. Incluso Govart estaba muerto, tras insultar a las mascotas y a los médicos.

Damen pensó en ello, en esa información que Govart tenía sobre el regente, que este lo había mantenido con vida, agasajándolo con vino y mujeres. Pero aquello había terminado. Pensó en ese rastro de cadáveres que se extendía hasta el palacio. Recordó a Nicaise, con esa bata de dormir la noche del intento de asesinato. A Nicaise lo habían ejecutado unos pocos meses después. El corazón empezó a latirle desbocado.

Aquello tenía que estar relacionado de alguna manera. Fue algo que le quedó muy claro de repente. Fuera lo que fuese lo que sabía Govart, seguro que Nicaise también. Y el regente lo había matado por ello. Lo que significaba que…

Damen se afanó de repente por ponerse en pie.

—Hay otro hombre en esta sala que puede testificar —dijo—. No ha dicho nada y no sé por qué, pero sí que sé que tienes razones para hacerlo. Es un buen hombre, y sé que hablaría si le permitiesen hacerlo. Quizá tenga miedo de las represalias, tanto contra él como contra su familia.

Dirigió sus palabras a todo el gran salón.

—Por favor te lo pido. Sean cuales sean tus razones, se lo debes a tu país. Y deberías saberlo mejor que nadie. Tu hermano murió para proteger al rey.

Silencio. Los espectadores de la estancia se miraron entre ellos, y las palabras de Damen permanecieron un rato incómodas sin respuesta. La expectativa de una respuesta desapareció tal y como había llegado en aquel silencio.

Pero Paschal dio un paso al frente, con el rostro pálido y lleno de arrugas.

—No —dijo Paschal—. Mi hermano murió por esto.

Sacó un fajo de documentos atados con un cordel de las dobleces de la ropa.

—Las últimas palabras de mi hermano, el arquero Langren, que un soldado llamado Govart llevaba encima, que fueron robadas por la mascota del regente llamada Nicaise y que se convirtieron en el motivo de su muerte. Este es el testimonio de todos esos fallecidos.

Le quitó el cordel a la carta y la desdobló, para luego colocarse frente al Consejo con la túnica y ese sombrero ladeado.

—Me llamo Paschal, un galeno de palacio. Y tengo una historia que contar sobre lo ocurrido en Marlas.

—Mi hermano y yo llegamos juntos a la capital —empezó a decir Paschal—. Él como arquero y yo como galeno, al principio como integrantes del séquito de la reina. Mi hermano era un hombre ambicioso y no tardó en ascender hasta alcanzar la Guardia del Rey. Supongo que yo también lo era, por lo que no tardé en hacerme con un puesto de galeno real y servir tanto al rey como a la reina.

»Fueron años de paz y buenas cosechas. El reino era un lugar seguro, y la reina Hennike había dado a luz a dos herederos. Luego, hace seis años, tras su muerte, perdimos nuestra alianza con Kempt, y Akielos aprovechó la oportunidad para invadirnos.

Había llegado a una parte de la historia que Damen conocía bien, aunque era muy diferente oírla de labios de Paschal.

—La diplomacia no sirvió de nada y las conversaciones no llegaron a buen puerto. Theomedes quería territorios en lugar de paz. Rechazó a los emisarios verecianos sin oír siquiera lo que fueran a decirle.

»Pero los verecianos confiábamos en nuestras fortalezas. Ningún ejército había conseguido conquistarlas en doscientos años, por lo que el rey trasladó a todos sus soldados al sur, a Marlas, para alejar a Theomedes de sus murallas.

Damen lo recordaba: la reunión de estandartes, la gran cantidad de personas, los dos ejércitos de inmenso poder y la confianza de su padre, a pesar de haberse topado con esa fortaleza impenetrable. «Son tan arrogantes que no tardarán en salir».

—Recuerdo a mi hermano la noche antes del enfrentamiento. Estaba nervioso. Emocionado. Con una confianza inusitada que no había visto nunca en él. Decía que nuestra familia tendría un futuro muy diferente, uno mejor. No fue hasta muchos años después que descubrí la razón.

Paschal se detuvo y echó un vistazo por el salón para mirar al regente, quien permanecía en pie junto al Consejo con esa túnica de terciopelo rojo.

—El Consejo seguro recordará cómo el regente aconsejó al rey abandonar la seguridad de la fortaleza, ya que los superábamos en número y no había peligro alguno al hacerlo, tras lo cual habría que atacar por sorpresa a los akielenses y terminar con rapidez la guerra para salvar la mayor cantidad de vidas verecianas.

Damen miró al Consejo. Se percató de que lo recordaban. Para él, había sido un ataque propio de unos cobardes, de timoratos. Por primera vez, se había preguntado qué había ocurrido tras las líneas enemigas para provocar algo así. Se imaginó a un rey convencido de que era la mejor manera de proteger a su pueblo.

—Pero en lugar de eso, los verecianos fueron derrotados. Yo estaba por allí cuando llegaron las noticias de la muerte de Auguste. El rey, apenado, se quitó el yelmo. Lo hizo sin cuidado alguno. Creo que pensó que no le quedaba ningún motivo para ser cauto.

»Una flecha salió de la nada y le atravesó la garganta. Y, tras la muerte del rey y de su heredero, el regente ascendió al trono de Vere.

La mirada de Paschal estaba fija en el Consejo, como la de Damen. Todos recordaban los días tras la batalla, cómo habían aprobado la creación de la regencia en aquel momento.

—Tras lo ocurrido, me puse a buscar a mi hermano, pero no estaba por ninguna parte —continuó Paschal—. Más tarde, descubrí que había escapado del campo de batalla. Murió unos días después, en una aldea de Sanpelier, apuñalado en un altercado. Los aldeanos me contaron que alguien lo acompañaba cuando murió. Era un joven soldado llamado Govart.

Guion alzó la cabeza cuando oyó el nombre de Govart. El Consejo se agitó a su lado.

—¿Govart fue el asesino de mi hermano? No lo sé. Fui testigo, sin comprenderlo, de cómo ese soldado se hizo con el poder en la capital. ¿Por qué se convirtió de repente en la mano derecha del regente? ¿Por qué se le daba dinero, poder y esclavos? ¿No lo habían echado de la Guardia del Rey? Llegué a pensar que le habían ofrecido el brillante futuro del que hablaba mi hermano, quien ahora yacía muerto. Pero no comprendía la razón.

Los documentos que Paschal tenía en las manos eran antiguos y estaban amarillentos. Hasta el cordel que los unía era antiguo. Los alisó sin pensar.

—Hasta que leí esto.

Empezó a deshacer el nudo, tiró de él y los desplegó. Había algo escrito en esas páginas.

—Nicaise me los dio para que los guardara. Se los había robado a Govart y tenía miedo. Los abrí sin esperar lo que iba a encontrar en su interior. Era una carta para mí, aunque Nicaise no lo sabía. Era una confesión, escrita con el puño y letra de mi hermano.

Paschal seguía allí en pie, con la carta desdoblada entre las manos.

—Esto fue lo que Govart usó para chantajear al regente y llegar al poder durante todos estos años. Es la razón por que la mi hermano escapó y también la razón por la que perdió la vida. Mi hermano fue el arquero que mató al rey, un acto por el que el regente le prometió riquezas para luego acabar con su vida.

»Esta es la prueba de que el rey de Vere fue asesinado por su hermano.

En esta ocasión no se armó un escándalo ni hubo gritos. Se hizo el silencio, uno en el que los documentos arrugados pasaron de manos de Paschal a las del Consejo. Cuando Herode los agarró, Damen recordó que había sido amigo del rey Aleron. Le temblaban las manos.

Y luego Damen miró a Laurent.

Se había quedado del todo pálido. Estaba claro que no era una idea que se le hubiese ocurrido antes. El regente era su punto débil.

«No creía que de verdad intentase matarme. Después de todo... Después de todo».

Nunca había tenido mucho sentido que el ejército vereciano hubiese atacado de esa manera cuando tenían el control estratégico gracias a la fortaleza. El día que Vere se había enfrentado a Akielos en Marlas, eran tres los hombres que se interponían entre el regente y el trono, pero en el fragor de la batalla podían llegar a ocurrir muchas desgracias.

Damen pensó en Govart en el palacio, haciendo todo lo que quería a uno de los esclavos akielenses del regente. Amenazar al regente habría sido una experiencia aterradora, peligrosa y embriagadora al mismo tiempo. Seis años en los que habría tenido que cuidarse las espaldas, sin dejar de pensar que podían acabar con él en cualquier momento, sin tener claro cuándo o cómo podía llegar a ocurrir, pero a sabiendas de que no se iba a librar. Se preguntó cómo había sido la vida de Govart antes de que el poder y el miedo lo corrompiesen.

Damen se imaginó a su padre afanándose por respirar en el lecho de muerte. A Orlant. A Aimeric.

Pensó en Nicaise, con esa bata que le quedaba demasiado grande, en el pasillo y metido en una conspiración que también le quedaba demasiado grande. Y ahora estaba muerto, claro.

—¿No me digas que te vais a creer las mentiras de un galeno y de un prostituto?

La voz de Guion desentonaba en aquel silencio. Damen miró al Consejo, donde el mayor de los consejeros, Herode, acababa de alzar la vista tras leer los documentos.

—Nicaise era más noble que tú —dijo Herode—. Al final, fue más leal a la corona de lo que lo ha sido el Consejo.

Herode dio un paso al frente. Usaba el cetro de oro como báculo para caminar. Una vez consiguió llamar la atención de todos los que estaban allí reunidos, atravesó el salón y se detuvo frente a Laurent, al que uno de los soldados de su tío no había dejado de aferrar.

—Nuestra misión eran guardar el trono para vos, pero os hemos fallado, mi rey —dijo Herode.

Y se arrodilló, con la cautela lenta y meticulosa de un anciano, sobre el suelo de mármol del salón akielense.

Al ver el rostro estupefacto de Laurent, Damen llegó a la conclusión de que acababa de ocurrir algo que jamás se hubiese imaginado. Nadie le había dicho antes que merecía ser rey. Laurent no sabía qué hacer, como si fuese un niño al que acaban de alabar por primera vez. De repente, dio la impresión de ser muy joven, con los labios separados, sin articular palabra y las mejillas ruborizadas.

Jeurre se puso en pie. Mientras todos lo miraban, se alejó de su puesto entre el Consejo y cruzó la estancia para apoyar una rodilla en el suelo junto a Herode. Un momento después, Chelaut hizo lo propio. Luego Audin. Y, finalmente, el miedo a las represalias hizo que Mathe se alejase del regente y se apresurase a arrodillarse también frente a Laurent.

—Han engañado al Consejo para que cometa traición —dijo el regente, con voz calmada—. Apresadlos.

Se hizo una pausa en la que se suponía que los soldados tendrían que haber cumplido con dicha orden, pero no fue el caso. El regente se dio la vuelta. El gran salón estaba lleno de soldados.

Era la Guardia del Regente y estaban entrenados para obedecerlo. Los había traído hasta allí para que hiciesen lo que se le antojase. Pero ninguno de ellos se movió.

Un soldado dio un paso al frente en aquel extraño silencio.

—No sois mi rey —dijo, para luego arrancarse el emblema del hombro y tirarlo a los pies del regente.

Luego atravesó el salón, tal y como había hecho el Consejo, para colocarse junto a Laurent.

Aquel gesto no fue más que la primera gota de muchas, gota que se convirtió en cascada cuando otro soldado también se arrancó el emblema del hombro y se acercó. Y otro. Y luego otro. Hasta que el estruendo de las grebas resonó por el gran salón mientras los emblemas caían al suelo. Los verecianos cruzaron el gran salón, como si de la resaca de una marea se tratase, hasta que el regente se quedó solo.

Y Laurent se colocó frente a él, con un ejército a su espalda.

—Herode —dijo el regente—. Este es el chico que siempre ha eludido su deber y no ha dado un palo al agua en su vida, alguien que no está hecho para gobernar este país.

—Es nuestro rey —aseguró Herode.

—No es rey. No es más que un…

—Habéis perdido. —La tranquilidad de las palabras interrumpió al regente.

Era libre. Los soldados de su tío lo habían soltado y le habían quitado los grilletes. Frente a él, el regente había quedado expuesto: un hombre de mediana edad acostumbrado a tener la voz cantante en los espectáculos públicos y que acababa de comprobar cómo todo se ponía en su contra.

Herode alzó el cetro.

—El Consejo va a dictar sentencia.

Arrebató el cuadrado de tela negra de las manos del esclavo que lo sostenía y luego lo colocó sobre el extremo superior del cetro.

—Esto es absurdo —dijo el regente.

—Habéis cometido traición y seréis ejecutado. No se os enterrará con vuestro padre ni con vuestro hermano, sino que vuestro cadáver será expuesto en las puertas de la ciudad como advertencia de lo que ocurre en caso de traición.

—No puedes condenarme —dijo el regente—. Soy el rey.

Dos soldados lo agarraron con fuerza. Le colocaron los brazos a la espalda con firmeza y luego le pusieron los grilletes que hasta hace poco se encontraban en las muñecas de Laurent.

—No fuisteis más que su regente —continuó Herode—. Nunca fuisteis rey.

—¿Crees que puedes desafiarme? —dijo el regente a Laurent—. ¿Crees que puedes gobernar Vere? ¿Tú?

—Ya no soy un niño —aseguró Laurent.

El regente rio sin aliento mientras los soldados se lo llevaban.

—Te has olvidado de que si me tocas —empezó a decir el regente—, ¡mataré al hijo de Damianos!

—No —aseguró Damen—. No lo harás.

Y vio que Laurent lo había entendido, que lo sabía de alguna manera, que conocía el pedazo de papel que Damen había encontrado por la mañana en el carro vacío y abierto del campamento. Era el mismo papel que había llevado con mucho cuidado entre los dedos durante el largo camino a pie hacia la ciudad.

El niño nunca fue tuyo, pero está a salvo. En otra vida, quizá se hubiese convertido en rey.

Recuerdo la manera en la que me mirabas el día que nos conocimos. Quizá eso también pueda formar parte de otra vida.

Jokaste

—Apresadlo —dijo Laurent.

Se alzó un estruendo metálico cuando el salón bulló de actividad, cuando los soldados verecianos formaron filas para atrapar al regente, todo mientras la guardia de honor akielense se colocaba en sus puestos para proteger la estancia y a su rey. Obligaron al regente a arrodillarse. La impresión de incredulidad de su gesto empezó a tornarse en una de rabia, luego en pavor mientras no dejaba de forcejear. Un soldado se acercó a él con una espada.

—¿Qué está pasando? —se oyó preguntar a una voz joven.

Damen se giró. El niño de once años que había estado sentado junto al trono del regente se había levantado de la silla para quedárselo mirando, con la confusión reflejada en sus ojos marrones que abría de par en par.

—¿Qué está pasando? Dijiste que después de esto iríamos a montar a caballo. No entiendo nada. —Intentó acercarse a los soldados que agarraban al regente—. Soltadlo. Le estáis haciendo daño. Le estáis haciendo daño. Soltadlo. —Un soldado le cortó el paso, y el niño intentó enfrentarse a él.

Laurent lo miró, y en su mirada se reflejó la certeza de que había cosas que jamás podrían llegar a arreglarse.

—Sacad al niño de aquí —dijo.

Fue un tajo limpio y contundente. El rostro de Laurent no cambió y se giró hacia los soldados cuando habían terminado.

—Llevad su cuerpo hasta las puertas. Que mi bandera ondee en las murallas, que todos sepan de mi ascenso. —Alzó la vista hacia Damen, que se encontraba en el otro extremo de la estancia—. Y desencadenad al rey de Akielos.

Los soldados akielenses que agarraban a Damen no supieron qué hacer. Uno de ellos le soltó el brazo mientras los verecianos avanzaban, y otros dos se asustaron y se apartaron para intentar escapar.

No había ni rastro de Kastor. Había aprovechado la confusión para huir junto a su pequeña guardia de honor. Seguro que se derramaría sangre en los pasillos cuando los hombres de Laurent saliesen. Todos los que habían apoyado a Kastor lucharían por sus vidas.

Damen quedó rodeado de repente por los soldados verecianos, y Laurent estaba con ellos. Uno de los militares agarró las cadenas. Los grilletes de acero cayeron al suelo y solo quedó en sus muñecas el de oro.

—Has venido —dijo Laurent.

—Sabías que vendría —comentó Damen.

—Si necesitas un ejército para recuperar tu capital —continúo el rey de Vere—, parece que tengo uno por aquí.

Damen soltó un suspiro muy extraño. No habían dejado de mirarse. Laurent dijo:

—Al fin y al cabo, te debo una fortaleza.

—Búscame. Cuando todo haya terminado —dijo Damen.

Aún le quedaba una cosa que hacer.

DIECINUEVE

Los pasillos eran un caos.

Damen agarró una espada y se abrió paso a través de ellos, a la carrera cuando le era posible. Había grupos de hombres que luchaban. Oía cómo gritaban órdenes. Los soldados se afanaban contra una gruesa puerta de madera. Llevaban a un hombre agarrado con brusquedad por los brazos y lo obligaron a ponerse de rodillas, momento en el que Damen se sorprendió un poco al reconocer a uno de los que lo había agarrado a él: traición por ponerle la mano encima al rey.

Tenía que encontrar a Kastor. Los soldados de Laurent tenían sus órdenes: tomar rápidamente las puertas exteriores, pero los hombres de Kastor se defendían mientras se retiraban, y si su hermano conseguía escapar del palacio y reagruparse con su ejército, tendría lugar una guerra sin cuartel.

Los hombres de Laurent no iban a conseguir detenerlo. Eran soldados verecianos en un palacio akielense. Kastor sabía que lo mejor que podía hacer era intentar no marcharse por la entrada principal, sino escapar a través de los túneles ocultos. Y llevaba ventaja.

Así que corrió. Fueron pocos los que trataron de detenerlo en el fragor de la batalla. Uno de los soldados de Kastor lo reconoció y gritó que Damianos estaba allí, pero no lo atacó. Otro, que se interponía en el camino de Damen, se apartó. Una parte de su mente comparó aquello con lo que había ocurrido con Laurent en el campo de batalla de Hellay. Ni siquiera los que luchaban por sus vidas podían sobreponerse a toda una vida de obediencia y atacar directamente a su príncipe. Tenía vía libre.

Pero no iba a llegar a tiempo aunque corriese. Kastor iba a salirse con la suya y, en unas pocas horas, los hombres de Damen tendrían que empezar a buscar por la ciudad, a registrar las casas con antorchas durante la noche. Pero Kastor se escaparía gracias a sus simpatizantes, para luego rehacer su ejército y avivar la llama de una guerra civil en su país.

Tenía que encontrar un atajo, un camino con el que interceptar a su hermanastro. No tardó en darse cuenta de que conocía uno, un sendero que Kastor nunca usaba, que nunca pensaría en usar, ya que ningún príncipe usaría esos pasadizos.

Giró a la izquierda. En lugar de dirigirse hacia las puertas principales, Damen avanzó hacia la sala de observación, donde se exhibían esclavos para los amos reales. Dobló las esquinas de los estrechos pasillos, las mismas que había seguido aquella noche tiempo atrás, y el estruendo de los combates y los gritos se alejó ahogado en la distancia.

Luego descendió a los baños de los esclavos.

Entró en una espaciosa estancia de mármol con baños abiertos; todo le resultaba familiar, la colección de viales de aceite, el estrecho riachuelo en el otro extremo y las cadenas que colgaban del techo. Su cuerpo reaccionó al verlo, se le formó un nudo en el pecho y se le aceleró el pulso. Por unos instantes, se volvió a imaginar colgando de las cadenas, mientras Jokaste se acercaba a él por el suelo de mármol.

Parpadeó para recuperar la compostura, pero recordaba todo lo que lo rodeaba: las arcadas amplias, el chapoteo del agua que reflejaba la luz en el mármol, las cadenas de las paredes que colgaban no solo del techo sino que decoraban toda la estancia a intervalos, el vapor denso.

Se obligó a seguir avanzando por los baños. Atravesó una de las arcadas, luego otra y entró en el lugar al que quería llegar, también de mármol y blanco, con un tramo de escalones tallados en la pared del otro extremo.

Allí tuvo que detenerse. Y se hizo el silencio. Lo único que podía hacer era esperar a que Kastor apareciese en lo alto de las escaleras.

Damen permaneció allí, con la espada en las manos, e intentó no sentirse insignificante, como el hermano menor que era.

Kastor entró solo, sin su guardia de honor siquiera. Cuando vio a Damen, soltó una risotada grave, como si supiese que era inevitable haberlo encontrado allí.

Damen contempló los rasgos de su hermano: la nariz recta, los pómulos altos y prominentes, los ojos oscuros y brillantes que ahora se giraban hacia él. Kastor se parecía a su padre más que él ahora que se había dejado crecer la barba.

Pensó en todo lo que Kastor había hecho, la manera lenta y duradera en la que había envenenado a su padre, la masacre de su casa, la brutalidad cuando lo habían convertido en esclavo... Intentó procesar que eran cosas que no había hecho otra persona, sino aquella que tenía delante, su hermano. Pero cuando miró a Kastor, lo único que fue capaz de recordar fue que este le había enseñado a sostener una lanza, que se había sentado con él cuando su primer poni se había roto una pata y habían tenido que sacrificarlo, que después de su primer okton Kastor le había sacudido el pelo para luego decirle que lo había hecho muy bien.

—Él te quería —dijo Damen—. Y lo mataste.

—Tú lo tenías todo —comentó Kastor—. Damianos. El heredero legítimo, el favorito. Lo único que tuviste que hacer fue nacer para que todos te adorasen. ¿Por qué merecías más que yo? ¿Porque se te daba mejor luchar? ¿Qué tiene que ver blandir una espada con gobernar como rey?

—Habría luchado por ti —aseguró Damen—. Habría muerto por ti. Te habría sido leal y habría estado de tu lado —continuó—. Eras mi hermano.

Se obligó a quedarse en silencio antes de pronunciar las palabras que nunca se había permitido articular: «Te quería, pero tú querías más un trono que a un hermano».

—¿Vas a matarme? —preguntó Kastor—. Sabes que no puedo derrotarte en un combate justo.

Kastor no se había movido de lo alto de las escaleras. Tenía la espada desenvainada. Los escalones recorrían la pared y no tenían barandilla, no eran más que mármol tallado en ella y con un abismo a la izquierda.

—Lo sé —dijo Damen.

—Pues déjame marchar.

—No puedo.

Damen dio un paso hacia el primer escalón de mármol. Luchar en las escaleras no era la mejor opción para enfrentarse a Kastor, ya que la altura le daba ventaja. Y este no iba a desaprovechar la única superioridad que tenía. Empezó a remontar la escalera poco a poco.

—No quería convertirte en esclavo. Cuando el regente me dijo que te quería, me negué. Fue Jokaste. Ella me convenció de enviarte a Vere.

—Sí —convino Damen—. Estoy empezando a comprender lo que hizo.

Otro escalón.

—Soy tu hermano —dijo Kastor, mientras Damen daba otro paso y luego otro—. Damen, matar a tu familia es un acto horrible.

—¿Y no te atribula lo que has hecho? ¿No piensas al respecto?

—¿Crees que no? —preguntó Kastor—. ¿Crees que no pienso en lo que he hecho todos los días? —Damen se había acercado lo suficiente. Kastor continuó—: También era mi padre. Es lo que olvidó todo el mundo el día en que naciste. Hasta él. Hazlo —dijo antes de cerrar los ojos y soltar la espada.

Damen lo miró, miró el cuello inclinado y los ojos cerrados de su hermano, las manos indefensas.

—No puedo liberarte —aseguró Damen—, pero tampoco voy a acabar con tu vida. ¿Creías que podría hacerlo? Podemos volver juntos al gran salón. Si me juras tu lealtad allí, te dejaré vivir con la condición de que no salgas de Ios. —Damen bajó la espada.

Kastor alzó la cabeza y lo miró, momento en el que Damen vio miles de palabras sin pronunciar en los ojos negros de su hermano.

—Gracias —dijo Kastor—, hermano.

Y desenvainó una daga del cinturón para luego atravesar con ella el tronco desprotegido de Damen.

Sintió la sorpresa de la traición antes del dolor físico que lo hizo dar un paso atrás. Pero no había escalón. Empezó a caer de espaldas hacia la nada, una caída demasiado larga contra el mármol que lo dejó sin aire en los pulmones.

Aturdido, intentó recuperarse y respirar, pero no fue capaz, como si le hubiesen dado un puñetazo en el plexo solar, aunque el dolor era más intenso y no remitía. Y había mucha sangre.

Kastor se encontraba en lo alto de las escaleras con una daga ensangrentada en las manos, inclinado para hacerse con la espada con la otra. Damen vio la suya, que seguro había perdido durante la caída. Se encontraba a unos seis pasos de él. El instinto de supervivencia le indicó que tenía que ir a por ella. Intentó moverse, arrastrarse hasta donde se encontraba. El talón de las sandalias se deslizó en el suelo a causa de la sangre.

—No puede haber dos reyes en Akielos. —Kastor había empezado a bajar por las escaleras en dirección a él—. Tendrías que haberte quedado como esclavo en Vere.

—Damen.

Un voz familiar y cargada de sorpresa resonó a su izquierda. Kastor y él giraron las cabezas.

Laurent estaba en la arcada, con el rostro pálido. Seguro que lo había seguido desde el gran salón. No iba armado y aún vestía ese ridículo quitón.

Tenía que decirle a Laurent que saliese de allí, que corriese, pero ya se había puesto de rodillas junto a él. Le deslizó la mano por el cuerpo y dijo, con una voz extrañamente distante.

—Te ha apuñalado. Tienes que contener la hemorragia hasta que pueda llamar a un galeno. Presiona aquí. Así. —Levantó la mano izquierda de Damen y la presionó contra la herida.

Después agarró la otra mano de Damen y entrelazó los dedos con los suyos, como si fuese la cosa más preciada del mundo. Se le ocurrió que si Laurent le agarraba así la mano era porque estaba muriéndose. Era la mano derecha, aquella en la que llevaba el grillete de oro. Laurent la aferró con fuerza y se la acercó.

Se oyó un chasquido cuando Laurent enganchó el grillete dorado a una de las cadenas para esclavos que había desperdigadas por el suelo. Damen contempló la muñeca encadenada sin entender muy bien qué estaba pasando.

Después, Laurent se puso en pie y cerró la mano alrededor de la empuñadura de la espada de Damen.

—Él no va a matarte —dijo Laurent—, pero yo sí.

—No —dijo Damen. Intentó moverse, pero la cadena se tensó al máximo. Dijo—: Laurent, es mi hermano.

Y sintió cómo el vello del cuerpo se le erizaba al perder la noción del tiempo, al comprobar cómo el suelo de mármol se convertía en un campo de batalla distante donde en el pasado se habían enfrentado hermano contra hermano.

Kastor llegó al pie de la escalera.

—Voy a matar a tu amante —dijo a Damen—. Y luego te mataré a ti.

Laurent se interpuso en su camino, una figura esbelta con una espada demasiado grande para él. Damen se lo imaginó como aquel chico de trece años cuya vida estaba a punto de cambiar, de pie en el campo de batalla con la mirada cargada de determinación.

Damen había visto luchar a Laurent con anterioridad. Había sido testigo del estilo simple y preciso que usaba en el campo de batalla. Había visto también la manera diferente y muy intelectual con la que se enfrentaba en duelo. Sabía que Laurent era un buen espadachín, un maestro incluso, a su manera.

Kastor era mejor. Laurent tenía veinte años y le quedaban algunos para alcanzar su cénit en el arte de la espada. Kastor, que tenía treinta y cinco, ya lo había hecho y le quedaba poco para empezar a decaer. En términos de condición física eran prácticamente iguales, a excepción de la diferencia de edad, que hacía que Kastor tuviese quince años de experiencia más que había pasado luchando. También tenía la misma complexión que Damen: era más alto que Laurent, por lo que sus brazos eran más largos. Y Kastor estaba descansado, mientras que Laurent estaba agotado después de haberse mantenido en pie, con los músculos temblando y soportando el peso de las cadenas durante horas.

Se encararon en aquel espacio limitado. No había ningún ejército que los rodease, tan solo la caverna de mármol que eran los baños, con el suelo pulido. Pero los acontecimientos tenían un parecido inquietante con lo ocurrido en el pasado, un instante remoto en el que el destino de dos países había terminado por decidirse con un enfrentamiento.

Había llegado el momento. Todo lo que los separaba estaba allí. Auguste, con su honor y su determinación. Y el joven Damianos, que cabalgaba con arrogancia hacia un enfrentamiento que lo cambiaría todo. Damen, encadenado y con la mano apretada contra el vientre, se preguntó si Laurent estaba viendo a Kastor en realidad, si no estaría viendo el pasado y esas dos figuras, una de sombra y otra de luz, una destinada a vivir y la otra a perecer.

Kastor alzó al espada. Damen tiró con impotencia de la cadena mientras su hermano avanzaba. Era como ver a su antiguo yo y ser incapaz de detener lo que estaba a punto de hacer.

Y luego Kastor atacó, y Damen vio lo que Laurent había conseguido con determinación y una dedicación completa durante toda una vida.

Años de entrenamiento, de forzar hasta el límite un cuerpo que no estaba hecho para el ejercicio durante horas de entrenamiento interminables. Laurent sabía luchar contra un oponente más fuerte, sabía contrarrestar unos brazos más largos. Conocía el estilo de lucha akielense y, mejor aún, conocía con precisión los movimientos y los ataques que le habían enseñado a Kastor los entrenadores reales. Era algo que no podría haber aprendido por cuenta de sus maestros de esgrima, sino a fuerza de contemplar a Damen con atención meticulosa mientras entrenaba, de catalogar cada uno de sus movimientos en preparación para el día en el que tuviesen que enfrentarse.

En Delpha, Damen se había enfrentado en duelo a Laurent en la arena de entrenamiento. En aquel momento, no había terminado de curársele del todo una herida en el hombro y la rabia le nublaba el juicio, lo que lo había perjudicado en el enfrentamiento. Ahora estaba muy concentrado, y Damen vio la infancia que se le había negado, los años que había pasado reinventándose con un único propósito: enfrentarse a Damianos y acabar con él.

Y debido a que la vida de Laurent se había desviado de su curso, como ya no era aquel niño dulce y amante de los libros que podría haber llegado a ser, sino resistente y peligroso como el cristal tallado, iba a contrarrestar las estocadas de Kastor y hacerlo retroceder.

Una andanada de tajos. Damen recordó la finta de Marlas y aquel paso lateral, aquellos bloqueos en concreto. Los primeros entrenamientos de Laurent habían sido muy similares a los de Auguste, y le partió el alma ser testigo del parecido, del estilo tan propio de Auguste; así como Kastor representaba el estilo de lucha de Damen. Era un enfrentamiento entre fantasmas.

Se acercaron a las escaleras.

Fue un simple error de cálculo por parte de Laurent: el desnivel del suelo de mármol hizo que perdiese el equilibrio, afectó al ataque y el tajo se desvió demasiado hacia la izquierda. No le hubiese ocurrido de no haber estado tan cansado. A Auguste le había pasado lo mismo después de estar luchando horas en el frente.

Sin dejar de mirar a Kastor, Laurent intentó corregir el error y reducir la distancia, para que cualquiera con una espada y lo suficientemente despiadado como para matar no pudiese hacerlo.

—No —dijo Damen, que también se había encontrado en esa situación. Tiró con fuerza de la cadena e ignoró el dolor en el costado mientras Kastor aprovechaba la oportunidad y se abalanzaba con velocidad implacable para asestar un tajo a Laurent.

Muerte y vida; pasado y futuro; Akielos y Vere.

Kastor soltó un grito ahogado, con ojos desorbitados y abiertos como platos.

Laurent no era Auguste, por lo que aquel tambaleo no había sido un error, sino una finta.

La espada de Laurent chocó contra la de Kastor, tiró de ella hacia arriba y luego, con un movimiento de la muñeca mínimo y calculado a la perfección, le atravesó el pecho.

La espada de Kastor repiqueteó en el suelo de mármol. Él cayó de rodillas y alzó la vista para mirar con los ojos vidriosos a Laurent, quien a su vez lo miraba desde arriba. Un momento después, este hundió la espada en la garganta de Kastor.

Kastor se desmoronó al suelo. Tenía los ojos abiertos y no se volvieron a cerrar. Yació allí tumbado en el silencio de los baños de mármol. Muerto.

Se había acabado. Se había recuperado el equilibrio y el pasado al fin podía quedar atrás.

Laurent había empezado a darse la vuelta y se colocó al momento junto a Damen, de rodillas y agarrándolo con manos firmes y fuertes, como si nunca se hubiese marchado de su lado. El alivio que sintió porque Laurent aún siguiese vivo borró por unos instantes el resto de pensamientos, y se limitó a sentirlo, a sentir las manos de Laurent, su presencia reluciente junto a él.

La muerte de Kastor la había experimentado como si se tratase de la de un desconocido, como si fuese la de alguien a quien no entendía. A su hermano lo había perdido hacía tiempo; fue como si hubiese perdido a otro yo que no hubiese llegado a comprender la naturaleza imperfecta del mundo. Ya se enfrentaría a ello en el futuro.

Más tarde sacarían de allí a Kastor, harían con él un largo recorrido para enterrarlo donde le correspondía, con su padre. Luego Damen lloraría por el hombre que había sido, por el hombre que podría haber llegado a ser, por cientos de pasados y futuros diferentes.

Ahora, Laurent se encontraba a su lado. A su lado distante e intocable, arrodillado en aquel mármol húmedo que se encontraba a cientos de kilómetros de su hogar, centrado por completo en Damen.

—Hay mucha sangre —dijo Laurent.

—Menos mal que he traído un galeno —dijo Damen.

Hablar le dolía. Laurent soltó un suspiro, un sonido extraño y carente de aire. Vio una expresión en la mirada de Laurent que le recordaba a una suya. No se contuvo y dijo:

—He matado a tu hermano.

—Lo sé.

Al pronunciarlo, Damen sintió una extraña empatía entre ambos, como si se acabasen de conocer. Lo miró a los ojos y sintió que lo entendía, y Laurent también lo entendía a él. Ahora eran huérfanos. No tenían familia. La simetría de sus vidas los había llevado hasta allí, al final del viaje.

—Nuestros hombres se han apoderado de las puertas y de las estancias. Has recuperado Ios —dijo Laurent.

—Y tú —comentó Damen—. Ahora que tu tío ha muerto, no habrá resistencia alguna. Has recuperado Vere.

Laurent se quedó muy quieto, y pareció que se había detenido el tiempo en aquel espacio privado que compartían en el silencio de los baños.

—Y el cetro. Ambos tenemos el cetro —dijo Laurent. Luego añadió—: En el pasado todo conformaba un reino.

Laurent no lo miraba mientras lo decía, y pasó un buen rato antes de que alzase los ojos hacia la vista expectante de Damen, quien se quedó sin aliento cuando volvió a ver esa extraña timidez que indicaba que, más que una respuesta, las últimas palabras de Laurent eran una pregunta.

—Sí —dijo Damen, a quien la pregunta había dejado mareado.

Y luego se mareó de verdad, porque el rostro de Laurent cambió tanto debido a aquella mirada que casi no lo reconoció. Tenía una expresión de absoluto júbilo.

—No, no te muevas —dijo Laurent cuando Damen se impulsó para incorporarse sobre un codo—. Tonto —añadió después de que Damen lo besase.

Volvió a tumbar a Damen con firmeza, y este lo dejó. Le dolía el vientre. No era una herida mortal, pero le gustaba tener a Laurent encima y preocupado por él. Los días de reposo y de galenos le parecieron mucho más agradables si iba a estar en compañía de Laurent, quien a buen seguro haría comentarios mordaces en público y en privado, ahora que parecía más sensible. Pensó en Laurent a su lado durante el resto de su vida. Alzó los dedos para tocarle el rostro. Los eslabones metálicos se arrastraron sobre el mármol.

—Sabes que vas a tener que desencadenarme en algún momento, ¿no? —preguntó Damen. Laurent tenía el pelo muy suave.

—Lo haré. En algún momento. ¿Qué ha sido ese ruido?

Lo oyó a pesar de encontrarse en el baño de esclavos, ahogado pero perceptible, un repicar que venía desde lo más alto y anunciaba al nuevo rey.

—Campanas —dijo Damen.

AGRADECIMIENTOS

El príncipe cautivo tuvo su origen gracias a una serie de conversaciones telefónicas nocturnas de los lunes por la noche con Kate Ramsay, quien en un momento dado dijo: «En mi opinión, esta historia va a ser más larga de lo que crees». Gracias, Kate, por ser una gran amiga cuando más lo necesitaba. Siempre recordaré el ruido de aquel teléfono destartalado que sonaba en mi pequeño apartamento de Tokio.

Tengo mucha suerte de contar con un grupo de amigas talentosas y extraordinarias como Vanessa, Beatrix Bae, Anna Cowan e Ineke Chen-Meyer. Gracias a todas por vuestra generosidad, ideas, reflexiones, risas y por inspirarme siempre para mejorar. Esta historia no sería la misma sin vosotras.

A mi agente Emily Sylvan Kim y a Cindy Hwang de Penguin, quienes creyeron en *El príncipe cautivo* y lo defendieron, y a las que tengo que agradecer todo lo que han hecho por el libro. Gracias a ambas por darle una oportunidad a una nueva escritora y a una historia diferente.

A mi fantástica editora Sarah Fairhall y al equipo de Penguin Australia, muchas gracias por vuestra inspiradora excelencia y por vuestro trabajo duro para mejorar todos los detalles del libro.

El príncipe cautivo empezó siendo una historia de ficción serializada en internet, y debo mucho a sus lectores por todo el apoyo y los ánimos que me dieron en aquellos primeros días. Me gustaría agradecer personalmente a los siguientes, que hacían comentarios y pertenecían a la comunidad durante sus primeros días, y quienes solían reunirse para compartir su amor por la historia.

Gracias a:

karene, 12pilgrims, 19crookshanks, 1more_sickpuppy, 1orelei, 2nao3_cl2, 40_miles, abrakadabrah, abraxas_life, absrip, acchikocchi, adarkreflection, addisongrey, adonelos, aerryynne, aeura, agnetalovek, agr8fae, ah_chan, ahchong, aireinu, airgiodslv, akatsuki_2007, al_hazel, alasen, alby_mangroves, alethiaxx, alexbluestar, alexiel_87, alexis_sd, alice_montrose, alienfish, alijjazz, alina_kotik, alkja, alliessa, allodole, almne, aloneindarknes7, alterai, altri_uccelli, altus_lux_lucis, alwayseasy, alythia_hime, amalc, Amanita Impoisoned, amazonbard88, amberdreams, amberwinters, amindaya, anastasiafox, anatyne, andra_sashner, aneas, anelma_unelma, angelwatcher17, angiepen, angualupin, animeaddict666, animeartistjo, animegurl916, animewave, annab_h, anne_squires, annkiri, annnimeee, anulira, aolian, apyeon, aquamundo, aquariuslover, aracisco, arctowardthesun, arisasira, arithonrose, arnaa, arrghigiveup, artemidora, artemisdiana9, arunade, aserre, asherlev1, ashuroa, askmehow, asmodexus, asnstalkerchick, asota, astrael_nyx, atomic_dawn, atomicink, aubade_saudade, auberginеautumn, Auren Wolfgang, aurila, aurora_84, aveunalliv, avfase, avidanon, axa3, ayamekaoru, ayune01, ayuzak, azazel0805, azryal, azurelunatic, b_b_banana, baby_jeans, babysqueezer, bad_peppermint, badstalker, Barbara Sikora, bascoeur, bathsweaver, beachlass, bean_montag, eccaabbott, beckybrit, bel_desconneau, bellabisdei, bellaprincess9, bellona_rpg, bends, berylia, biffes, bj_sling, bl_nt, black_samvara, black_trillium, blackcurrent08, blackmambaukr, blind_kira, blissbeans, bloodrebel333, bluebombardier, bluecimmers, bluegoth, bluehyacinthe, bob_the_unicorn, boomrobotdog, bordedlilah, bornof_sorrow, bossnemo, boudour, boulette_sud, brainorgan, Brandon Trenkamp, breakfastserial, brianswalk, brille, britnit, Brknhalo241, brown_bess, bubble-bloom, bubblesnail, buddha_moon, bulldogscram, buto_san, caethes_faron, cali_cowgirl08, callistra, Camila Torinho, canaana, canttakeit92, carine2, carodee, casseline, cassiopeia13, cat_eyed_fox, cat85, catana1, cathalin, catnotdead, catterhey, caz_in_a_teacup, cazsuane, ccris3, celemie, celes101, censored_chaos, cgravenstone, chajan, chants_xan, chaoskir, chaosmyth, chaotic_cupcake, char1359, charisstoma, cheezmonke, cherusha, cheryl_rowe, chokobowl, Chonsa Loo Park, christangel13, cin425, cirne, cjandre, clannuisnigh, claudine, clodia_metelli, cmdc, cobecat, comecloser4, conclusivelead, crabby_lioness, crkd_rvr, croquelavie, cybersuzy, cynicalshadows, d0rkgoddess, dana_aeryn, danielhoan, daraq, darcyjausten, arcyjausten, darkangel_wings, darkangeltrish, darkblue_ice, darkdianora, darkmanifest, darth_cabal, dauntdraws, ddrwg_blaidd, ddz008, deadshiroi, debbiira-ahh, deelol, deewhydeeax, deirdre_c, dejasue, deservingwings, dharma_slut, diac, diamondduchess, dimestore_romeo, m_wyatt, doe_rae_me, doomcake, dr_schreaber, draconiccharade, dragongirl_g, drelfina, droolfangrrl, drunkoffwooder, duchess492, duckyone, dumbadum, dureeena, dvslj, earis, ebbingnight, edinarose, effingeden, eien_kiseki, eien_liv, eileanora, eisheth_zenunim, elandev, electricsong, elezbed, elfiepike, elfling_eryn, elfscribe5, elincubus, elisebanana, elizaben, elizardbits, elizaria, elizaria, eljadaly, elkica, elksa, ellipsisaddict, elmyraemilie, ely_wa, Emily Engesser, end_ofthe_earth, enderwiggen24, envyofthestage, esda, espada0arani, essene, esteliel, eternityras, etharei, etrangere, evalangul, eve_n_furter, eveofnigh, eviefw, evilstorm, eyebrowofdoom, fable, faerylore, fair_e_nuff69, fairy4_u, falconer007, fanarts_series, faradheia, Faridah Namutebi, farringtonadams, fatomelette, faydinglights, fecheta, fedaykin_here, feministfangirl, fer_de_lance, feverfew-mole, fhar, fi_chan, ficwhore, fiddery, fiercelynormal, fierydragonsky, fifi_bonsai, filaphiera, filenotch, filterpaper, fioool, fireanjel116, firehawk1377, firehead30, firehorse2006, firesprite1108, flammablehat, flighty_dreams, floopy3, fluffylayout, fluterbev, fmadiva, fodian, forestgreen, fork_off, foudebassan, fourteenlines, fowl_fan, oxgloves42, frabjously, frantic_mice, fredbassett, freddie_mac, fredericks, freedomfox11, frolic_horror, frostedelves, fullmoonbites, furtivefury, futago_02, futuere, fuumasfrog, geisha_x, geneva2010, genlisae, gfiezmont, ghosst, ghost_guessed, ghostmoondancer, giandujakis, iggledrop, gilli_ann, girl_wonder, girlconspirator, godofwine, golden_bastet, goldtintedspecs, goodnightbunny, gossymer, gothicauthor, graveyardgrin, gray_queen, greenhoodloxley, grrrotesque, haius, half_imagined, hand2hand, hapakitsune, Harris Bren Telmo Escabarte, harunotenshi, hawk_soaring, haydenyune, heartofshun, heidicullinan, helga1967, hermione_panic, herocountry, hihotiho, hikeswithdogs, hiroto, hiruki_demon, hms_yowling, hockeychick57, hollyxu, hongdae, hopeofdawn, hpaa, hpfan12, hpstrangelove, i_louvre_art, i0am0crazy, iambickilometer, iamnotnormal, icarus_chained, ice_is_blue, idle_devil, idolme922, idylliccliches, idyllsoflife, ijin_yoru, illereyn, ilovetobefree, iluvlynx, imagina, incandescent, incoherent, inehmo, inkanaitis, inmyriadbits, inoru_no_hoshi, irish_eyes11, irishjeeper, irishnite4, irlyneedaname, isabel_adler, isagel, isolde13, istappen91, isweedan, itsplashes, jackycomelately, jadyuu, jagough, jamethiel_bane, jamfase, japanimecrazed, jayanx, jazzyjinx, jinxbrand, jojo0807, jolielaide, josselin, jubei_bishoujo, julad, julesjulianne, juliandahling, juliet_ros, julitina, julyrune, juniper617, ka_imi, kaaha, kadajuuta, kalldoro, kana_go, kaneko, kannnichtfranz, karala, karasucream, Karen Barber, kaykayone, kaylashay, keenoled, keerawa, keerawa, keiko46, kelahnus_24, keleosnoonna, kellyzat, kennestu, keri87, keroppon, kestrelsan, kestrelsparhawk, khalulu, khyie, kiaharii, kimhd, kingbird, kiriana, kitsune_kitana, kitsuri_chan, kitty3669, kkathyslash, kkcatnip, kleat, kleio_caissa, klmhd, kogitsunelub, kotofeika, kotsuki_chan, krismc09, Krista MadScience Reynolds, kuhekabir, kukolpolny, kuro_yuki, kurokurorin, kynthosyuat, kysk, la_vie_noire, ladyastralis, ladyelleth, lal111, lambent, lambentfiction, lambertlover, lamboyster, lamerezouille, lamis_p, laurapetri, le_shea, lea_89, leafaen, learntobreathe4, lee_777, lelouch7, lemmus_egregius, lenarabella, lenora_rose, letswriting, lettered, lian_li, liathchan, lightsearing, lil_litworm, lilian_cho, lillywolfsbane, limit_the_sky, lindentreeisle, lirineth, lisan, lisasanmin, lishel_fracrium, lisiche, Lituana Rego, liztaya, llamara, lob_lolly_pine, locknkey, lolapandi, lolochan, lothy, lovelyheretic, lubicino, luci0logy, lucifer2004xx, lucinda2k, lucre_noin, luminacaelorum, luminary_87, lunatic_aella, lunje, lunulet1, luredbyvenus, luthien123, lynati_1, ma_belle_nuit, machi_sama, maculategiraffe, Maemae133, magnolia822, mahaliem, maichan, makealimb, Makusrocks101, malaika_79, maleficently, maliyawong, Mangosorbet007, manon_lambic, manuuchin, marbleglove, Maria Huszovszky, maria_chan, maria_niks, Mariana Dineva, Mary Calmes, marysue007, matchasuki, matosatu, max_h, mdbl, mdzw, me_ya_ri, mechante_fille, meddie_flow, mee_eep, meek_bookworm, megamom2, melithiel, meltedbones, merkuria, methosdeb, metraylor, mewenn, mexta, miaruma, Michelle Peskin-Caston, midiilovesyou, midnightsscream, midnightwolf112, midorienpitsu, mihaelitka, miikarin, milady_darken, mini_menace, minna, mintyfresca, miraba, miri_thompson, mirror_mirrin, missingkeys, misspamela, missyxxmisch, mistress_tien, mjacobs141, mllesatine, mllsatine, moia, momcalling, mona_may56, monikkk, monster_o_love, moogle62, moonriddler_mim, moonvoice, moothoot, moraph, morethan_less, morgan_cian, morij2, motty123, mrrreye, mssdare, multiversum_4, musespet, muthine, myalexandria, mykatinstar, myscus, n0w0n, naatz, nadikana, nagasvoice, Naila Nur, nalmissra, nebulia, nekochan23, nel_ani, nello83, Nemesis1108, nemo_r, nerdgirl27, nevadafighter, newtypeshadow, nextian, nga130, niandra_joan, nianna_j, nickolympus, nicky69, nicolasechs, nigeltde, night_reveals, nightmarea, nikethana, ninjaskillset, niquita_gia, nixieintouch, no_on_louse, nola_nola, nolagal, nonajf, nookie-dookie, notadancinggirl, nox_invictus, nreddon, nyahko, nyn17, nyoka, occreater, oconel, ocotillo_dawn, ocue_naem, offdutyda-ne, oflittlebrain, okaasan59, okkitten, Olga Yun, oloriel, olukemi, ondin, onewaytrackk, onewinkinglight, operativepsycho, origi-nalpuck, outlandogirl, owlartist, owlrigh, ozlemgur, painless_j, pandarus, paper_papillon, papered, paradayto, paranoidmuch, pc1739, pea02, penguin_attie, pennywish, penrith1, petite_reina, petiti_baobab, petronia, phamalama, phantom_colapse, phoenix_of_hell, phonoi, phoquess, pierrot_dreams, pinkpenguin763, pi-rate_mousie, pixie_pan, pixie_pen, pkai7, plotting_pen, plutos_daughter, pluvial_poetry, poemwithnorhyme, popcorn_orgasms, popebunny, poppypickford, praiseofblood, prettybyde-signs, prikliuchenie, privatebozz, pun, purple_snitch, purplenails10, qem_chibati, queiry, quetzal, quill_lumos, qxn, rabbitwarren, rachelmorph, raffie79, raincitygirl, raintree123, rambos_wife, randomalia, randomeliza, ras_elased, raspukittin, ravenholdt, ravenmorrigan, ravyn_09, reader_02, readingread-head, readsatnight, realolacola, regnet, reikokatsura, rethz-neworld, rhianon76, riayl, ricekingrx, riddledice, roadtoanywhere, roamercorridors, roba_3913, rocketsprout, ro-galianth, rondaview, roseguel, rosieroo123, rubymiene, rue_ava-lon, runnerlevelred, runningtofu, rurutia88, rusty76, aba1789, sagejupiter, saintdevil_9, sairobi, sakurazukamory, saliel, salts-cent, salvamisandwich, salviag, samtyr, samy3dogs, sandin-myhair, santina82, sarapfb, sarashina_nikki, sarasusa, sarcastic666, sarkastic, sarkka, Sassy Lane, savingcolours, sawyersparrow, sbbo, scarborough1, scarface_, scherzi, schlapa, schneefink, sealim123, seisei_ftw, seleneheart, semivowel, senex_incitatus, senseofpeace, serenia, sesame_seed, sfwu, shadeheyr, shadowclub, shadowfireflame, shantalanadevil, shape5, shar-pest_rose, sharz, shayzmom, she_recs, shezan, shifty_gardener, silentflux, silvergreen98, sinclair_furie, singing_witch, sinisterf, sinjah, siobhancrosslin, siosan80, sirfeit, sirfix, sirhin, sirius_luva, skeptics_secret, slashbluegreen, sleepingfingers, smidgeson, snabur, snarkisaur, snowish_eostre, snowy_owl_000, sofi19, softestbullet, sogasso, sohym, solesakuma, solvent90, sometimesophie, sonsofsilly, Sophie Ren, sophie84, souls_ebola, soulsakuma, spae, spark_of_chaos, sparrow_wings, sparrow2000, spatz, spazzy06, spike7451, spyinak, squashedrosie, st_aurafina, star54kar, starbolin, starlite_gone, steinsgirrl, stephanei, stephanie139, stephmayo, stolen_hybris, straycovenant, strghtn_up, stultiloquentia, stungunbilly, sugarcakey, sukimcshu, summerrain50, super_seme04, supercute90, supergreak, supplanter, surreal_demon, svmadelyn, sweet_sass, tahariel, takenoko, talaco, tameladb, tanaiel, tangerine_haze, tani, tari_sue, tarisu, tasha18, tdorian, teabag_soup, tealeaf523, teastory, tellytubby101, ten_youko, tenismoresonic, teot, terraplan, tex117, thalassa_ipx, thandie, thatie_daclan, the_moonmoth, the_oddkitty, theos99, theprd, thetammyjo, thetowerxvi, thimpsbags, thismaz, thraylocia, tigrin, time_testudinem, tippinbritches, tiredswede, tmelange, toni_luv, topzeezee, torkvenil, toyakoya, tranquiltrouble, transient_cin, tresa_cho, trickanery, trimethoprim, trinity_clare, trinolek, trustingfrndshp, tsarinakate1, tsuzukeru, tuawahine, turnonmyheels, tviyan, twelve_pastels, twicet, twigged, twishite, txilar, ulkis, unavee, undeny, undomielregina, ura_hd, v_lisanna, Veera Vilja Nyakanen, velvet_mace, velvetburrs, venusmayaii, vera_dicere, vesper_cat, vettithoughts1, vexatingjinx, Vickie Dianne, vita_ganieda, vito_excalibur, vivid_moment, vofpracticality, voidmancer, w_wylfing, walkerwhisperer, wellingtongoose, weltea, wemblee, werdrachin, werty30, whitsun, who_favor_fire, why_me_why_not, wildestranger, windfallswest, windlion, winhall, winstonmom, wittyilynamed, wizardesslyn, wordyma, wrenboo, written_affair, wusswoo, x0miseria0x, xsmoonshine, xynnia, yanyixun, yekoc, yellow_jubilee, yinkawills, ynm, your_hucklebery, yourlibrarian, yuki_3, yukimiya87, yuminoodle, yuysister01, zahja, zazreil, zebrui, zeffy_amethyst, zhandra_ahni, zilentdreamer, Zombetha Vexation.

Y gracias también a todas las personas anónimas, los cotillas y los lectores que han seguido *El príncipe cautivo* a lo largo de los años. Ha sido un viaje increíble.

El príncipe cautivo
Mayo de 2008 – abril de 2015

Escríbenos a...

umbriel@uranoworld.com

Y cuéntanos tu opinión.

Conoce más
sobre nuestros libros en...

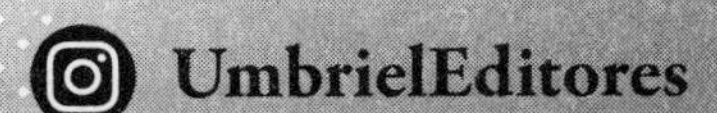

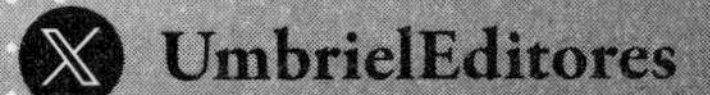